Mientras Victoria sueña

Lisett Guevara

Jim Gulnick

¿Somos un instrumento del
tiempo o el tiempo es un
instrumento para nosotros?...
¿Quién es el intérprete y quién
escribe las notas?
¿Puede una sinfonía ejecutarse por
pura determinación o la partitura de la
vida está predeterminada?
Solo el tiempo lo dirá...
Jim Gulnick

Índice

Deseo extrañarte

El aroma de la carne asándose en el ahumador, mezclado con el olor de la madera al arder, inundaba todo el patio. Victoria observaba a través del cristal de su vaso de whisky las volutas de humo que serpenteaban y se perdían en todos los rincones del jardín. El verde oscuro de los pinos que rodeaban el lugar la hacía sentir protegida y en intimidad.

—¿Tú crees que alguien crea algo tan loco como esto? —dijo el hombre sentado a su izquierda. Ella solo veía su brazo con las mangas de la camisa dobladas. Él movía los hielos dentro del vaso haciéndolos tintinear.

—Realmente no me importa —contestó ella, alzando los hombros y haciendo una mueca con la boca—. Igual lo vamos a contar. ¿Te imaginas cuando todos sepan lo que nosotros sabemos?

—Creo que muchos no lo creerán —respondió el hombre. Su voz baja tenía un dejo de diversión. Su timbre profundo calmó sus sentidos. Era un arrullo tranquilizador.

Victoria tomó el libro que tenía sobre el regazo y abrió una página al azar.

—No es cuestión de creencias. Todo es posible. Deja que te lea este párrafo: «Yo creo fielmente que el alma gemela es real. La persona de tus sueños está en alguna parte, esperando solo por ti. Tienes la oportunidad de encontrar a esa persona cuya alma es compatible con la tuya, y esa persona no es necesariamente tan difícil de encontrar como tú lo piensas».

—Como digas, pero no será fácil que las personas lo entiendan. Yo mismo a veces no lo comprendo. En este mismo momento, mi cerebro me dice que este ahumador es nuevo, que el olor a madera me seduce y que recién terminamos de arreglar este gazebo, pero algo más allá de mi mente me dice que esto ya lo habíamos vivido.

—No, corazón, corrige... lo vamos a vivir —contestó ella riendo, moviendo sus manos en el aire, mientras uno de los primeros rayos de sol de la primavera iluminaba los brillantes del anillo que llevaba en su dedo—. Recuerda... lo vamos a vivir.

La luz ya comenzaba a entrar por las rendijas de la persiana. Victoria pestañeaba vigorosamente para sacudir el sueño mientras sus labios esbozaban una sonrisa. «*Otro sueño raro con frases raras*», pensó, pero dio un paso atrás en sus pensamientos, y sin dejar de sonreír ante las cosas que solían dar vueltas en su cabeza, se dijo: «*¿y si no fue un sueño? ¿Y si el sueño es este en el que tengo que dejar mi mullida cama para ir a trabajar? ¿Y si la realidad son todos esos sueños y todo lo que creo que no es sueño? ¿Y si el tiempo y el espacio no son lo que creemos que son?... Bueno, igual tengo que levantarme. En este sueño en el que estoy ahora tengo una agenda muy ocupada y clientes por visitar*».

Estiró los brazos para sacudir la pereza del cuerpo. Le esperaba un día bastante ajetreado. No había tiempo para holgazanear en la cama. Se lo decían los documentos apilados en la mesa, que debía meter en su portafolio para atender los clientes de ese día. Caminó descalza sobre las baldosas frías hacia el baño a darse una ducha, y vestirse para comenzar la jornada.

Mientras se duchaba, volvía a instalarse en el jardín que tan claramente había visto en su sueño. Sabía que no lo había visto antes, pero igual le resultaba familiar. Era hermoso, el césped era de un verde intenso, había flores de muchos colores, y compartía el momento con el compañero ideal... su alma gemela. En el sueño se sentía plena y amada por un hombre al que, aunque no le hubiera visto el rostro, ella amaba plenamente. Su intelecto le decía que todo era producto de su mente, pero la vívida sensación que experimentaba cada vez que tenía estos sueños la llevaban a creer que existía algo más allá de ese simple juego de su subconsciente. Cada vez que soñaba algo sentía que lo había experimentado realmente... o que lo viviría en cualquier momento.

—¿Me estaré volviendo loca? —Hablaba en voz alta, a sabiendas de que sus palabras estaban protegidas por la soledad de su casa a esa hora del día.

Salió corriendo de la ducha con el torso envuelto en la toalla, y dejaba un rastro de agua en el piso. Tenía que escribir lo que había soñado. Hacía más de veinte años que lo hacía. Creía fervientemente en el gran poder de la escritura. No solo dejaba plasmado en el cuaderno lo que soñaba, sino experiencias inusuales, coincidencias que no parecían tales e imágenes que de vez en cuando veía en su cabeza. ¿Eran sueños, recuerdos, visiones, vivencias futuras...? Aunque no sabía cómo catalogarlos, conservaba un registro en su cuaderno de tapas duras. Uno de varios que ya había llenado desde que había comenzado esa costumbre. Lo sacó de la gaveta. Una muesca en el lomo del cuaderno parecía sonreírle. «No te burles. Tienes razón, eres mi relación más estable y confiable hasta ahora, pero en el sueño ya estaba con mi alma gemela», le dijo al cuaderno y comenzó a escribir.

Sí, definitivamente debo estar loca —pensaba entre risas, y escribía—. *No creo que sea muy común salir corriendo del baño a escribir algo y hablar con un cuaderno. ¿Quién pasa tantos años escribiendo sus visiones o sueños? Seguramente sí es un signo de locura, pero ya lo averiguaré algún día.*

Al momento de escribir solía recordar solo partes del sueño. Luego, durante el día —como le había ocurrido muchas veces—, algún objeto, un lugar, una persona o una palabra escuchada al azar le traía a la memoria el resto. Generalmente, ocurría en ocasiones en las que tenía que solucionar alguna situación o encontrar una respuesta a algo en particular, y la información llegaba a su mente como si fuera la pieza faltante de un rompecabezas. Victoria estaba segura de que cuando le ocurría eso se creaba una conexión entre el tiempo presente y el tiempo del sueño. Cada vez que trataba de explicárselo a alguien decía que era como si millones de datos se transfirieran en microsegundos de un tiempo a otro en su cabeza, y veía la solución o respuesta que necesitaba. *«Esto no es común»*, se decía, y siempre terminaba dejando el registro de cada detalle en su cuaderno, o en el papel que tuviera a mano en ese momento.

Una gota de agua cayó sobre la página haciendo que la tinta se corriera y formara un manchón en la hoja. Victoria se dio cuenta de que todavía estaba mojada. Tomó otra toalla, y frotó el agua de su cabello. Terminó de secarse, y buscó entre la ropa que aún estaba sin desempacar en una maleta que descansaba en el piso. Hacía dos días que había llegado de México, pero las emociones que la inundaban desde su regreso no le habían dejado espacio para hacer que su ropa y la maleta volvieran a su lugar, una tarea mundana que podía esperar. Se vistió rápidamente, echó una ojeada a su mapa de deseos colgado en la pared, y salió. Al pasar vio el desorden en el cuarto de su hijo, quien había pasado la noche en la casa de un compañero del colegio. *«Haré que lo recoja cuando llegue»*, pensó mientras tomaba su cartera y su portafolios.

Ya en el tráfico habitual, manejaba hacia su oficina. El celular no dejaba de reclamar atención. Una notificación tras otra. Ni siquiera se molestó en desviar su mirada del camino hacia el celular. Sabía quién la mensajeaba con tanta premura. Hacía dos días que su teléfono no paraba de recibir mensajes desde México. La comunicación internacional no era muy económica en esos momentos, por lo que se sentía halagada de que su nuevo romance se dedicara desde tempranas horas a enviarle mensajes de texto y voz.

La luz roja del semáforo y una gran congestión vehicular le permitieron echar un vistazo a la pantalla. «*Cinco mensajes de texto y tres mensajes de voz de Ricardo. En 72 horas han sido 58 mensajes*», pensó al tiempo que cavilaba con el ceño levemente fruncido, una ceja más elevada que la otra y tamborileando los dedos contra sus labios.

Los números siguieron dando vueltas en su cabeza. Pensaba que era normal que en todo comienzo de relación las emociones y las acciones fueran fulminantes, intempestivas, impensadas, pero algo la estaba sacando de su comodidad. «*Ya vas a buscarle defectos a tu nuevo romance, Victoria. No lo aplastes antes de darle una oportunidad*», se dijo. El sonido de las bocinas de los autos en el tráfico la sacaron de sus pensamientos. Sacudió su cabello para espantarlos, ya más tarde quizá volvería a ellos. Pisó el acelerador para seguir rumbo a la oficina de su cliente.

Su agenda estaba llena. No podía perder ni un minuto en analizar su vida romántica. «*Ya habrá tiempo*», pensó mientras se estacionaba en el área de visitantes de la empresa, y se dirigía a la oficina de su cliente. Se colocó el equipo de seguridad necesario para ir al área de manufactura donde debía auditar los procesos. Recordó que el uso de teléfonos celulares no estaba permitido en el lugar de trabajo. Sacó el suyo del bolsillo, y lo dejó con sus pertenencias, lo que le proporcionó una sensación de relajación inusual.

Cuatro horas más tarde, finalizado el trabajo, Victoria se quitaba el equipo de seguridad. Sintió que algo vibraba entre sus cosas. «*El celular*», pensó sin sorprenderse. Diez notificaciones de llamadas perdidas de México. «*Algo debe haber pasado*», se dijo preocupada porque sentía que esa insistencia no era normal.

Al tocar la flecha de los mensajes comenzaron a escucharse los *te extraño… quiero escuchar tu voz… ¿dónde andas?... ¿Por qué no me atiendes?... ¡¿Estás con alguien más?!...*

Su cuerpo de repente pesaba una tonelada. Se desplomó en una silla sucia del almacén en el que se había metido para escuchar sus *mensajes de amor* en privado. Estos fueron tomando una forma que no la hacía sentir cómoda. Fueron agarrando un tono ácido y poco romántico que comenzó a causarle angustia, desesperación y hasta un poco de desánimo.

Un sonido hizo que saltara de la silla. Era el teléfono. Victoria lo miró por un momento como si fuera un insecto a punto de atacar. Respiró profundamente, se aclaró la garganta, y contestó.

—Hola, güerita… —Se escuchó una dulce y alegre voz.

—Disculpa, estaba trabajando en un área donde no permiten el teléfono. ¿Por qué llamaste tantas veces? —Victoria preguntó con un tono que equidistaba entre la preocupación y la incertidumbre.

—Simplemente te extraño. Necesito saber qué haces cada momento, cada instante... —Lo que hubiera podido sonar romántico en un drama de televisión, en ese momento fue una revelación nada prometedora.

—Te llamaré esta noche cuando llegue a casa, y conversamos más tranquilamente —le dijo ella con toda la calma de la que era capaz en ese momento, evitando la rudeza a la que la empujaban las emociones que sentía en el pecho.

No tuvo un minuto de tranquilidad durante el resto del día. No por lo complicado y delicado de su trabajo, que ya era suficiente, sino porque no podía dejar de pensar en cómo manejaría la situación. El exceso de atención que demandaba Ricardo parecía desequilibrarla, y la hacía sentir que sonaban las alarmas.

Victoria había pasado su vida preparándose para destacarse en la profesión que había escogido, y lo había logrado. Cualquier problema o situación difícil podía manejarla y salir airosa. Sus clientes la llenaban de elogios por su capacidad. Conocía las herramientas para solucionar problemas, hacer análisis de causas, implementar mejoras. *«¿Cómo no voy a poder manejar esto?»*, se reprochaba. Sentía que el éxito que la acompañaba en el área profesional le era esquivo en la parcela de las relaciones románticas.

Mientras conducía a la escuela de su hijo, una descarga de frases hechas pasaron por su cabeza como una manera de convencerse a sí misma, y darse ánimo hasta la noche, cuando hiciera esa llamada que no deseaba hacer. *«Qué bello, está pendiente de mí… debo ser más flexible en mi vida… no debo estar tan enfocada en el trabajo… si sigo así nunca podré tener una relación sana… puede que él sea un poco intenso…».*

«Claro, como en mi relación anterior mi pareja no me prestaba atención, no puedo asimilar que alguien actúe de esta manera conmigo. La del problema soy yo… bueno, quizá no hay problema», seguía rumiando en su cabeza.

Victoria detuvo su auto en el área de recogida de estudiantes, y buscaba la cara familiar de Alejandro. Sonrió mientras veía a su hijo hablar con sus amigos. Ella no tenía ninguna duda de que él crecería para convertirse en un hombre interesante y sociable. ¿Cómo no hacerlo, siendo tan inteligente?

—¿Cómo estuvo tu día? —preguntó el niño mientras abría la puerta del coche, y lanzaba su bolsa de libros en el asiento trasero.

—Muy bien, supongo —Sonrió.

Una vez que llegaron a casa, Victoria lo ayudó con las tareas; preparó la cena mientras Alejandro recogía el desorden del cuarto; le dio de comer al perro; envió correos pendientes, y le contó una historia al niño en la cama hasta que este se durmió. Dio varias vueltas más recogiendo cosas, limpió varias veces el mismo lugar del mesón de la cocina. Ya todo estaba en orden, todo bajo control. Ya no tenía más excusas para postergar la llamada.

—¿Sabes qué? Deseo extrañarte —Soltó de una vez, y sin explicación previa la frase que nunca olvidaría.

Del otro lado de la línea telefónica solo hubo silencio. El destinatario que había sido tan elocuente durante el día se quedó sin palabras ante la tajante declaración.

—Disculpa, güera, no te entiendo bien —dijo tratando de recomponerse. Pensaba que era un problema del lenguaje, quizás en Venezuela eso significaba algo distinto.

—Dame chance de extrañarte —repitió Victoria lenta y tranquilamente—. Nos dejamos de ver hace tan solo dos días, y me siento sofocada, asfixiada, como que ya no quiero saber nada de ti.

—Es que yo necesito expresarte mi amor, estoy loco por ti —explicó Ricardo pacientemente, tratando de no asustarla. Victoria sintió que quizás había mucha tensión de su parte, y se dijo a sí misma que deberían darse una oportunidad.

Acordaron verse pronto. Él tenía planificado un viaje a Venezuela a un evento donde ambos podrían estar juntos.

Ella era una persona muy abierta y compasiva. A pesar de la aparente crudeza a la hora de expresar algunas ideas, no era capaz de decir algo que pudiera herir a alguien, al menos no intencionalmente. Quizás por eso se sentía mal por la forma como le había hablado a Ricardo. «Soy la villana de esta novela», pensó. A él le gustaba la franqueza de ella y su forma de expresar sus ideas, pero las cosas no iban al ritmo que él hubiera deseado.

Victoria deseaba profundamente que la relación funcionara, aunque fuera a distancia. Recordaba lo que le había dicho una vez su profesor de Astrología sobre un extranjero en su vida. «¿*Será este mexicano ese extranjero en mi vida?*», se preguntaba. Había alcanzado una situación envidiable como profesional, pero el área afectiva parecía no ir al mismo ritmo. «¿*Seré yo?*», se cuestionaba cuando caía en la cuenta de cómo habían resultado las relaciones más largas que había tenido. Con Adrián, su exesposo, la relación había durado cinco años. Pensaba que estarían juntos por siempre, ya que eran la pareja que todos envidiaban, por la libertad y fraternidad que ambos emanaban en las fiestas de fin de semana. La capacidad de compartir con amigos, cada uno por su cuenta y a veces juntos, los hacía únicos.

En la búsqueda de respuestas del porqué no había funcionado, venían de nuevo las listas de autoanálisis y críticas. La familia de él solía decirle que estaba muy enfocada en la profesión y no en el amor. Su madre, por otro lado, le aconsejaba que debía ser más celosa y posesiva, «pues los hombres a veces necesitan eso». Solía decirle, medio en broma, medio en serio: «Si no estás brava o celosa, simula que lo estás para que él se sienta querido». Luego, ambas quedaban en silencio, se miraban a los ojos, y soltaban una risa irónica. Sabía que eran consejos con buenas intenciones, pero no tenían cabida en su vida.

∞

Las semanas pasaron muy rápidamente. El tiempo y la distancia fueron cambiando el tono de las conversaciones. De uno muy intenso, pasó a uno más moderado hasta convertirse en charlas muy amenas cada noche.

Victoria recordaba la manera cómo se habían conocido, una escena que no tenía nada que envidiarle a una telenovela. Estaban en el área de la piscina de un hotel en Acapulco donde asistían a un evento internacional con expertos en procesos industriales. Cuando sus miradas se encontraron, comenzó a sonar una canción cuya letra parecía especialmente escrita para el momento, pues relataba casi exactamente la escena que estaban viviendo. *«Bendito el lugar y el motivo de estar ahí, bendita la coincidencia. Bendito el reloj que nos puso puntual ahí, bendita sea tu presencia».* Parecía una casualidad... pero ella no creía en casualidades. Una situación tan poco común como aquella no era casual... era una señal. *«Cupido, ¿te acordaste de mí por fin?»*, pensaba en aquel momento.

∞

Se acercaba la fecha del evento en el cual se volverían a ver. Victoria conversaba con el grupo encargado de la organización, pues ella había sido invitada como una de las ponentes. Por casualidad (nunca dejaban de ocurrirle *casualidades*. Su mejor amiga le decía a Victoria «la provocadora», porque tenía el poder de provocar situaciones o coincidencias que parecían sacadas de un libro) escuchó una conversación de un grupo de personas que trabajaban allí. Laura, la coordinadora del evento, hablaba de un mexicano muy simpático que la llamaba constantemente y al que estaba ansiosa por conocer. Victoria sonrió. Imaginaba quién era el mexicano simpático. Sintió que todas sus alarmas se activaban, pero decidió no reaccionar, y esperar a ver qué pasaba. En el fondo, disfrutaba ver cómo podía desarrollarse una telenovela en la cual ella era parte de la trama. Sabía que podría salir lastimada, pero ella tenía su propia filosofía sobre los conflictos: los veía como oportunidades que la podrían acercar o alejar de las personas, pero, definitivamente, ella terminaría con más fortaleza y conocimientos.

∞

Ricardo abordó el vuelo que lo llevaría a Venezuela. A su lado se sentó una mujer que no dejó a nadie en el avión indiferente a sus encantos… y a él tampoco. Era algo mayor que él, muy atractiva, rubia, con unos ojos profundamente azules, sofisticada, vestida de lino blanco, con un andar elegante.

—Hola, me llamo Ricardo —le dijo él al ayudarla a meter su maleta en el portaequipaje.

—Diana, encantada —Fueron las palabras de ella que dieron comienzo a una conversación que duraría las casi seis horas del vuelo.

Luego de registrarse en el hotel, descansar un poco y cambiarse de ropa, Ricardo se dirigió al lugar del evento. Se sentía nervioso. La experiencia en el vuelo había sido algo inesperado que sacudió el esquema que tenía previsto para ese viaje.

Pensaba en lo que estaba sintiendo cuando vio hacia el estrado. Victoria daba su ponencia. Su seguridad al hablar lo impresionaba. Su cabello rubio se movía cada vez que asentía. Él la observaba mientras conversaba con los organizadores. Ella lo miraba sin perder el hilo de su disertación.

Al finalizar, Victoria bajó de la tarima y se dirigió hacia él. Él la saludó discretamente retirándose un poco, dándole la mano. No sabía cómo debía comportarse. Victoria se dio cuenta de que algo pasaba. Lo entendió, y le siguió el juego. Ya había terminado el evento, y los asistentes comenzaban a dejar el salón.

—¿Hacia dónde te diriges? Puedo llevarte —Le ofreció ella diligentemente.

—Tengo que volver al hotel, pero quiero pasar antes al centro comercial. Puedes dejarme allí, y luego puedo tomar un taxi.

—De acuerdo, te llevaré —contestó Victoria asumiendo que él no quería causar molestias.

Al llegar al centro comercial, Victoria decidió bajarse también. Ricardo no se lo esperaba. Parecía un poco nervioso.

—Tengo que comprar algo para mi hijo, no es ninguna molestia, no te preocupes —le dijo para tranquilizarlo.

Caminaban juntos por el centro comercial. Victoria sintió que su guardia bajaba, y comenzó a relajarse mientras ella y Ricardo se distraían en una conversación casual. Se sentía muy cómodo, natural. Sus manos balanceándose juntas hicieron que se rozaran por momentos mientras caminaban. Por los altavoces comenzó a escucharse la misma canción que sonaba cuando se conocieron en la piscina de Acapulco. Fue un momento mágico. Ambos se vieron con caras de asombro, y dijeron al mismo tiempo: «¡Nuestra canción!». En ese momento —como una sincronía perfecta—, caminaba hacia ellos Laura, la coordinadora del evento, quien miraba a los ojos a Ricardo, y él a ella.

Ricardo sin palabras y sin saber qué hacer, volteó su cara hacia Victoria. En esas milésimas de segundo no atinaba a adivinar qué expresión tendría ella.

Victoria no hizo más que ver la escena, y ante lo inesperado y extraño de la situación no pudo contener las ganas de reír.

Al fondo la canción seguía sonando: «*Bendito el lugar y el motivo de estar ahí, bendita la coincidencia. Bendito el reloj que nos puso puntual ahí, bendita sea tu presencia*».

—Escucha tu canción. ¡Es realmente tuya, no nuestra! —le dijo Victoria a Ricardo, dándole dos palmadas en el hombro.

Victoria creía que las coincidencias no existían. «Hay una señal en todo, pero a veces tardamos en darnos cuenta de su significado en nuestra vida», solía decir con frecuencia.

∞

Victoria y Ricardo siguieron comunicándose. El carácter amistoso de su relación no fue una sorpresa para ninguno de los dos. La relación entre él y Laura duró casi dos meses, período en el cual Ricardo viajó con mucha frecuencia a Venezuela, sobre la que decía que era el paraíso de las mujeres hermosas. Un tiempo después, Victoria se enteró de que Ricardo estaba saliendo con Diana, la impactante mujer que había conocido en el avión. Al final, gracias a Ricardo, ella y Victoria se convirtieron en muy buenas amigas. Su amistad continuó, incluso cuando la relación de Diana y Ricardo había terminado.

Victoria pensaba una vez más que Cupido no era generoso con ella. La empujaba a conocer hombres que resultaban diferentes a lo que esperaba. Muchos intentos fallidos de romance la hacían dudar de la capacidad del angelito para encontrar la pieza justa que encajara en ese rompecabezas que era su vida. No estaba dispuesta a esperar que el hombrecito alado siguiera lanzando flechas al azar. *«Yo puedo construir mi arco, apuntar mis flechas y dar en el blanco»*, se aseguró a sí misma antes de dormir. Estiró su mano para apagar la lámpara en la mesa de noche, donde reposaba su cuaderno de notas esperando el amanecer para recibir nuevas anotaciones.

Un cupido desorientado

Vincent dejó su coche en el estacionamiento, y se dirigió hacia un pequeño local en el centro de la ciudad. El día era brillante, sentía que el aire aún tenía el aroma de la mañana mientras caminaba varias cuadras hasta el establecimiento. Ya transitaba en su tercera década de vida y allí estaba, a punto de hacer algo que no había tenido necesidad de hacer nunca antes. La tarea de encontrar palabras para definirse y venderse no estaba resultando fácil. «¿*Cómo soy? ¿Cómo debo ser para atraer a una buena mujer con quien compartir y disfrutar la vida?*», se preguntaba mientras buscaba las palabras perfectas.

Muchos años atrás, le hubiera sido más fácil explicar quién era él: un estudiante de *high school* en New Jersey, primero en varias disciplinas deportivas (salto de garrocha, carrera, fútbol, lanzamiento de jabalina…), popular entre las chicas. «*Popular entre las chicas* —repitió en su mente—, *qué ironía*».

El nivel de sus esperanzas de encontrar la pareja ideal había descendido desde hacía mucho tiempo. Después de dos matrimonios rotos se sentía decepcionado de no haber tomado decisiones acertadas en el campo de las relaciones. Su vida le parecía una serie de decisiones impulsivas y desafortunadas. Pertenecía a una familia en la que las parejas seguían unidas: sus padres, abuelos, tías, tíos, primos... «¿*Será que no voy a ser capaz de tener una relación estable en mi vida?*», se preguntaba constantemente. Básicamente deseaba una relación honesta, sin miedos, en la que existiera compromiso, una real conexión y mucha comunicación. «*¿Será mucho pedir?*».

Entró a la oficina del pequeño periódico local mientras su mente se empeñaba en encontrar la descripción adecuada de su personalidad que le ayudara a encontrar su *alma gemela*. Ya no era el jovencito a quienes las chicas perseguían en la escuela. Ahora era un adulto en Pensilvania con poca suerte en las artes amorosas.

Ese día tenía que preparar una presentación para el proyecto del libro que estaba escribiendo, *El poder del 26. Cómo duplicar las ventas y triplicar tus ingresos en tan solo 90 días*. La expondría ante un grupo de empresarios de Williamsport, en Pensilvania. Era una presentación muy importante, pero su vida amorosa también lo era.

Con los codos apoyados en el estrecho mesón, miraba la planilla en blanco. El bolígrafo esperaba listo para escribir, pero no había ningún movimiento. El administrador del periódico —un hombre fortachón con algunos años encima— lo observaba con mucha curiosidad.

—Debe ser un mensaje corto pero significativo —dijo el hombre.

Vincent sonrió irónicamente ante el consejo.

—Eso trato. Parece fácil, pero no lo es.

Vincent estaba decidido a publicar un anuncio en la sección «Encuentros entre solteros». Esa sección del periódico de la ciudad era muy famosa. Había escuchado muchas historias de parejas que se habían conocido y se habían enamorado gracias a ella.

—Necesito atraer a una persona con quien pueda compartir mi vida en armonía. No solo quiero alguien con quien llevarme bien, sino alguien con quien establecer una relación duradera —dijo con tono preocupado—. Ya he fracasado en dos matrimonios. No quiero seguir coleccionando relaciones fallidas.

—Lo entiendo. A muchos les ha ido bien con «Encuentros para solteros», no veo por qué a usted no pueda pasarle lo mismo.

—¿Qué tal esto? —Vincent preguntó, y comenzó a leer en voz alta lo que había escrito—. Busco compañera de vida para disfrutar juntos un camino en donde el reconocimiento mutuo sea la clave para construir una buena relación de pareja.

—Tiene potencial —le dijo el administrador, quien seguramente presenciaba este mismo episodio varias veces al día.

Vincent salió confiado de la oficina del periódico. «*La suerte esta echada —se dijo—. Si a otros les ha ido bien, por qué no me iría bien a mí*».

Se dirigió directamente a su oficina. Organizó el material de *El poder del 26* en la computadora de la oficina, y aprovechó para publicar su perfil en algunos sitios web especializados en búsqueda de pareja en línea.

Terminó de preparar su presentación, y dedicó unos minutos para revisar si había alguna respuesta a su perfil. Su correo en la página de citas mostraba una notificación.

«*Parece que funciona*», se dijo, y se dispuso a revisar los mensajes. Tenía una nota de Briana, una chica con un perfil interesante, que lucía muy atractiva en sus fotografías. Vincent no vaciló en contestar. Tendrían una cita la noche del sábado.

«*No puede ser un mejor sábado*», pensó Vincent emocionado. Ese día daría un seminario y tendría una cita.

∞

La tarde del sábado Vincent llegó temprano al salón de conferencias, y aprovechó para saludar y conversar con algunos conocidos. Se sentía de buen humor. Ese podía ser un fin de semana de muchas oportunidades. Su lema siempre era: «El universo tiene infinitos recursos que generan infinitas oportunidades». Presentó su ponencia: *Observar proactivamente las situaciones de negocios, reconocer objetivamente las oportunidades y tomar acción*. Presentó su teoría sobre la oportunidad que cada persona tiene en la creación de la realidad desde su propia imaginación al elegir una posibilidad específica, y convertirse en el conductor de los recursos necesarios. Ilustró cómo se crean materiales, productos, soluciones y servicios a partir del éter de recursos infinitos.

Vincent utilizó una metáfora de cómo un árbol clava sus raíces en el suelo para extraer agua, productos químicos y nutrientes, y luego convierte estos recursos dispares en un fruto específico y único. El grupo estaba motivado para determinar qué tipo de árbol querían ser, y luego se animaron a llegar a su propio suelo de recursos infinitos para crear la fruta específica que se destacara en el mercado de infinitas posibilidades.

Al finalizar, muchos asistentes lo detuvieron con preguntas y anécdotas personales, y él los atendía encantado. Sintió que su presentación y la promoción de *The Power of 26*™ habían ido bien, y pensó que la mayoría de la audiencia estaba en la misma página. El *networking* era una parte crítica de su mundo, y necesitaba aprovechar al máximo cada encuentro. De hecho, ese podría ser un fin de semana de muchos encuentros afortunados, y estaba deseando el siguiente.

Satisfecho con el resultado, se dirigió a toda prisa a su casa para prepararse para su primera cita después de su divorcio. Se puso una camisa fresca. Era verano y no quería sudar en su primer encuentro con Briana.

Acordaron verse en un restaurant que ambos conocían. Al entrar, una chica con un vestido azul sentada en el bar movía sus manos y lo veía. «*Es ella, no está nada mal*», pensaba mientras se dirigía hacia el bar. Le extendió la mano.

—Hola. Soy Vincent. Tú debes ser Briana.

Ella tomó su mano tímidamente mientras lo miraba y estudiaba su rostro minuciosamente con sus grandes ojos verdes.

—Sí. Es un placer conocerte.

Vincent agradeció su saludo mesurado. Le pareció un signo de sensibilidad, algo que esperaba después de su última experiencia. Pidieron una mesa. Vincent iba tras ella mientras se dirigían al lugar reservado para ellos. La observaba mientras caminaba. Su marcha era sensual, su cuerpo mostraba curvas delicadas. Con cada paso, su cabello castaño se balanceaba rítmicamente, acariciando sus hombros.

Él le apartó la silla. Mientras ella se sentaba, Vincent percibía el ligero olor de su perfume. Un aroma terroso y floral que lo atrajo inmediatamente. Una vieja canción de Los Beatles sonaba en el fondo: *I want to hold your hand*. Lo tomó como una buena señal. Se preguntaba si a ella le gustaba la música de la misma manera que a él. Supuso que no era un cosa tan importante, pero era algo que igual esperaba.

El camarero tomó la orden de las bebidas. Cuanto este se retiró, Vincent dirigió su atención a Briana.

—Dijiste que eras psicóloga —Vincent soltó la frase para iniciar la conversación—. Apuesto a que tienes algunas historias interesantes.

—No tienes ni idea — dijo entre risas mientras sus ojos se iluminaban al pensar en su trabajo—. Creo que lo he oído todo. A veces es difícil mantener una cara seria — Sacudió la cabeza, y sus ojos bailaban alegremente.

Briana continuó contándole algunas de sus historias más interesantes con sus clientes. «Nombres cambiados, por supuesto», dijo con un guiño. Vincent contemplaba su rostro mientras hablaba. Disfrutaba de la gracia con la que describía todo. Su manera de interactuar era cautivadora. Definitivamente era una mujer atractiva, y obviamente interesante. A Vincent le resultaba difícil creer que permaneciera soltera. Con su encanto le debía ser muy fácil atraer a un compañero prometedor. ¿Por qué, entonces, estaba allí con él en una cita a ciegas? No tenía sentido, pero estaba feliz.

El camarero llegó para tomar su pedido, y ambos se dieron cuenta de que ni siquiera habían mirado el menú.

—¿Podría volver en unos minutos? Prometo que estaremos mejor preparados entonces —le dijo al camarero mientras tomaba el menú apenado.

El camarero asintió con la cabeza, y se retiró. Ambos examinaron cuidadosamente sus menús por un rato antes de decidirse. Llamaron al camarero nuevamente.

Briana miró a Vincent, ofreciéndole una sonrisa tímida.

—Creo que he estado hablando todo el tiempo. Ya basta de mí. Dijiste que tenías una presentación hoy. ¿Cómo te fue?

Vincent se alegró de tener a alguien con quien hablar sobre su día por primera vez en mucho tiempo. Le contó lo entusiasmado que estaba por la respuesta de los asistentes, y su optimismo sobre las perspectivas futuras que podrían resultar del seminario. Ella escuchaba atentamente, y le hacía preguntas para hacerle saber que estaba prestando atención.

Luego de escucharlo, Briana pasó a describir su vida con su familia.

—Nunca me he casado —Sus ojos buscaron los de él—. ¿Qué hay de ti?

Vincent no estaba seguro de si quería o no ir por ese camino, al menos no en detalle. Le habló de sus matrimonios, y luego, rápidamente, pasó a describir a su propia familia, lanzando anécdotas divertidas que la hicieron reír. Le gustaba su risa.

Llegó la comida. Vincent había pedido el filete; Briana, un plato asiático. Después de comer algunos bocados de su comida, los ojos de Briana se abrieron de par en par, llenos de lágrimas.

—¡Oh, Dios!

—¿Qué pasa? —preguntó Vincent preocupado.

Ella tosió un par de veces, mientras se daba palmadas en el pecho.

—Es picante. No me di cuenta de que había pimientos en él. No puedo soportar el picante.

Briana le hizo señas al camarero. Le explicó el problema... detalladamente... *mucho* detalle... y luego aún más detalles. Ordenó otro plato principal, esta vez enumerando varias peticiones especiales en su preparación, y siendo muy exigente.

Reanudaron su conversación. Vincent estaba encantado con su agudeza y su juego ingenioso de palabras. Obviamente era inteligente, y no se lo negaba. El ritmo de su conversación no le permitía a Vincent distraerse ni un minuto para asentir o perderse en algún pensamiento. Se vio obligado a seguir cada palabra, para no quedarse atrás. Sin darse cuenta, habían hablado durante casi tres horas. El personal estaba empezando a prepararse para cerrar.

—¿Crees que están tratando de decirnos algo? —dijo Vincent mientras miraba a su alrededor avergonzado.

Briana puso su mano sobre la mano de Vincent. El sintió la suavidad de su piel, y vio sus brillantes ojos acercarse y clavarse en los suyos.

—Déjalos esperar —le dijo en voz muy baja.

Vincent se sintió incómodo. Después de haber trabajado en suficientes restaurantes durante la universidad, no quería ser una de *esas* personas.

—Creo que probablemente deberíamos terminar nuestra primera cita aquí. Para eso son las segundas citas —dijo sonriendo.

Vincent comenzó a levantarse de su silla, con la esperanza de no haber estropeado el momento, y que ella fuera comprensiva ante la situación.

—Eso suena maravilloso. —Sonrió, obviamente complacida.

Vincent, alentado por su respuesta, tomó su mano mientras la acompañaba a su coche. Mientras se despedían, se inclinó, y le dio un abrazo largo y prometedor.

—Entonces, ¿te gustaría probar una segunda cita?

Briana asintió felizmente. Vincent prometió llamarla y hacer planes.

Cuando empezó a subirse a su coche, lo miró.

—¿Me llamarás? —le preguntó. Sus ojos reflejaban un sutil toque de ansiedad.

Vincent dudó un segundo. ¿No era eso lo que acababa de decirle?

—Por supuesto. —Le dio un beso ligero en la mejilla, y se apartó del auto mientras esperaba a que se alejara para dirigirse al suyo. Se sorprendió a sí mismo tarareando la melodía de Los Beatles que había estado escuchando antes. Su corazón se iluminaba con optimismo.

Al día siguiente, él debía viajar para asistir a un evento de trabajo, por lo que estaría fuera un par de días. El viaje fue a uno de sus lugares favoritos: Denver, Colorado. Le encantaba el aroma limpio del aire, y la vista de las montañas que se levantaban imponentes para proteger la ciudad. Había todo tipo de establecimientos pintorescos y tiendas de arte en los que podía perderse durante días. Cuando no estaba ocupado con el evento, exploraba la ciudad pensando en lo agradable que hubiera sido tener a alguien con quien compartir esas miniaventuras. Se preguntó si a Briana le habría gustado aquel lugar. Pensar en ella lo hizo sonreír. «*Tal vez la próxima vez*».

Tal como lo había planificado, el martes en la tarde ya estaba de regreso en casa. Cuando llevaba su equipaje de vuelta al dormitorio para desempacar, notó la luz parpadeando en el contestador automático. La contestadora le decía con su titilante luz roja que habían sido dos días muy activos para ella. La pequeña pantalla indicaba que había quince mensajes.

«*Nunca me habían llamado tanto*», pensó Vincent, que en ese momento imaginaba que serían llamadas para venderle algún servicio. Comenzó a escuchar los mensajes.

Domingo 6:00 p. m. «Hola, soy yo, Briana, pasé una velada estupenda, gracias. Espero verte pronto».

Domingo 8:02 p. m. «Se me olvidó darte también mi número de celular y el de mi oficina. Aquí te lo dejo 570-555-5290».

Él pensó que era dulce y mostraba que ella estaba genuinamente interesada. Se alegró de saber que no era solo él quien se sentía así. Fue halagador.

Lunes 9:12 a. m. «Hola, es Briana. Pensé que me llamarías ayer. Estoy esperando tu llamada».

La expresión de su cara cambiaba a medida que escuchaba los mensajes.

Lunes 11:11 a. m. «*Son las 11:11, significa almas gemelas. Pedí un deseo, y mi deseo es que me llames. Es Briana*».

Ya los mensajes habían perdido su tono romántico, y comenzaban a parecer parte de una novela de Stephen King.

Lunes 12:15 p. m. «*Vincent, ¿hola? ¿Estás ahí? ¿Por qué no me has llamado? Pensé que lo habíamos pasado bien la otra noche, y realmente quiero hablar contigo. No quiero asumir que me estás ignorando, pero estoy un poco molesta porque no me has devuelto la llamada. Entra en contacto conmigo cuando puedas... si todavía quieres, claro*».

Lunes 3:52 p. m. *Vincent, me estoy preocupando por ti. ¿Pasa algo malo? ¿Estás bien? ¿Dónde estás? Estaba muy emocionada por nuestra cita, y tal vez he malinterpretado la noche. No entiendo.*

Lunes 4:27 p. m. *Vincent, es Briana. Estoy empezando a sentirme ignorada. ¿Me estás evadiendo? ¿Sera que no entendí si querías verme de nuevo? A veces puedo ser muy directa, y otras veces puede que confunda a las personas cuando hablo. Esperaba que supieras la diferencia.*

Lunes 6:41 p. m. *Vincent, contesta, por favor. ¡Vincent! ¡Realmente no entiendo como me tratas! ¡¿Cuál es tu problema?! ¡Ustedes son todos iguales!*

Lunes 10:04 p. m. *Hola Vincent. Siento mucho el último mensaje. Todos los hombres no son iguales. Soy un poco emocional. ¿Hice algo malo? Por favor, llámame.*

Martes 9:03 a. m. *Hola, Vincent. Es martes, a las 9:00 a. m. Estoy de vuelta en la oficina. Estaré aquí todo el día. ¿Podrías tener la cortesía de devolver mi llamada?*

Martes 11:03 a. m. *Hola, soy Briana. Supongo que estás con otra persona.*

Escuchó atentamente, uno a uno, los mensajes. Su mente estaba en una montaña rusa de pensamientos a medida que su preocupación crecía y se acercaba al último. Fue el número 15.

Martes 4:00 p. m. *Realmente, Vincent, ya no puedo seguir con una relación como esta. Has sido una completa pérdida de mi tiempo y atención. ¡Ya lo he superado! Por favor, no me llames. Ya no me interesas en absoluto. Asegúrate de no llamarme. No siento nada por ti. Tu existencia no me importa en lo más mínimo. ¡Que tengas un hermoso día, imbécil!*

Martes 4:01 p. m. *Vincent, me disculpo por ese último mensaje. Por favor, llámame.*

Martes 4:02 p. m. *Hola, Vincent, olvida mi último mensaje. No te molestes en llamarme. Ya eliminé tu número de mi lista de contactos.*

Se tiró en el sofá, le pareció que de repente la gravedad había aumentado en ese punto del planeta donde se encontraba. Trató de aclarar su cabeza. Pensó durante un rato, preocupado, analizando dónde se había equivocado. Recorrió en su mente los detalles de la conversación que había sostenido con Briana para encontrar qué podía haberse malinterpretado; buscaba las señales que él pudiera haber dado sin darse cuenta, «¿*o fui yo quien no leyó las señales que ella estaba dando?*».

Unos minutos después soltó una carcajada. «*Creo que esta ha sido mi relación más breve desde que estaba en high school. Esta se terminó antes de comenzar. Parece que mi suerte en el amor está lejos*», ...pensaba mientras se dirigía nuevamente a la contestadora.

En verdad, suponía que era mejor haber visto ese lado de Briana desde el principio. Si esa era la forma como se comportaba después de la primera cita, no quería imaginarla en una relación ya establecida.

«Cupido y yo seguramente vivimos en distintos planetas», dijo y firmemente apretó la tecla de borrado de mensajes de la contestadora.

Armar el rompecabezas

«Por fin, viernes en la noche», pensó Victoria. Saboreaba un nuevo vino tinto que había decidido comprar de camino a casa. Merecía darse un gusto. No había sido una semana fácil. Estaba acostumbrada al trabajo duro. Nunca había huido a ninguna responsabilidad. Así era desde sus tiempos de estudiante cuando se ofrecía a participar en todas las actividades que se presentaran: el comité estudiantil, el comité de graduación... siempre lideraba el grupo donde se encontrara. Sus calificaciones eran excelentes. Nunca le había ganado el cansancio producto del trabajo, porque generalmente amaba todo lo que hacía.

Pero la semana que recién terminaba había tenido mucho movimiento extra. Los que pensaba que iban a ser unos días de posibilidades interesantes en el campo del romance se convirtieron en cuestión de minutos en un capítulo de telenovela.

Observaba las piernas del vino en la copa mientras lo agitaba suavemente con su mano, y pensaba que si bien su relación a distancia con Ricardo no había sido muy prometedora —y antes de su llegada ya avizoraba que esa relación no sería nada importante—, lo que realmente la estaba haciendo sentir tan cansada en esa noche de viernes era la idea de que la posibilidad de encontrar el amor se le mostrara tan esquiva y llena de curvas que sortear. No era la primera relación que no lograba cuajar desde que se había divorciado.

Victoria se levantó del sofá para llenar la copa y disfrutar un trago más antes de ir a dormir. Vio en la mesa el rompecabezas que su hijo estaba armando hacía varios días. Él se quejaba de que era muy difícil, pero como su madre, se resistía a rendirse. Lograría armar ese rompecabezas así le tomara meses.

«¿Y sí realmente todos somos piezas de un rompecabezas? ¿Y sí la vida es tan solo un gran rompecabezas?», pensaba al observar los espacios vacíos que faltaban para ver la imagen completa sobre la mesa. Tomó una pieza y trató de encajarla donde creía que correspondía. La forzó, pero no pertenecía a ese espacio, aunque lo parecía. *«Debe haber una pieza que encaje conmigo, pero no debo forzar nada. A veces las cosas parecen pero no son»*. Veía las piezas y pensaba que siempre existían códigos para armar un rompecabezas, solo había que reconocer la pieza o la clave justa… o quizá ambas. Sintió que esa idea provocaba nuevas sinapsis en su cerebro; recordó consejos que su profesor de Orientación le daba en el colegio: «Uno, no pierdas tu capacidad de asombro; dos, nunca pierdas la curiosidad así sea por cosas simples, y tres, siempre cuestiónate ante cualquier situación».

Volvió al sofá para saborear el resto del vino en la copa para irse a dormir. Desde donde estaba alcanzó a ver su cuaderno de sueños. Lo buscó, y comenzó a juguetear con las hojas al azar. Empezó a leer lo que había escrito sobre el sueño que había tenido justo antes de conocer al padre de su hijo.

En el sueño estaba en un examen final en la universidad. La profesora vigilaba que nadie hiciera trampas. Había un muchacho de cabello oscuro y marcas de acné sentado detrás de ella. Él le tocaba el hombro, y le preguntaba cuál era el cálculo para alinear los planetas según la ecuación donde el tiempo y espacio no existen. «No tengo los instrumentos para calcularlo», le decía el joven frustrado. Ella lo rechazaba sacudiendo el hombro. «Cállate, vas a hacer que nos reprendan», le dijo. Él insistía golpeando el pupitre de ella con los pies. Preocupada por el tiempo, seguía tratando de terminar el examen del cual ya había completado la mitad. Hizo el cálculo y el resultado era 161. Repitió varias veces la operación para comprobar que tenía el resultado correcto. El chico de atrás seguía insistiendo en que le diera el resultado. Al levantar la vista de su examen para contestarle, vio a la profesora parada a su lado. Esta los regañó a ambos, cambió al chico a otra silla, y le dijo a Victoria que ocupara la silla en la que había estado sentado el joven.

Victoria estaba angustiada porque había perdido mucho tiempo del examen, y quería completarlo. Al comenzar a responder la siguiente pregunta, sonó el timbre. Justo en ese instante del sueño, la despertó el sonido del despertador. Cerró el cuaderno, y comenzó a recordar lo que había pasado los días siguientes a aquel extraño sueño.

Comenzaba su período como pasante de ingeniería. Se había levantado apurada porque quería escribir sobre el sueño antes de ir a la empresa en la que realizaría su pasantía. Tomó su cuaderno, escribió los números de los resultados del examen, y una frase que le había dicho el muchacho del puesto de atrás sobre el no tener los instrumentos para resolver la ecuación. *«¿Qué instrumentos?»*, se preguntó Victoria, y siguió preparándose para salir.

Victoria metió en su bolso los libros que usaría esa tarde en la universidad luego de cumplir su primer día de pasantía en la refinería. Ya estaba en el último semestre. Estar a punto de graduarse la emocionaba mucho. Su tesis de grado había conjugado su carrera y su misión de ayudar de alguna forma al planeta. Al pensar en esto recordó que debía llevar el libro de Astronomía que usaba en las clases de Astrología a las que asistía como hobby en las noches. *«Ingeniería y Astrología, ¡qué combinación tan improbable!»*, sonrió al pensar en aquella extraña mezcla.

Era un día muy importante. Por eso había escogido un atuendo que la hiciera parecer casual pero profesional. La empresa donde haría la pasantía era una de las más importantes refinerías de petróleo del país. El proyecto de su tesis trataba sobre el reciclaje de desperdicios tóxicos. «Es una forma de aportar mi granito de arena al planeta», decía.

Llegó a la empresa. Caminaba tras el coordinador encargado de enseñarle el lugar. Pasaron por una larga fila de oficinas antes de llegar al que sería su espacio de trabajo.

—Puedes usar ese —le dijo el hombre señalando un escritorio apartado en una esquina.

Victoria observó que no había ninguna silla cerca. El coordinador vio su expresión, y se dio cuenta de la situación.

—Ve a la oficina de al lado y toma una silla cualquiera de las que están allí. Los tres ingenieros que trabajan en esa oficina estarán fuera durante dos meses —le indicó el hombre al tiempo que atendía una llamada de emergencia y la dejaba en el lugar.

Victoria entró a la oficina que le había señalado el coordinador, y vio tres escritorios con sus sillas. Tomó la del centro. En ese momento recordó el momento del sueño en el que había tenido que ocupar la silla del chico de cabello negro que la molestaba preguntándole las respuestas del examen. «¿*Déjà vu*?», pensó y comenzó a analizar todo a su alrededor como siempre hacía cuando estaba en situaciones como esa. Trataba siempre de buscar símbolos e interpretaciones.

Sus pensamientos fueron interrumpidos por una mujer que entró a la oficina de los tres ingenieros ausentes.

—¿Habrá por aquí una calculadora electrónica? Necesito hacer unos cálculos.

Victoria no supo qué decirle. La mujer buscó, pero no encontró lo que buscaba.

—Nunca consigo las cosas cuando las necesito, y cuando no las necesito, aparecen —refunfuñaba la mujer al salir de la oficina.

Al escuchar esas palabras —sin saber por qué le habían impresionado—, Victoria fue hasta su bolso, sacó el libro de notas de Astrología, y escribió la frase que acababa de escuchar. En la noche la incluiría en el cuaderno de su mesa de noche.

Dos meses después de ese día, el grupo de ingenieros regresó a la oficina. Conversaban en voz alta y se reían. Victoria veía por el reflejo en la ventana que estaban planeando alguna clase de broma. Reían y la veían.

—Disculpe, usted tiene mi silla —le reclamó uno de los ingenieros con cara de molestia.

—Disculpe, pero esta silla es mía. Yo tengo más de un mes usándola. —Victoria le siguió el juego.

—Esa silla es mía —contestó el ingeniero golpeando el escritorio.

Victoria puso cara de asustada, y rompió en llanto. Ninguno de los presentes esperaba esa reacción, y trataron de remediar la situación.

—Es una broma, es una broma —le decían los otros dos ingenieros preocupados al verla así.

Victoria se levantó lentamente. Se tapaba la cara con las manos. Cuando los tenía casi enfrente, terminó de pararse, abrió sus manos, y no pudo contener una carcajada que dejó a todos atónitos. Los ingenieros se miraron entre ellos con cara de confusión, pero al darse cuenta de que la broma la estaban recibiendo ellos, estallaron en carcajadas.

—Aquí está su silla. Me llamo Victoria Guzmán —dijo levantando la mano en gesto de saludo—. Gracias por permitirme usarla durante estos dos meses.

—Adrián. Un placer. Ya le conseguiremos otra —le contestó el hombre estrechando su mano, y sintiendo gran respeto hacia ella.

El episodio fue el comienzo de una buena amistad entre ella y el dueño de la silla, que se fue afianzando entre juegos de oficina y chistes de ingenieros. Él era ingeniero civil, deportista, musculoso, de piel muy blanca, con cabello negro azabache. Su rostro evidenciaba que había sufrido de acné en su adolescencia, pero no disminuía en nada su atractivo.

Todas las tardes, al terminar la jornada de trabajo, algunas personas de la oficina se reunían para salir juntos hacia la ciudad. Muchas veces compartían los autos. Victoria siempre llevaba su deportivo negro que solía llamar la atención de todos. Adrián acostumbraba a regresar a la ciudad con ella, y conversaban mucho durante el trayecto.

—Mi novia Lorena es muy controladora. Me siento ahogado en esa relación —confesó inesperadamente Adrián. Victoria escuchaba con atención.

A partir de ese momento, las conversaciones, que siempre habían sido casuales sobre distintos temas, se transformaron en confesiones y recuentos sobre relaciones difíciles que ambos habían experimentado. Cada viaje de retorno del trabajo se convertía en un momento de desahogo para ambos, antes de dejarlo en la puerta de la casa de su novia.

En uno de esos viajes, Adrián le pidió que lo dejara en un lugar distinto al habitual.

—Voy a hacer yoga —le dijo sonriendo sarcásticamente.

Adrián no era del tipo que practicara yoga, por lo que Victoria lo miró extrañada.

—Me gusta una chica que da clases de yoga. Se llama Claudia. He conversado varias veces con ella cuando sale de su clase —le confesó Adrián.

Victoria sonrió. A ella, desde la inmadurez de sus 21 años le causaban cierta gracia las aventuras de Adrián. Incluso sentía cierta atracción por formar parte de esa situación. Quizá alguien con más experiencia hubiera detectado un patrón en la actitud de Adrián, pero este no era el caso. Victoria solo sentía que con él podían pasar horas juntos disfrutando de conversaciones profundas. Aunque nunca se habían dado ninguna señal de atracción entre ellos, y no se había planteado conscientemente ningún tipo de competencia por la atención de Adrián, estaba segura de que si entraba en ese emocionante juego por competir, no tendría problemas en ganar.

Lo dejó en la clase de yoga y se fue a su clase de Astrología. Como ya estaba a punto de culminar el curso, ese día realizaría, junto al profesor, su carta de proyección del futuro.

«Ese mapa astrológico puede definir algunas tendencias del futuro y me permitirá tomar decisiones más sabias», pensaba mientras conducía.

—Hay un hombre relacionado con el extranjero que podría ser tu futura pareja o tu esposo —le dijo el profesor al analizar la carta.

Quedó impactada. Guardó la grabación de la sesión en su mesa de noche, junto con sus notas, su cuaderno de sueños y sus registros.

Faltaban dos semanas para culminar su pasantía. Las confesiones en los viajes de regreso del trabajo eran más profundas entre ella y Adrián. Se sentía muy a gusto con él, a pesar de sus constantes aventuras románticas. Sentía que había ganado un espacio importante en la vida de él.

—Sé que te gusta cocinar. ¿Quieres ir a mi apartamento y cocinar alguno de tus platillos especiales? —le propuso él.

Victoria detectó un ligero coqueteo en su voz.

—¡Vamos! —respondió emocionada.

Se detuvieron en un mercado para comprar los ingredientes necesarios. Al llegar al edificio donde vivía Adrián, entraron por el estacionamiento. Se bajaron del auto, y entraron por la puerta de servicio. Había un gran lobby con dos gruesas columnas que separaban la entrada principal y los ascensores.

Comenzaron a cocinar. Reían y coqueteaban. Se prepararon unos tragos, y el ambiente tomaba un aire romántico.

—Falta pan para acompañar la cena —dijo Victoria mientras comenzaba a servir la comida.

—Voy a bajar, en la esquina venden unos panes deliciosos recién hechos.

Al salir del ascensor, pasó entre las columnas para dirigirse a la puerta principal. Fue cuando vio a Lorena y a Carlos, su mejor amigo, sentados en el lobby. Llevaban mucho tiempo esperando que Adrián entrara por la puerta principal, pues sabían que no se había llevado el auto al trabajo. Las columnas no les permitieron darse cuenta de que, más temprano, Adrián y Victoria habían entrado al ascensor desde el estacionamiento.

Sorpresa y tensión llenaron el ambiente. Adrián, paralizado, casi pálido, no sabía qué decir.

—¿Cómo es eso de que estabas aquí? Tenemos rato esperándote, y resulta que tú ya estabas en tu casa —le reclamó Carlos.

—No los vi cuando llegué. Entré por la puerta del estacionamiento. Voy a comprar pan. Por favor, Carlos, sube y cuídame algo que dejé calentando en la cocina. Yo voy con Lorena a la panadería —le dijo Adrián con nerviosismo. Su cara le confesaba a Carlos que *algo se estaba cocinando,* y como Carlos lo conocía como a un hermano, tomó la llave, y se aventuró a descubrir lo que había en la cocina.

Ajena a lo que pasaba en el lobby, Victoria preparaba entusiasmada la mesa. Decidió decorar con unas velas que había encontrado en una gaveta. Quería un ambiente íntimo y cálido. Dio un salto al escuchar el timbre de la puerta, seguido del sonido de las llaves abriéndola.

—¿Qué haces aquí? ¿Vienes a comer con nosotros? —dijo entre sorprendida y decepcionada al ver a Carlos en la puerta.

—Victoria, debes irte de inmediato. Lorena está aquí. Va a subir en unos momentos con Adrián. Tu presencia acá puede generar una situación poco agradable.

«*¿Lorena? ¿Aún Lorena está en esta carrera?*», pensaba Victoria mientras recogía sus cosas sorprendida con sus propios pensamientos. Siempre había competido por notas, elecciones estudiantiles. *¿Competir por la atención de un hombre? Eso no me había ocurrido*», trató de sacudirse los pensamientos de la mente, y sintió que no pertenecía a ese lugar ni a esa situación.

—Bien, disfruten su comida —dijo ásperamente mientras abría la puerta. Un nudo en la garganta, acompañado de una mezcla de rabia, tristeza y enojo no le dejaron decir más nada. Se apresuró a llegar al estacionamiento. Se montó en el auto y se marchó.

Victoria decidió no volver a la empresa. Faltaba muy poco para el fin del período de pasantía así que no sería un gran desajuste dejar de ir. No sabía cómo manejar la situación si tenía que ver a Adrián en la oficina. Ella, que solucionaba todo con planes y procesos bien pensados y engranados, no podía pensar ni siquiera en cómo comportarse ni qué decir. Organizó todo con el coordinador para enviarle el proyecto final por correo, y le agradeció por todo lo aprendido durante los tres meses de pasantía.

Al ver que ella no llegó ese lunes, Adrián supo que todo estaba mal. Victoria no había faltado ni un solo día a su trabajo. La culpa no lo dejaba tranquilo. Insistió en llamarla, pero ella no contestaba las llamadas ni devolvía los mensajes.

Victoria no sabía qué le pasaba ni por qué se sentía tan devastada. En el fondo presentía que algo así podría suceder. Adrián nunca le había ocultado sus aventuras ni sus relaciones. Ese era el tema de conversación fijo durante el recorrido de la empresa a la ciudad. *«Por qué me siento así. No debo confundir una amistad»*, se decía, pero la sensación de querer huir a ese sentimiento no la dejaba tranquila. Se cuestionaba constantemente cuando sus emociones la asaltaban en esos días en los que hacía todos los preparativos para su graduación que sería pronto.

Dos semanas después de aquel incidente, Victoria se acercaba a su casa en su deportivo negro. Desde lejos vio un auto desconocido estacionado en la puerta, y a sus padres hablando con dos hombres a los que no lograba identificar por la distancia y la poca iluminación. Sintió que su corazón se detenía unas milésimas de segundo cuando al acercarse pudo distinguir a los dos hombres. Eran Adrián y Carlos. Estaban allí, parados frente a su casa conversando tranquilamente con sus padres. *«¿Qué hacen aquí? Nunca dije dónde vivía»*, los pensamientos se atropellaban en su cabeza con la misma velocidad a la que latía su corazón.

—¿Me permiten conversar con Victoria unos minutos, por favor? —preguntó apenado.

Sus padres y Carlos asintieron y se alejaron para que conversaran.

—No debí dejar que algo así pasara. Debí aclarar todo con Lorena antes de arriesgarte a vivir un momento tan desagradable. Terminé con ella. Pasé muchos días evaluando y pidiendo consejos a mis amigos. Al final, descubrí que mi comportamiento de andar buscando una segunda novia era el reflejo de que ya no amaba a Lorena. Perdóname, por favor, por haberte arrastrado en esta locura; de verdad que extrañé mucho tu compañía. Te extraño. —Sus ojos le imploraban que hablara y pusiera fin a su tristeza.

Victoria sentía que las palabras de Adrián eran sinceras. Aún no asimilaba del todo lo que estaba pasando. No había pasado por su imaginación —la cual muchas veces volaba— que él pudiera ir a buscarla a su casa, y le pidiera tener una relación seria. Él continuó hablando.

—Mis padres se van de vacaciones a una isla por una semana, y quisiera que fueras con nosotros. ¿Qué dices? —le planteó abiertamente y sin rodeos.

∞

Victoria disfrutó el viaje. Conoció a gran parte de la familia de Adrián. La trataron como a alguien más de la familia. Su padrastro era un italiano, con un acento muy fuerte a pesar del tiempo transcurrido, que había emigrado hacía muchos años a Venezuela. Era un hombre muy alto y fuerte, que según Victoria tenía cara de ángel. Una imagen muy distinta de la que tenía del padre biológico de Adrián, quien lo había abandonado antes de nacer. La madre era una mujer dulce muy unida a su esposo.

La isla era maravillosa. El escenario parecía sacado de una película. El silencio llenaba el apartamento, pues todos se habían ido a dormir. Eran únicamente ellos dos sentados en el balcón. Solo se escuchaba el rumor de la brisa que llevaba aroma de agua de mar. La poca iluminación artificial en ese lado de la playa permitía ver con claridad las estrellas en un cielo negrísimo.

—¿Te quieres casar conmigo? —dijo repentinamente él tomándole la mano.

Lo inesperado de la propuesta la emocionó. En un segundo vinieron a su mente imágenes del episodio de la silla en la oficina; el sueño con el chico de cabello negro; la frase de la mujer de la oficina «nunca consigo las cosas cuando las necesito, y cuando no las necesito aparecen»; las palabras de su profesor de Astrología acerca de un hombre ligado con el extranjero…

—Sí, acepto —Fue lo único que atinó a decir, sin análisis ni estudios de riesgos. Las emociones del momento no le dejaban espacio a la objetividad que la caracterizaba.

Esa noche fijaron la fecha de la boda. Ocho meses después estaban casados.

∞

«*Vaya, ahora que veo hacia atrás, sí he tenido verdaderos capítulos de telenovela en mi vida*», sonreía, mientras tomaba el último sorbo de vino antes de irse a la cama. «*Tengo que encontrar la clave de mi rompecabezas y dejar de forzar las piezas. Quizás las energías o la intuición te llevan a seleccionar la silla adecuada o, mejor dicho, el lugar donde debes aprender si tienes los instrumentos y la disposición para hacerlo*», pensó al recordar aquel sueño que había tenido tiempo atrás. Ella había pensado que su encuentro con Adrián encajaba muy bien en su sueño, pero su matrimonio se había desmoronado al final.

Tal vez la intuición la había llevado al lugar correcto donde incluso tenía la libre voluntad de seleccionar la silla que quería, pero Adrián no tenía las herramientas o instrumentos necesarios para hacer que la relación funcionara.

Victoria se acurrucó bajo las sabanas. Sintió que había sido una noche interesante. Mientras se quedaba dormida pensaba en cómo podría interpretar mejor las aventuras que tendría en sus sueños, y qué nueva información podría obtener.

La cita perfecta

Vincent miró su imagen en el espejo. La camisa azul no se adaptaba a su estado de ánimo. Se encogió de hombros, y sacó una camisa blanca del armario, sintiéndose mejor con su decisión. No era fanático de las mangas largas. Le parecían muy rígidas, formales, y sentía que nunca le quedaban bien, así que las dobló para no verse tan formal. Miró su reloj. Saldría a cenar. Iría con sus amigos de siempre: Fred y Ralph. Desde que se conocieron en el *high school* nunca habían dejado de compartir y disfrutar juntos.

Fred le había planteado a Vincent que debían darle una mano a Ralph, a quien su timidez le hacía muy difícil conseguir citas y compartir con chicas.

El día anterior Vincent había recibido una llamada de Fred.

—Cenemos mañana. Megan invitará a dos amigas, Kathy y Lucy. Creemos que Kathy sería ideal para Ralph, y Lucy te va a encantar, amigo —Se escuchaba la voz emocionada de Fred—. ¡Acabo de conocerla y ya amo a Lucy! —agregó con su mejor imitación de Ricky Ricardo.

—No estoy buscando una relación. Lo sabes, Fred —dijo Vincent mientras fruncía el ceño, aunque su amigo no podía verlo.

—Es para ayudar a Ralph. Además, no todo es trabajo, Vincent. ¿Qué sentido tiene todo ese trabajo si no tienes a nadie con quien compartir lo que tienes? Debes salir y encontrar a alguien también.

—Yo salgo, Fred. No necesito tu ayuda —respondió Vincent con un dejo de cansancio en la voz.

—Hablo de una relación de verdad. No a que sigas saltando de un lado a otro como hacíamos en la escuela. Ya no somos unos niños, Vincent —dijo Fred con un tono más serio del que acostumbraba.

Vincent estaba listo para terminar la conversación. El análisis de su azarosa vida amorosa lo incomodaba.

—Yo sé lo que quiero. Me imagino con una mujer inteligente, profesional, hermosa… pero no en este momento. Iré con ustedes por Ralph. Quizá por fin le sea posible tener una chica. Pero hasta ahí llegará esta doble cita a ciegas que estás orquestando.

—Nos vemos mañana en el restaurant. —Fred suspiró en el otro extremo del teléfono por la actitud de Vincent.

∞

Vincent pensaba en su conversación con Fred mientras conducía al restaurante. Realmente no veía el problema. Se sentía bien, y su trabajo iba perfectamente. Se rio cuando recordó su primer intento de independizarse, a los diecinueve años, el cual no resultó exitoso. Había terminado el *high school* con un alto índice académico. Sus padres confiaban en que la universidad sería el próximo paso lógico para Vincent. Por eso se sorprendieron cuando les anunció su decisión de irse a Florida. Amaba la música y quería probar la experiencia de tocar en una banda.

—Respeto tu decisión, Vincent, pero esta aventura deberás vivirla con total responsabilidad. Tendrás que hacerte cargo de tus gastos. No podemos ser tu respaldo si te quedas corto y no puedes pagar los comestibles una semana. Así es como funciona la vida real. Solo así esa experiencia será útil en tu vida —le dijo su padre.

El padre de Vincent, profesor de educación física durante muchos años, ya había visto decisiones similares en muchos de sus antiguos alumnos, por lo que no lo tomó por sorpresa. Pero luego de haber perdido a Jerry, su hijo mayor, a los dieciséis años en un accidente, sentía cierta aprensión al pensar que Vincent se alejaría, y él no podría estar cerca para apoyarlo. Aun así, confiaba en que lo había criado bien y que esa experiencia le serviría para adquirir fortaleza y aprender cómo enfrentarse a las circunstancias de la vida.

—No te preocupes, papá. Sabes que siempre he trabajado. Todos los veranos he servido en restaurantes. Puedo hacer eso en Florida, y dedicarme a la música —expresó con confianza para tranquilizar a su padre.

Dos meses más tarde, Vincent regresaba a la casa de sus padres. La aventura no había resultado como esperaba. Ellos lo recibieron con alivio, con la condición de que asistiera a la universidad y se dedicara a estudiar. Bajo las condiciones de sus padres —que para ese entonces parecía ser un castigo— asumió el compromiso de culminar su carrera universitaria, y lo hizo.

Vincent se había graduado de ingeniero electricista, tenía trabajo y hacía unos meses había decidido tener su espacio propio. Quería disfrutar esa etapa. Estar solo se sentía bien... libre. No pensaba en asumir por los momentos más decisiones serias aparte de las de su trabajo.

∞

Terminó de vestirse y partió al *diner* que habían acordado. No era un lugar elegante, pero sí muy agradable y reconocido. Una banda de jazz solía tocar en el patio durante los fines de semana. Pensaron que era el lugar perfecto para que Ralph se sintiera cómodo ante su cita a ciegas.

Al llegar, Vincent vio a Fred con su novia y otra chica. Hizo una pausa por un segundo y vio hacia Fred interrogándolo con la mirada. *«Creo que me salvé de la cita a ciegas»*, pensó al ver que faltaba una de las chicas que había mencionado su amigo.

—Hola, Vincent. Te presento a Kathy, amiga de Megan. Lucy no pudo venir. Lo siento, amigo —le dijo Fred preocupado porque Vincent estaría sin cita.

—No te preocupes, entremos, tengo hambre —dijo aliviado mientras le hacía señas a Ralph que se acercaba a ellos.

El grupo se acomodó en la butaca que rodeaba la mesa. Vincent no se sentía a gusto al quedar atrapado entre las dos parejas. Pidió una silla y la colocó en el extremo de la mesa. Aunque bloqueaba un poco el paso, se sentía cómodo en ese punto. Era el impar del grupo, así que pensó que esa ubicación le ajustaba muy bien.

Esa noche, Vincent seguía siendo el chico jocoso y bromista del colegio. Se apoderó de la conversación. No dejaba un minuto libre de los chistes y ocurrencias que a todos agradaban. Siempre había sido así. Solía encantar a todos con su personalidad abierta y alegre. Esa noche había fascinado a todos, pero a una en especial. Kathy no había dejado de mirarlo durante toda la cena. Ralph tendría que esperar una próxima oportunidad.

∞

Vincent y Kathy comenzaron a verse todos los días después de esa cena. Iban al cine, a caminar, a comer helados... Incluso iban a ejercitarse cada día al gimnasio que quedaba cerca de las casas de ambos.

Durante ese año, Vincent estableció una excelente relación con la familia de Kathy. Se llevaba muy bien con el padre de ella, incluso trabajaron en la misma empresa. Lo consideraban un miembro más de la familia. Solía quedarse varias noches a la semana.

Kathy daba clases en un colegio. Era una mujer muy atractiva con unos grandes ojos castaños. Siempre estaba bien arreglada y maquillada. Los rizos de su cabello marrón siempre estaban bien acomodados. Ni un pelo estaba nunca fuera de su lugar. No le gustaba que la vieran sin maquillaje, incluso Vincent. Siempre parecía perfecta. Tal parecía que él había encontrado a la que era su mujer ideal: profesional, inteligente y extremadamente hermosa.

Vincent no creía mucho en el destino, pero no podía dejar de pensar en cómo habían ocurrido las cosas con Kathy. Todo parecía producto de una casualidad y se sentía afortunado de haber ganado en un sorteo para el cual no había comprado ticket. «*Tanto le insistí a Fred que no quería nada en estos momentos, y le gano la chica a Ralph a pesar de no andar buscando pareja*», pensaba. Para ese entonces Vincent no analizaba mucho las aventuras y los riesgos que tomaba; la emoción de experimentar cambios era una constante en su vida. En ese momento sentía que Kathy era su pareja perfecta, y no había que pensar mucho más.

Ya había pasado un año desde que le había dicho a Fred que no buscaba nada serio. Decidió proponerle matrimonio a Kathy. Cumplía casi con todas las características que había imaginado en la mujer ideal para compartir su vida. Nunca había tenido una relación que durara más de tres meses. Se llevaba de maravillas con la familia. No hizo mucho análisis y se dejó llevar por las emociones que sentía.

∞

—¿Cómo estuvo tu día? —preguntó Kathy mientras estiraba las piernas durante su entrenamiento nocturno en el gimnasio.

Vincent miró hacia arriba mientras ataba los cordones en sus zapatos.

—Estuvo bien. Mi jefe está fuera de la ciudad. Fue a una entrevista para obtener un ascenso en la compañía. Será interesante ver cómo termina eso.

—¿Vas a postular a su puesto si él se va? —preguntó ella mientras calibraba al ajuste correcto y se sentaba en la máquina para ejercitar los cuádriceps.

Respirando profundamente, Kathy comenzó las repeticiones con movimientos firmes y controlados. Vincent se maravillaba. Incluso cuando estaba haciendo ejercicio, ella apenas sudaba. Simplemente su piel brillaba y tomaba un tono rosado que la hacía aún más atractiva.

—No lo he decidido. Hay personas que han estado allí más tiempo que yo, y estoy seguro de que están interesadas —dijo Vincent mientras registraba su progreso en el diario que llevaba.

Le gustaba el hecho de que a Kathy también le gustara mantenerse en forma. Eso hacía más fácil ajustar su apretada agenda para pasar tiempo con ella. Pasaba todo su tiempo libre con Kathy. Iban al cine, a caminar, a comer helado. Era simplemente fácil.

—Mis padres quieren que vengas este fin de semana para disfrutar una parrillada. ¿Qué te parece? —Kathy preguntó mientras terminaba sus repeticiones.

—Suena bien —respondió Vincent mientras ajustaba la máquina a sus requerimientos.

A Vincent le agradaban los padres de Kathy. El padre había trabajado en la misma empresa que Vincent. Era un tipo jovial y animado, mientras que la madre era más tranquila y con un humor sarcástico, que a Vincent le resultaba interesante. Rápidamente lo habían acogido en su familia como uno de los suyos. Era otra cosa que parecía encajar. De hecho, Vincent tenía una pregunta que quería hacerle al padre de Kathy...

∞

Para la propuesta, Vincent había elegido un restaurante asiático que un amigo le había recomendado: Mister Chang. El nombre sonaba cliché, pero la reputación del restaurante por su exquisita cocina era excelente. Aunque no era un fan de la comida asiática, Kathy lo era. Era una de las pocas cosas en las que sus gustos no coincidían. Sabía que le encantaría, así que no lo pensó dos veces al hacer las reservas.

Cuando llegó para recogerla, Kathy abrió la puerta para saludarlo. La seda púrpura del ajustado vestido adornaba delicadamente las curvas de su cuerpo. Sus hombros desnudos estaban bronceados, combinaban perfectamente con el color profundo de su atuendo. Vincent se sentía orgulloso mientras la acompañaba al auto. Iba a tener a la mujer más hermosa de su brazo esa noche.

Al llegar al restaurante, Kathy lo miró extrañada.

—Pensé que no te gustaba la cocina asiática. ¿Estás seguro de que quieres comer aquí?

—Quería hacer algo especial por ti —le dijo mientras le tomaba la mano.

—¿Qué estás tramando? —preguntó intrigada Kathy.

Sus dedos se entrelazaban con los de él.

—No lo sé todavía. Tal vez estoy tratando de entender más lo que siento por ti.

Kathy lo observaba con suspicacia, pero no dijo nada más mientras centraba su atención en el menú.

Después de que terminaron su comida, Vincent tomó de nuevo la mano Kathy.

—Kathy, nos hemos estado viendo desde hace casi un año. Si alguien me hubiera dicho entonces que estaría aquí ahora contigo, me habría reído de ellos y les habría dicho que estaban locos. Desde que estamos juntos, todo parece que encaja perfectamente. Tenemos mucho en común. No puedo imaginar mi vida sin ti. Te amo, y quiero continuar este viaje contigo —Sacó la caja del anillo de su bolsillo, y la abrió—. ¿Te casarías conmigo?

Las manos de Kathy volaron hacia su boca mientras sus ojos buscaban los de él durante lo que pareció una eternidad.

—¿Estás seguro?

Vincent hizo una pausa, sin entender su reacción.

—Por supuesto que lo estoy.

Los ojos de Kathy, muy abiertos, estaban llenos de una alegría que parecía controlada por la precaución.

—Sí —dijo mientras se sostenía su mano izquierda. Temblaba ligeramente, así que Vincent la mantuvo firme mientras deslizaba el anillo en su dedo.

El camarero llegó con el champán, y ellos y las demás personas en el restaurant brindaron por su compromiso.

Vincent no podía quitarse de la cabeza el pensamiento que pasaba por su mente. Los padres de Kathy parecían más emocionados que ella cuando él le había pedido su mano en matrimonio. Se encogió de hombros. Probablemente fueron solamente los nervios. ¿Qué más podría ser? Eran perfectos el uno para el otro.

Un mes después, se casaron.

Mi compañero de fiesta

Una mañana de algunos años atrás el despertador sonaba a las 5:58 de la mañana. Victoria estiró su brazo hasta la mesa de noche, pero esa vez no había sido para tomar el bolígrafo y escribir lo que había soñado antes de olvidarlo. El cuaderno de tapas duras donde registraba sus sueños había cedido su lugar a otro tipo de cuaderno. Uno donde Victoria llevaba el registro de su temperatura diaria.

Tanteó para pausar el despertador, y buscar el termómetro dentro de la farmacia en que se había convertido su mesa de noche. Encendió la lámpara, y metió como autómata el termómetro en su boca. Sus ojos se cerraron para tratar de aprovechar ese minuto de sueño. La alarma sonó nuevamente. Dio un brinco en la cama, y casi deja caer el termómetro.

—¿Cuánto marca? —preguntó Adrián con las palabras adormecidas.

—Es hora —balbuceó ella sin abrir completamente los ojos.

Sin terminar de sacudirse el sueño, ambos sincronizadamente se unieron para iniciar el ritual programado de cada veintiún días. Sus cuerpos se movían como autómatas que cumplían una tarea; sus mentes no viajaban a lugares eróticos llenos de placer; simplemente esperaban con fe que esa jornada tuviera la gracia de Dios, y se diera el milagro.

Victoria y Adrián eran la pareja más admirada de su grupo de amigos. A menos de un año de conocerse decidieron que compartirían su vida para siempre. Se convirtieron no solo en compañeros de vida, sino de fiestas. Ambos amaban sus trabajos, y también disfrutaban pasar buenos ratos de diversión.

Victoria sentía que le había ganado la competencia a las aventuras de Adrián. Esas que había conocido de primera mano porque era su confidente cuando lo llevaba a visitar a sus conquistas luego de salir del trabajo. A menudo se reía cuando pensaba en todas esas ocasiones en las que él le confiaba sus enamoramientos. Al final, él la había elegido.

Esos tiempos habían terminado. Eran una pareja feliz que cada viernes salía a divertirse. Cada uno salía de la oficina a fiestear con sus compañeros, y muchas veces terminaban compartiendo todos juntos al final de la noche. Tenían un acuerdo implícito de libertad y confianza que todos elogiaban.

Muchas veces las fiestas comenzaban en la casa, y a medianoche salían a tocar las puertas de sus amigos, a quienes despertaban para visitarlos por un rato. Parecían dos niños haciendo travesuras juntos.

Solo una cosa parecía faltar en esa relación perfecta: un hijo. La paternidad se les había hecho esquiva, por lo que decidieron probar todas las opciones posibles para lograr un embarazo.

Terminada la faena matutina, como todos los días Carlos ya esperaba a Adrián en la puerta de la casa. Adrián se asomó por la ventana.

—Espérame unos minutos que la temperatura está perfecta hoy, y debemos meter el pan en el horno... tú sabes... —le gritó Adrián entre risas, mientras su compañero le señalaba al reloj.

Aunque a Victoria no le causó gracia el chiste de Adrián, decidió no decir nada. La dificultad para lograr el embarazo los mantenía a los dos muy estresados. Lo mejor era evitar cualquier discusión que pudiera romper la precaria armonía que trataban de mantener. Un sentimiento de soledad estaba presente en su corazón. Sentir que no podría ser madre la llenaba de tristeza, y sin una conexión emocional con Adrián sentía que el esfuerzo era mayor en una carrera en la que parecía estar sola buscando la meta. No dejaba de preguntarse por qué le sucedía a ellos mientras a otros que no deseaban hijos estos le llegaban, y algunos los regalaban o, peor aún, los abortaban.

Adrián se vestía apresurado, y Victoria permanecía en la cama con las piernas elevadas apoyadas contra la pared, y pedía a Dios que esa vez el milagro sí se diera. No había sido un proceso fácil. Habían pasado por varias cirugías y diferentes tratamientos, y la búsqueda del embarazo se hacía cada vez más costosa tanto en lo económico como en lo emocional. Esa misma semana le tocaba volver a la consulta con el médico. Escribió una nota para Adrián: «Jueves 4 p. m. cita con el médico», y la pegó en el refrigerador.

∞

El jueves, Victoria salió apurada de la oficina. Ya eran casi las cuatro. Marcó el teléfono de Adrián mientras se montaba en el auto.

—¿Dónde estás? —La voz se notaba acelerada.

—Hoy no puedo. Lo siento, tengo una reunión importante de trabajo —contestó Adrián de una vez.

No era la primera vez que Adrián faltaba a las citas médicas. Cada vez Victoria sentía que ambos querían un hijo, pero ella era la que llevaba la mayor carga. El proceso había sido largo: inseminaciones, análisis de movilidad de espermatozoides, estimulación de hormonas... habían probado todo. Estaba cansada, pero no podían rendirse. Todavía no.

Esa tarde el médico le dio a Victoria toda la información para comenzar un nuevo proceso. Esta vez tratarían la fertilización *in vitro*. Sería un riesgo costoso, emocional y económicamente, pues las probabilidades de éxito eran bastante bajas. «*Este proceso cuesta lo que vale comprar un carro nuevo, pero valdrá la pena*», pensó Victoria. El dinero no sería problema, pero ¿podrían manejar más decepción, más pérdidas? Victoria se aseguró a sí misma de que valdría la pena una vez que tuvieran un bebé hermoso y saludable. Entonces, sus vidas serían perfectas...

Comenzó el proceso, y una vez cumplidos los protocolos, se logró la fecundación de tres embriones. Una vez implantados, Victoria se vio obligada a guardar reposo y esperar a que todo saliera bien. Durante el tiempo de espera Victoria mantuvo sus esperanzas abiertas, con la ilusión de quedar embarazada, la posibilidad de trillizos la hacía soñar con montones de pañales que cambiar y biberones que preparar.

∞

Habían pasado dos semanas desde el procedimiento. La espera no era fácil, pero cada día despertaba con mas ilusión. Visualizaba el cuarto contiguo decorado con motivos infantiles y juguetes por todos lados. Ese día, al despertar buscó su cuaderno para anotar lo que había soñado.

Había tenido un sueño muy extraño. Estaba en una camilla y tres criaturas humanoides altas, delgadas y sin rostro la sujetaron y le inyectaron algo en su brazo, directamente en la vena. En el sueño sentía mucho dolor, una sensación de escozor cuando el líquido fluía lentamente en su vena. No podía mover el brazo. Podía sentir sus manos de goma y húmedas en su piel. Tenía la sensación de que estaba atada a la camilla, lo que la hizo desesperarse mientras luchaba por liberarse. Despertó agitada. Notó una picada de zancudo en el lugar donde la habían inyectado en el sueño. Lo registró en el cuaderno mientras culpaba al misterioso zancudo que la había hecho tener ese sueño tan extraño. Se preparó para ir a trabajar. Ya había caído la noche, y regresaba del trabajo a la casa cuando se sintió mal. Llamó a su doctor para decirle que estaba sangrando. Inmediatamente fue al hospital. Había perdido los tres embriones. Acostada en la camilla no paraba de pensar en su sueño de la noche anterior; miraba la picada de mosquito en su brazo, y lo que había interpretado en la mañana como un sueño extraño se había convertido en la pesadilla que estaba viviendo. Victoria sintió una sola lágrima deslizarse por su mejilla.

Las semanas de espera ilusionada se transformaron en luto en pocos segundos. Si bien sabía que las probabilidades eran pocas, siempre tuvo la esperanza de que iba a funcionar. Tenía fe en que podía vencer a las estadísticas.

Ambos se sentían derrotados. Cuatro años de incesante búsqueda los hacía sentir cansados. Las ganas de formar un hogar con niños los mantenía en constante estado de ansiedad.

Cuando regresaron a casa, Victoria se puso a hervir un poco de agua para tomar un té. Mientras miraba fijamente el vapor que salía de la olla, sintió que el sentimiento de pérdida la superaba. Se volvió hacia Adrián, con los ojos cansados y llenos de dolor.

—Tal vez deberíamos tomarnos un descanso por un tiempo.

—Creo que tienes razón —dijo Adrián, y Victoria captó una clara mirada de alivio en su expresión.

Eso fue todo lo que se dijo. Bebieron el té en silencio, solos en sus propios pensamientos.

∞

Tras dos meses de tristeza, Adrián llegó ese día del trabajo con la cara llena de felicidad. La empresa lo había seleccionado para cursar un posgrado en otra ciudad. A Victoria le alegró la noticia, pues indicaba más conocimientos y mejoras laborales.

Victoria sonrió, feliz por él.

—¡Eso es maravilloso! ¿Cómo vas a hacer el posgrado y trabajar? —Victoria sentía curiosidad e incertidumbre a la vez.

—Me tengo que mudar durante el año que dure el posgrado —contestó Adrián sin darle mayor importancia a lo que estaba diciendo.

Victoria sintió cómo se contraía su estómago.

—¿¡Un año!? —exclamó Victoria. Inmediatamente trató de cambiar a un tono más comprensivo, con la esperanza de ocultar su angustia interior ante la noticia, y no demostrar nada que no fuera apoyo al logro de Adrián.

—Sí. Vendré todos los fines de semana si es posible, o dos fines de semana al mes en el peor de los casos —explicaba para tranquilizar a Victoria—. No te preocupes. Todo estará bien. Llamaré todas las noches. Verás que el tiempo pasará rápido.

Victoria ayudó a Adrián a empacar sus cosas. No podía fingir una alegría que no sentía. Presentía que muchas cosas iban a cambiar. «*Voy a estar sola en esta casa. Mi compañero de fiesta de los viernes ya no estará aquí conmigo*», pensaba sin expresarle nada a Adrián. No quería echar a perder algo que lo emocionaba tanto. Después de lo que habían pasado, alguien merecía ser feliz.

Era un lluvioso domingo de septiembre. El taxi esperaba a Adrián en la puerta para llevarlo al aeropuerto. Se besaron. Él subió al auto. Ella quedo parada en medio de la calle. La lluvia se mezclaba con las lágrimas que finalmente se permitió derramar.

Victoria sabía que las cosas no funcionarían en ese arreglo. Aun así trataba de no pensar mucho en el asunto ni asumir actitudes dramáticas. Habían pasado tres semanas. Las llamadas que Adrián haría todas las noches quedaron en algunas llamadas sueltas y espaciadas. Siempre tenía una buena excusa: «Las clases son muy complicadas», «los trabajos asignados me ocupan hasta la medianoche», «el tiempo no me alcanza ni para llamar, estoy muy agotado»… Las visitas de fin de semana también entraron en su lista de excusas.

Victoria decidió encontrar actividades con las cuales ocupar su tiempo libre. Comenzó a hacer ejercicios, recibía clases de tenis, se dedicó a remodelar la casa, y aceptó cubrir una vacante para coordinar un posgrado. De siete de la mañana hasta las tres de la tarde trabajaba en la oficina de construcción, y de cuatro de la tarde a diez de la noche se dedicaba a la coordinación del posgrado. No había espacio ni tiempo para pensar.

Una noche cerca de la una de la madrugada sonó el teléfono. Se preocupó. No era común recibir llamadas a esa hora. Se apresuró a contestar. Era Adrián.

—Mi amor, te extraño —La voz ebria de Adrián arrastraba las palabras—. Estoy aquí bebiendo con unos amigos y te extraño.

Al fondo se escuchaban voces de hombres y mujeres, música y risas. Parecía un bar. Victoria no dijo nada, solo escuchó y colgó el teléfono. No pudo seguir durmiendo. «*No llama nunca, y cuando lo hace es desde un bar*», pensaba, y las sospechas que hasta ese momento se negaba a admitir parecían golpearle en la cara: su *compañero de fiesta* seguía el ritual de los viernes sin ella.

∞

Se acercaba la Navidad. Victoria había preparado un viaje para un campamento con Adrián. Ella estaba ilusionada porque faltaba solo una semana para que él regresara, y esa podía ser una oportunidad para reconectar y rescatar la relación que en ese momento parecía quebrada.

El teléfono repicó.

—¿Se encuentra Victoria? —preguntó una voz de mujer. Una voz que Victoria no conocía.

—Soy yo. ¿Quién habla? —Una sensación muy rara en el pecho la inquietó al contestar la pregunta.

—Soy amiga de Adrián.

—¿Cuál es el motivo de esta llamada? —preguntó Victoria tratando de que su voz no demostrara la inquietud y el nerviosismo que sentía en todo el cuerpo.

Victoria escuchó unas carcajadas.

—Solo quería que supieras que yo soy la amiga de Adrián, y que cada fin de semana salimos ebrios a tocar las puertas de nuestro compañero de cuarto. ¿Te suena familiar? —dijo la mujer aún riéndose, y colgó.

Victoria trató en vano de calmarse, pero resistió la tentación de llamar a Adrián. Pensó que mejor esperaría a verlo a la cara para pedirle una explicación.

La llegada de Adrián estaba planificada para el viernes en la noche. De esa forma descansaría para partir al campamento el domingo en la mañana.

—Hola, no voy a poder llegar el viernes —dijo escuetamente Adrián en el teléfono—. Probablemente el sábado en la noche o el domingo en la mañana podré estar allá.

El domingo al mediodía comenzaron el largo y silencioso viaje por carretera. De las nueve horas que duró el trayecto, cinco de ellas transcurrieron en absoluto silencio. Victoria trataba de comenzar alguna conversación, pero él no respondía. Victoria lo percibía muy cambiado: callado y pensativo.

—Recibí una llamada de una mujer que quería que yo supiera que era amiga tuya. —Lanzó Victoria de repente para observar la reacción de Adrián.

—¿Amiga? Debe haber sido una broma de alguno de mis compañeros de clase. Les encanta hacer bromas pesadas. —Sus manos apretaron en el volante, pero no dio otra señal de emoción.

Llegaron al campamento donde otra familia los esperaba. En la noche prepararon la carpa donde dormirían. Victoria al llegar pensó que era un lugar mágico. Se escuchaba el sonido de una cascada, el olor a pasto fresco y el cielo parecía caerse de tantas estrellas. Estaban frente al imponente salto Kama Meru en el parque nacional Canaima, uno de los más hermosos lugares de la selva amazónica, cuya caída de agua esparcía rocío hacia todo el campamento.

Ya habían pasado muchos meses sin estar juntos. Victoria lo observaba y le parecía que el que estaba a su lado era un completo extraño. Su olor, su piel, su alma... era otra persona. Sentía tristeza, rabia, decepción. Se cuestionó el estar allí en ese momento. Nada tenía sentido. Ese viaje no podría restablecer una conexión que ya se había perdido. Sabía que no había vuelta atrás. Aunque conversaran, él negaría cualquier acusación, y ella no tenía ni pruebas ni ganas de discutir.

La tristeza que la invadía en ese momento era casi la misma que sintió tras el fracaso del proceso de fertilización *in vitro*. Lo que sentía como una realidad se había esfumado sin darse cuenta. Su matrimonio había resultado ser tan frágil como su embarazo.

«Tal vez por eso no he podido tener un hijo. Esta relación no tiene futuro», Victoria trataba de darle sentido a todo lo que había experimentado. Solo pensaba, porque Adrián no había dado oportunidad de sostener una conversación. La tarea de buscar un embarazo no había sido cancelada de manera oficial. Esa noche, las estrellas y el ruido del agua fueron el escenario para un último encuentro sexual con un amigo de fiesta que no tenía ya ningún significado para Victoria.

Al día siguiente, Adrián buscaba afanosamente señal telefónica, y llamaba apartándose del grupo. El paseo, planificado para durar una semana, apenas duró veinticuatro horas.

—Tenemos que regresar —dijo Adrián—. Me acaban de decir que tengo que terminar una parte de mi proyecto de clase.

Ya Victoria había oído muchas de esas historias increíbles. Entró a la carpa y sin decir nada comenzó a recoger las cosas para regresar a casa.

Adrián no desempacó. Simplemente llegó a la casa y volvió a salir. Fue una Navidad triste para Victoria. Intuía que él no volvería.

∞

Victoria siguió ocupando su tiempo en mil actividades. En marzo, ya estaba lista la remodelación de su cocina, además de un tanque de agua adicional en el patio. Le gustaba participar en los trabajos de remodelación. No era raro verla cargando cosas pesadas.

Había presentado sangrados entre un período y otro, pero siempre se lo atribuía al esfuerzo que hacía a diario, y a la cantidad de procedimientos a los que se había sometido en el proceso de búsqueda del embarazo.

Victoria conversaba con su prima, quien estaba embarazada de tres meses y compartía con Victoria los síntomas y malestares que habían sentido en los últimos días. En un punto de la conversación Victoria comenzó a reconocer los síntomas que relataba su prima. Muchos se parecían a los que ella misma había padecido en esos días, aunque no eran comunes como exceso de salivación y alguna sensibilidad a ciertos olores. Sin querer comentar nada, se reía sola.

—¿De qué te ríes? —preguntó su prima.

—Que si sigues diciéndome síntomas, voy a creer que estoy embarazada. Será del espíritu santo, porque hace tres meses que no tengo sexo. —Ambas soltaron una carcajada.

—Pondrás a Adrián a dudar, pues no ha vuelto a casa desde Navidad, pero los milagros existen —dijo la prima guiñándole el ojo, y cambiaron el tema.

∞

Victoria no podía quitarse la idea de la cabeza. No paraba de pensar en que podría estar embarazada. «*He tenido mi período todos los meses, es absurdo seguir pensando en eso*», se decía para convencerse y poder alejarse de ese pensamiento, pero para ella, que trabajaba con datos objetivos, solo una prueba real podía sacar esa idea de su mente.

Fue a la farmacia y compró dos marcas distintas de pruebas de embarazo. Al llegar a casa, corrió hacia el baño y usó las dos. Cuando la primera dio positivo pensó «*no es posible, hay que confirmarlo*». Cuando vio el resultado de la segunda gritó, rio y lloró, todo al mismo tiempo. No podía creer lo que estaba sucediendo. «*¿Cómo es posible?*».

Inmediatamente llamó a su doctor. Al día siguiente estaba en la camilla con el ecosonograma en su vientre.

—Esto parece un embarazo de tres meses… y quizás sea un varón —anunció el doctor.

No sabía qué hacer con la emoción. No había sentido nunca una alegría más grande que la que sentía con esa noticia.

—Doctor, he hecho muchos esfuerzos, he brincado, he jugado tenis, eso me preocupa.

—Todo está bien. —La tranquilizó el doctor—. Pronto serás madre. Existe un síndrome por el que algunas mujeres continúan teniendo su período estando embarazadas. Es un porcentaje bajo, pero es así.

Victoria sintió que al fin las estadísticas jugaban a su favor.

Esa noche llamó a Adrián para darle la noticia. Expresó su alegría, pero Victoria igual lo notaba distante y extraño, pero ya no le importaba. «Él anda en otro mundo», solía decir.

Él visitaba la casa una vez cada dos meses. Cuando las amigas de Victoria lo veían comentaban que el alma de Adrián se la habían llevado los extraterrestres, y solo quedaba el pobre cuerpo sentado en la entrada de la casa mirando al cielo.

Ella solía preguntarle qué le pasaba. Su única respuesta era: «estoy confundido». Esa confusión le duró todo el embarazo. Adrián le decía a Victoria que las mujeres embarazadas le provocaban repulsión, que no sabía qué pasaba con él, y volvía a decir: «estoy confundido».

∞

Adrián había nacido en un hogar muy particular. No había conocido a su padre biológico, pues este había abandonado a su madre cuando estaba embarazada. Victoria creía que debían ir a terapia, pero Adrián nunca encontraba tiempo para las citas, pues, en su opinión, no las necesitaba.

Ya faltaba poco para el nacimiento de Alejandro. Victoria había escogido ese nombre, pues su significado era: «protector y defensor de los hombres». Sabía que Alejandro tenía una misión importante que cumplir, y su nombre lo acompañaría en su obra. Victoria le había informado la fecha a Adrián para que planificara sus clases, y pudiera estar presente para el nacimiento del niño. A los pocos días Adrián telefoneó.

—¿Podrán cambiar la cesárea para un par de semanas más tarde? Voy a estar muy ocupado y no creo que pueda ir —dijo tranquilamente.

Victoria se mantuvo en silencio durante unos veinte segundos, y colgó sin siquiera contestarle la pregunta. No podía más con la rabia y la frustración por el desinterés de Adrián por el embarazo y nacimiento de su hijo. La poca conexión decepcionaba aún más a Victoria. El distanciamiento había sido un golpe fuerte a su confianza, pero el abandono hacia el niño por nacer era algo que no lograba justificar. Trataba de analizar objetivamente, y entendía que Adrián quizá estaba repitiendo un patrón. El abandono como respuesta había quedado instalado muy fuertemente en su manera de asumir ciertas situaciones.

Aunque lograba ver la razón detrás de su comportamiento no podía justificarlo de ninguna manera. En ese momento vino a su mente el sueño en el que estaba en un examen, y el joven sentado detrás de ella le había dicho que no tenía los instrumentos para resolver la ecuación. Allí entendió que si Adrián no tenía los instrumentos para resolver la situación, por más que ella tratara de ayudarlo, no sería posible. Toda ayuda era inútil porque él se negaba a reconocer que tenía un problema de abandono. A veces, Adrián trataba de disfrazar con humor su falta de empatía, y eso molestaba mucho más a Victoria, pues chistes e ironías eran la mejor manera de evadir y quizás atacar, lo que creaba una relación superficial sin una conexión profunda.

∞

—Adrián, está pasando algo muy grave y necesito que me apoyes —dijo con angustia Victoria.

Victoria había marcado el número de Adrián como última opción ante una situación que la estaba afectando no solo emocionalmente, sino a su embarazo.

—¿Qué pasa? —preguntó, aunque no parecía muy interesado.

—Tenemos una situación con el vecino que ya está llegando a los límites…

—¿Con Gustavo? —la interrumpió Adrián.

Gustavo era el vecino de la casa de al lado. Victoria lo había visto varias veces sentado en el techo de su casa, en el mejor ángulo para poder observarla cuando ella estuviera en su habitación.

—Sí. Ya ni vergüenza le da. Se sienta en el techo con un vaso de whisky a ver hacia mi cuarto. Ya ni puedo abrir la cortina porque está allí vigilándome.

Las carcajadas de Adrián golpearon a Victoria. Se apartó un momento el teléfono del oído. No podía creer que se estuviera riendo de algo tan preocupante.

—No le prestes atención, tú sabes que el pobre es solo un viejo borracho.

—Pero Adrián, por Dios, es que hasta me llama a medianoche a decirme cosas raras. Cómo me dices que no le preste atención —Respiró profundo para poder continuar sin llorar—. Yo estoy sola aquí. Habla con él, por favor. Tú siempre lo has tratado, yo apenas he cruzado dos palabras con ese hombre desde que nos mudamos.

La preocupación de Victoria había llegado a tal punto que la idea de comprar un arma había cruzado por su mente. Pensaba que en cualquier momento el vecino pudiera cometer alguna locura, y en su estado era poco lo que podría defenderse.

—No lo tomes tan en serio. Seguramente le gustas así con tu barriga —Continuaba hablando entre risas—. Incluso hace unos días me llamó para decirme que tenías a un hombre allí metido.

Victoria se preocupó aún más. Su hermano venía en las noches para ver qué necesitaba y asegurarse de que todo estuviera bien. Lo que le había dicho Adrián quería decir que el vecino sabía cuándo estaba sola y cuándo no. Por más que explicaba a Adrián la gravedad de la situación, no logró nada.

Esa noche comenzó a sangrar. El bebé estaba muy inquieto. Se movía constantemente en la barriga. Parecía tan disgustado como la madre.

Sin esperar más, Victoria llamó a su mamá para que la llevara al hospital. El doctor las recibió en emergencia, y comenzó a evaluarla.

—Hay que calmarlos a ambos —dijo el doctor preocupado al terminar de examinarla—. Esto no puede seguir así.

Victoria recibió tratamiento con sedantes, a fin de que durmiera y pasara el estado de exaltación en el que se encontraba. Varias horas después, cuando debía estar durmiendo a causa de los sedantes, seguía despierta y agitada.

—Esto no es normal. Tú deberías estar dormida —le dijo el doctor sorprendido.

—Tengo hambre. Quizá una hamburguesa pueda calmarnos al niño y a mí —le contestó Victoria.

A las seis de la mañana sonó el celular de Victoria.

—¿Será que es necesario que yo vaya para allá o no vale la pena? ¿Qué dices tú? —preguntó Adrián.

—No vengas, yo resuelvo esto y todo lo demás.

Victoria volvió a la casa con una orden de reposo absoluto durante las cuatro semanas que faltaban para la cesárea.

—¿Qué haces? —le preguntó su mamá al ver que en vez de ir a su casa se dirigía a la casa vecina.

—Nada, a resolver algo que tengo pendiente —Victoria debilitada por la noche en el hospital y aún con el catéter en su brazo, decidió que no pasaría una noche más aterrorizada por un vecino que la creía una doncella vulnerable. Se acercó a la casa de Gustavo, llamó a la puerta, y le dijo a la esposa y a los hijos que el hombre había estado llamando a las dos de la mañana para hacer comentarios obscenos. Victoria dejó en claro que no estaba de humor para ser mirada por un depravado borracho, y que no iba a soportarlo más.

∞

No hubo más llamadas telefónicas entre Adrián y Victoria hasta el nacimiento de Alejandro. Ella no quería arriesgarse a otro disgusto que pusiera en peligro la vida del bebé.

Adrián apareció el día de la cesárea, pero desapareció al siguiente. «*Marcó tarjeta como un obrero en la fábrica*», pensó Victoria.

La llegada de Alejandro iluminó la vida de Victoria. La familia entera invadió su casa, y llenaron con mucho amor el espacio que Adrián había dejado vacío.

Tres meses después, Victoria había preparado los documentos para el divorcio; los puso sobre la mesa; empacó todas las pertenencias de Adrián, y estaba lista para vender la casa y separar todo de manera equitativa. Así recibió a Adrián cuando este tuvo tiempo de visitar a su hijo.

—Ya está todo listo. ¿Tienes alguna propuesta? ¿Crees que hay alguna otra opción que la que te pongo en la mesa —le preguntó Victoria con la actitud que usaba cuando negociaba con sus clientes.

—Será lo que tú decidas. Yo soy la víctima en esta situación. Eres tan fuerte y exitosa que seguramente te irá mejor sin mí. Sigo confundido y me imagino que no estás dispuesta a esperar a que mis sentimientos se aclaren —contestó Adrián con lo que intentaba parecer un tono de lamento.

Igual que hacía a diario en su trabajo, Victoria cerró el proceso y el diagrama de flujo de ese programa llamado matrimonio/divorcio; metió las copias en una carpeta, y lo archivó en una gaveta virtual llamada «Caso cerrado».

—No tengo dónde vivir cuando regrese del posgrado —le replicó Adrián cuando vio toda su ropa en una caja.

—Mi abogada está rentando una habitación, su número de teléfono está en los documentos del divorcio —le dijo ella solucionando el problema.

Victoria terminó de vaciar su casa para venderla. Se ocupó de vaciar también su mente y su corazón, pues sería necesario para comenzar una nueva vida.

Acordar un chance

Vincent estaba en casa analizando ecuaciones en su hoja de cálculo hasta que una notificación del sitio de citas apareció en su pantalla y lo distrajo. Después de la extraña experiencia que había vivido con Briana, decidió tomar las cosas con más calma, y analizar las variables antes de lanzarse a tomar una decisión.

Era una habilidad que sentía que necesitaba desarrollar, ya que estaba acostumbrado a hacer las cosas sin mucha previsión. En ese sentido, parecía un niño que salta cuando ve algo que lo atrae, ignorando la precaución y la razón. Su médico lo había llamado TDA, ADD, o algo parecido. Vincent no estaba seguro porque no había prestado mucha atención a los diagnósticos porque Kenny Rogers estaba en el fondo cantando suavemente *Lady*. La distracción, cambiar de opinión o elección rápidamente, o aparentemente no prestar atención a los médicos no le había traído mucho éxito en sus relaciones personales, y sintió que era hora de crecer. O al menos lo pensó en un momento fugaz.

Concluyó el trabajo que estaba haciendo, y desestimó revisar las notificaciones. Lo haría más tarde. Simplemente quería sentarse un rato a pensar y ver un poco las cosas en perspectiva. Decidió servirse un café, y se arrellanó en el sofá.

«Ya no tengo 26 años», se dijo al recordar la edad que tenía cuando había conocido a Kathy. En aquel entonces un

torbellino inesperado se había apoderado de su corazón y lo había impulsado a pedirle matrimonio en menos de un año.

∞

Vincent y Kathy llevaban seis meses de casados. Parecía que eran el uno para el otro. Habían encontrado ambos su alma gemela. Era primavera, y viajaban a Georgia a la graduación de Nick, el hermano de ella, quien egresaba como paracaidista de la academia militar.

Al llegar a la academia, lo primero que hicieron fue ir a la habitación de Nick. Tocaron la puerta. Vincent bromeaba haciendo voces para engañarlo, cuando un hombre de rasgos asiáticos les abrió la puerta.

—Perdón, nos equivocamos —dijo Vincent apenado, y Kathy dejó de reír de inmediato.

Detrás del hombre apareció Nick riendo a carcajadas, y corrió a abrazar a Kathy.

—Les presento a Albert, mi compañero de cuarto, viene del otro lado del planeta.

—Un placer conocerte, Albert —dijeron Kathy y Vincent casi al mismo tiempo.

Minutos más tarde, los padres de Kathy aparecieron, y el pequeño apartamento se llenó de ruido mientras todos trataban de hablar al mismo tiempo, poniéndose al día con sus seres queridos. Vincent miró a su alrededor con una brillante sonrisa en su rostro. Esa era su familia, la gente que amaba. Sus ojos se posaron en Kathy. Ella parecía turbada, pero a él no se le ocurría ninguna razón por la que ella pudiera estar molesta. Se encogió de hombros y lo atribuyó al cansancio por el largo viaje. ¿O quizá si existía una razón? En ese momento, el padre de Kathy se acercó a él y lo palmeó en el hombro, invitándolo a conversar.

—¿Cómo está mi yerno favorito? —preguntó en voz alta mientras acercaba a Vincent y a su hija, abrazándolos a ambos—. No puedo decirte lo contento que me hace verlos juntos y tan felices.

—Estoy de acuerdo —dijo la madre de Kathy.

Vincent sonrió con el corazón lleno de amor por su nueva familia. La vida era buena.

∞

Todo iba de maravillas entre Kathy y Vincent. Continuaban haciendo alarde del romance y la pasión en su relación. Kathy demostraba su amor por Vincent a cada momento, y juntos le informaban a la familia sobre los avances en la decoración de su nuevo *townhouse* en New York. Ambos se mostraban ilusionados por cada detalle que agregaban a su nido de amor.

—Solo nos falta un detalle para… —dijo Kathy emocionada.

—¿Un detalle para qué? —preguntó Vincent curioso.

—Para terminar de darle a nuestra nueva casa verdadero calor de hogar —dijo ella con un suspiro abriendo los brazos.

—¿Y qué se te ocurre que podría ser? —preguntó con cara de asombro.

—Un cachorro —gritó Kathy emocionada.

Vincent exhaló aliviado, dándose cuenta de que había estado conteniendo la respiración. «¡*Puedo ir por un cachorro!*». Él amaba a los perros.

Al mes siguiente, un juguetón cachorro de labrador entraba en la casa y tomaba posesión de su nuevo hogar.

—Le pondremos Chance —anunció Kathy cuando el cachorro entró por la puerta principal.

—¿Chance? ¿Por qué ese nombre? —preguntó Vincent.

—Es como un chance, una oportunidad, una opción. Todos merecemos una oportunidad, ¿no te parece? — Sonrió con un tono extraño en la voz y una mueca en su boca.

—No entiendo mucho —exclamó Vincent confundido, pero complacido con el nuevo huésped en casa.

∞

Dos meses después de la graduación de Nick comenzaba el verano y con él las vacaciones de Kathy.

—Mis amigas y yo vamos a ir el fin de semana a Maryland, queremos disfrutar del sol y la playa. Iremos manejando, son tan solo tres horas y media de viaje. ¿Qué te parece, cariño? — le dijo Kathy entusiasmada a Vincent.

La interrumpió el timbre del teléfono.

—Es Marina —dijo Kathy—. La pondré en altavoz. ¡Hola, Marina!, le estoy contando a Vincent nuestros planes de viaje.

—¿Ya estás lista para nuestro emocionante verano playero? —Se escuchó la voz en el parlante.

—¡Claro que sí! —gritó Kathy, aplaudiendo con entusiasmo.

—Ya yo tengo todo preparado. Nos vemos mañana. —Se despidió Marina.

Vincent se sentía complacido de ver a Kathy tan feliz por compartir con sus amigas.

—Dime si necesitas algo. Disfruta tu fin de semana largo, yo estaré aquí ocupado en mi trabajo.

Recién amanecía y Kathy ya había montado su equipaje en el auto. Ya en la puerta le dio un abrazo y un ardiente beso a Vincent quien le traía un termo con café.

—Disfruta tu viaje, mi amor. Aquí estaré esperándote. Saluda a Marina y tus amigas —le dijo Vincent al tiempo que le entregaba el café—. Tómatelo en el camino. Te voy a extrañar.

Vincent esperó a que se alejara el auto, y entró para comenzar a organizar su día. Fue a la cocina y se sirvió un café. Había pasado cerca de una hora desde que había despedido a Kathy cuando sonó el timbre de teléfono de la casa. «¿*Habrá olvidado algo*», pensó y levantó el auricular.

—¿Se encuentra Kathy? —preguntó una voz de hombre con un fuerte acento.

—Ella salió —contestó Vincent confundido.

—¿Cuándo salió? —preguntó el hombre sin que su voz mostrara algún signo de preocupación.

—Hace una hora —respondió Vincent de manera automática. No entendía qué estaba pasando.

—¿Sabe a qué hora aterriza su avión? —insistió.

—¿Qué avión? No tengo idea. —Los pensamientos se atropellaban en la mente de Vincent—. ¿Quién la llama?

—Albert, Albert Shang Tze.

Vincent colgó. Se sentía aturdido. «¿*Avión? Kathy se llevó el auto, dijo que irían manejando*». Todo comenzó a parecerle sospechoso.

El timbre del teléfono volvió a sonar al final de la tarde. Vincent desconocía la sensación que estaba experimentando. Levantó el teléfono.

—Hola, cariño. Ya estamos en la playa —le dijo Kathy con voz cantarina.

—Te llamó Albert para saber a qué hora llegaba tu vuelo —dijo con voz parca.

Tras unos segundos de silencio incómodo Kathy respondió.

—No sé de qué me hablas —dijo tartamudeando con voz temblorosa—. No… no sé… no sé —repetía de forma poco coordinada.

—Hablamos cuando regreses —dijo Vincent y colgó.

El fin de semana parecía alargarse. Nunca había sentido que un sábado y un domingo se fueran tan lentamente. Vincent estaba devastado. A pesar de lo ocurrido Kathy no volvió a llamar en todo el fin de semana. Vincent pensó que regresaría antes de lo planeado para darle alguna explicación que aclarara el episodio... pero eso no ocurrió. Kathy decidió disfrutar su viaje hasta el final.

«*Albert Chang Tze. Chang Tze. Chance*». La coincidencia le pareció irónica. Pasó horas tratando de buscar explicaciones en su cabeza. «Albert», dijo en voz alta. Todo comenzaba a encajar. Hasta ese momento no había relacionado al Albert de la llamada con el Albert que habían conocido en la graduación de Nick. Pero al final ya el rompecabezas había tomado forma. «*Por qué lo hizo? ¿Qué pasó? Todo estaba bien entre nosotros. Teníamos amor, pasión, las ganas de construir nuestro hogar juntos, comprar nuestra casa, decorarla, tener un perro. ¿Era una mentira como la de fingir que le gustaba el gimnasio solo para agradarme cuando nos conocimos?*». No le encontraba sentido a lo que estaba viviendo.

Vincent miró fijamente el lavamanos desordenado de Kathy que contenía lociones, base, maquillaje y delineador de ojos. Cremas correctoras y tubos de lápiz labial sobresalían de una pequeña cesta listos para ser aplicados en cualquier momento. Recordó cómo se esforzaba por mantener un impecable aspecto exterior en detrimento del baño principal compartido. El tope del lavamanos no había sido limpiado en meses, las pinzas para el pelo, un rizador con su cordón envuelto como una serpiente en un árbol, y los cepillos llenos de cabellos custodiaban la pared como la fila trasera real de un tablero de ajedrez. ¿Cómo es posible que no hubiera visto la desconexión obvia entre la imagen y la realidad? Al parecer, mantener las apariencias importaba mucho más que las tareas cotidianas de organizar cosas que no estaban a la vista de otros.

Vincent cayó sobre la cama, atormentado por las preguntas que resonaban en su cabeza. El cachorro, que sentía que su amo estaba molesto, se acurrucó a su lado, lamiéndole la cara suavemente mientras Vincent sentía que las lágrimas saladas corrían por su rostro.

∞

Ya había anochecido el domingo cuando se abrió la puerta de entrada. Vincent escuchó desde la cocina. Tomaba un té y leía un libro. Kathy entró arrastrando la maleta. Afuera caía una leve llovizna. Lucía desaliñada. El cabello húmedo, despeinado, y su rostro sin maquillaje le daban un aspecto que Vincent no había visto nunca. Por primera vez desde que la conocía, parecía insegura de sí misma, fuera de control.

Ninguno de los dos era capaz de romper el silencio cargado de tristeza y desilusión que flotaba en la cocina. Vincent nunca había sido bueno para comunicarse en momentos de tensión. Siempre sentía que su cerebro se paralizaba, y sus emociones se apoderaban de su lógica y sus acciones.

Kathy se acercó a Vincent y le tomó la mano. Se miraron a los ojos con una mirada que no duró ni un segundo. Sus labios se acercaron. Sus manos se acariciaron con una violencia como nunca lo habían hecho. La cocina se había convertido en el ojo de un huracán en donde lo que menos existía era calma. Cualquier emoción no era suficiente para explicar la explosión de sensaciones que los llevó a tener el sexo más intenso en el año y medio que llevaban juntos.

Agotados por el desesperado y ardiente encuentro sexual, ambos permanecían en el piso de la cocina rodeados de zapatos, llaves, ropa… Vincent observaba el auténtico rostro de Kathy sin maquillaje ni peinado. Luego de un rato en completo silencio, ambos contemplaban el techo con un sabor agridulce en la boca y una media sonrisa en el rostro. Kathy buscó la mano de Vincent en un sutil gesto de reconciliación.

—Mañana hablo con mi abogado para gestionar el divorcio. —Vincent rompió el silencio con una voz despojada de emoción.

—Llamaré a mi abogado también —tartamudeó Kathy con incredulidad.

Esa misma semana Kathy dejó la casa. Él continuó en el *townhouse* mientras lo ponía en venta. No podía quedarse en ese lugar. Pensar en todo lo que esperaba vivir en ese hogar y que se truncó en un minuto no lo dejaba estar en paz.

Había sido un matrimonio feliz en los pocos meses que había durado. O por lo menos eso pensaba Vincent. Él había sido feliz, no había duda. *«Tengo que irme de aquí y tratar de comenzar mi vida de nuevo»*, pensó. *«No encontraré lo que estoy buscando con todos los fantasmas que me persiguen aquí»*. Chance fue adoptado por un amigo en común, y ambos podrían visitarlo. Albert, por otro lado, se quedó con Kathy.

∞

Unos meses más tarde, Vincent pasaba una mañana de sábado empacando, pues se mudaría en poco tiempo. Mientras colocaba algunas cosas en cajas, sonó el timbre.

—¡Guao, qué sorpresa más grande! ¡Qué bueno verte! ¿Qué haces aquí? —Vincent no contuvo su emoción y abrazó a su visitante.

Era Pablo, un viejo amigo de los tiempos del colegio. Un hombre muy inteligente que trabajaba para proyectos de la NASA. Venía con dos hermosas jóvenes.

—Conoce a Abby, mi novia. Y ella es Lilly, la mejor amiga de Abby. Espero que no te importunemos, venimos a visitarte.

Debilidad por los libros

Victoria tenía dieciocho años. Escuchaba música acostada en su cama en la casa de sus padres. Las paredes blancas reflejaban la despedida de la luz de la tarde. Aunque estaba casi oscuro, el ambiente seguía siendo cálido y húmedo. Su mirada permaneció fija en el mapa de deseos que acababa de comenzar a armar. Lo veía como un rompecabezas aún en proceso de armado.

Supo que un coche llegaba a la entrada de la casa por el sonido crujiente de los neumáticos sobre la grava. Victoria saltó de la cama, y corrió hacia la ventana para ver quién era el visitante. Apartó la cortina y entrecerró los ojos. Agachó la cabeza para encontrar un mejor ángulo visual a través de los árboles y flores que cubrían el frente de la casa. Pudo ver un auto azul en la entrada, pero las ramas y hojas le impedían ver claramente la cara del conductor cuando se bajó del coche. Aun así, estaba segura de que era alto y muy atractivo. Vestía una camisa blanca con las mangas arremangadas hasta la mitad del brazo. Ella escuchó su voz, con un tono muy masculino que le gustaba. El desconocido mantuvo una conversación con su padre que sonó agradable. Victoria sonrió al escuchar la risa aparentemente fácil entre ellos.

Victoria salió de su habitación, y corrió a la puerta principal, decidida a ver la cara del hombre. Intuía que él tenía la llave de un misterio que ella había sido incapaz de resolver. La puerta se atascó, y ella sacudió la manija con frustración. Corrió por la casa en busca de otra forma de lograr ver al hombre, pero todas las puertas y ventanas estaban cerradas con llave. Su cara y cabello se empaparon de sudor por sus esfuerzos. Inesperadamente, escuchó un fuerte ruido que venía a través de la puerta, y una voz...

—Mami, se está haciendo tarde para llegar al colegio.

Victoria miro el reloj. Ya era muy tarde. No había tiempo de escribir en el cuaderno. «*Voy a repetirlo varias veces en voz alta, para evitar que se me olvide*», se decía mientras se arreglaba y preparaba a su hijo para llevarlo al colegio. Estaba segura de que en sus sueños había señales, y que necesitaba tenerlas a la vista porque, en algún momento, tendrían sentido. Por eso solía tratar de recordar cada detalle, y registrarlos en su cuaderno antes de que la actividad del día pudiera borrarlos de su memoria.

Le pareció curioso el haber visto su mapa de deseos en el sueño. «*Cuántas cosas he agregado desde que lo comencé*», pensó.

Igual que en el sueño, en su cuarto hacía muchísimo calor, pues el aire acondicionado estaba fallando.

Camino al colegio, recordó que tenía una tarjeta de una empresa de reparación de aire acondicionado que le habían recomendado. Mientras llegaba la luz verde del semáforo, la buscó en su cartera. Cuando la encontró, recordó que ya había conocido a la persona de la empresa a través de uno de sus alumnos de la universidad. Era un joven empresario que cuidaba muchos los detalles en los servicios que ofrecía. Acostumbraba supervisar directamente a su personal cuando atendían a un cliente. Siempre vestía su braga de mecánico que le daba una apariencia rústica, pero bien cuidada.

Al llegar a su oficina, llamó al teléfono de la tarjeta. El técnico se acordaba de ella. Se llamaba Manuel. Conversaron un rato, y él prometió ir ese mismo día en la tarde a hacer el servicio.

Cuando Manuel llegó, recorrió toda la casa para revisar la condición de todos los aparatos de aire acondicionado. Ella lo miraba y pensaba que más allá de eso, el recorrido tenía más que ver con la curiosidad del técnico. Escaneaba cada rincón de la casa, y veía las cosas con detenimiento.

Entre coqueteos y chistes, durante el recorrido, se detuvo a observar una gran cantidad de libros sobre la mesa del comedor, en la cual realmente no se podía comer porque los libros ocupaban todo el espacio. Manuel comenzó a husmear entre ellos, tomó un par y leyó los títulos.

—¿Tú has leído todos estos libros? —preguntó con un gesto de curiosidad.

—Sí —contestó ella con una sonrisa. Se sintió entre apenada y orgullosa a la vez.

—¿Por qué tantos libros? ¿Y estos temas: relaciones de pareja, liderazgo de empresas, manejo de emociones, cómo comunicarse mejor, poder de la atracción? —La expresión de Manuel indicaba claramente que pensaba que era una combinación extraña... y tal vez un poco frívola.

—Me interesan esos temas —dijo Victoria algo incómoda.

Manuel sacudió la cabeza con una sonrisa condescendiente mientras colocaba los libros de nuevo en la mesa.

—Me interesan más los manuales y las aplicaciones prácticas, técnicas... supongo —dijo Manuel.

Su comentario la desafió un poco, pero ella lo dejó pasar. Finalmente, el recorrido terminó, y comenzó la reparación del aire acondicionado del cuarto de Victoria. Allí continuó la conversación.

—¿Cómo es que una mujer tan exitosa, bonita y amable no tiene pareja? —Lanzó la pregunta directa y sin adornos.

La interrogante tocó el punto sensible de Victoria. Le molestaba que le hicieran esa pregunta, pero siempre tenía una respuesta dependiendo de la ocasión.

—Estoy haciendo un experimento social, y estudio el comportamiento humano en las relaciones. Estoy creando una base de datos de más de trescientas relaciones que he tenido para poder hacer un libro.

Ambos se quedaron callados unos segundos, y luego se echaron a reír por la ocurrencia de Victoria.

—Una base de datos de relaciones. Eso parece extraño, tomar algo tan personal y convertirlo en un proyecto de ciencia —dijo Manuel con escepticismo.

Victoria lo pensó por un momento, y le sonrió tímidamente.

—Puedes llamarlo un manual práctico para tener relaciones de pareja; quizás así sea más fácil de entender para ti —replicó ella con sarcasmo.

El comentario lo hizo reír. Más tarde Victoria lo sorprendió mirándola con interés varias veces mientras reparaba el aire acondicionado

Acordaron tomarse un café el día siguiente. Así Victoria le informaría cómo había funcionado el aire acondicionado durante la noche.

—¿Tomas café con todos tus clientes después de una reparación? —Victoria lo miró con perspicacia y le guiñó un ojo.

—Solo los atractivos —dijo Manuel con confianza y una sonrisa mientras colocaba sus herramientas de nuevo en la caja.

Al día siguiente, Victoria se encontró a Manuel en una cafetería cercana a su casa. Él vestía pantalones caqui y una camisa azul de algodón con las mangas arremangadas en los codos. Ella pensó que le gustaba más su otro aspecto, lo encontraba más auténtico, pero este tampoco estaba mal.

—Te ves bien —dijo Manuel mientras ella se sentaba. Ella había elegido un traje sastre azul, con tacones. Sus mechones rubios bailaban sobre sus hombros mientras hablaba.

Conversaron sobre sus trabajos y sus familias, Victoria encontró su compañía entretenida y estimulante.

—Entonces, ¿qué haces para divertirte en tu tiempo libre? —preguntó Manuel mientras se inclinaba hacia atrás en su silla.

Victoria reflexionó sobre su pregunta por un momento.

—¿Tiempo libre? No estoy segura de saber lo que es eso a veces —dijo entre risas culpables, consciente de que probablemente no era la respuesta correcta.

—Es posible que tengamos que trabajar en eso juntos —dijo él con una mirada fija y directa —. ¿Tal vez otra noche? Eres demasiado hermosa para pasar tus noches sola.

Ella sacudió la cabeza con una risa ante el intento de Manuel mientras agarraba un menú para elegir algo de comer.

—¿Necesito arreglar el aire acondicionado aquí también? —Sonrió con satisfacción por la reacción de ella.

—No eres tan asertivo como crees que eres. —Victoria frunció el ceño juguetonamente.

—No soy el que se sonroja —Manuel le sonrió mientras tomaba un sorbo de su café.

—No, simplemente hace demasiado calor aquí.

∞

Pasaron semanas. Siguieron encontrándose para comer y conversar. Era algo indefinido. No quedaba claro si alguno tenía la intención de convertir esos encuentros en una relación seria. Parecía que ambos disfrutaban de la incertidumbre y la indefinición. Cada uno tenía su vida, sin ejercer mucho control sobre el otro, sin mucho seguimiento. Ambos estaban siempre muy ocupados. y cuando encontraban un espacio en la agenda, se abría la opción de un café, una cena, o una caminata por el parque.

Con el paso de los meses, los encuentros comenzaron a hacerse menos frecuentes. Sus amigas le preguntaban: «¿qué pasó con tu técnico?», «ahora andas más acalorada». Victoria les seguía la corriente, y les contestaba que el asunto se estaba enfriando porque él ponía a funcionar bien los aires acondicionados.

Entre burlas e ironías, ella ya sabía que esa relación había entrado a formar parte de su experimento. «*No era el indicado. No tenía un carro azul, y quizás sí usaba las camisa remangadas, pero nunca lo vi con una camisa blanca*», pensaba recordando el sueño que había tenido antes de conocerlo.

∞

Unos meses después, Victoria se encontraba en el lugar donde solía reunirse en las tardes a tomar un café con clientes y compañeros de trabajo para cerrar algún proyecto. La mesa, como siempre, estaba llena de libros y tazas. Conversaba con dos de sus asistentes de la oficina. Las dos chicas eran muy apasionadas, y le seguían el ritmo a Victoria en el estresante trabajo del día a día. Las tres conversaban con mucho entusiasmo, y tenían manuales y documentos regados en la mesa, lo que daba a la escena un toque frenético y caótico.

En ese momento Manuel entró en la cafetería. Se dirigía a la barra a pedir un café, y sintió una voz conocida en una mesa del fondo. Cuando se dio cuenta de quién era la voz, se acercó al lugar. Sonrió al ver a Victoria entre libros y discutiendo apasionadamente sobre temas de trabajo.

—Algunas cosas nunca cambian —comentó entre risas irónicas.

Victoria captó la nota sarcástica en su voz.

—Algunas cosas no deberían cambiar —le contestó.

—Ya sé cuál es tu problema —dijo con lo que a Victoria le pareció un tono arrogante—. Tu vida no es real. Tu vida está basada en los conocimientos de esos libros. Por eso no vives la realidad. No te apartas de la teoría. ¿Por qué no te olvidas de tanta letra y vives la práctica libre e intuitiva de la vida. Estás perdiendo el sabor y la esencia de lo casual e ilógico.

Victoria estaba atónita. Ella que solía decir que hablaba hasta dormida, se había quedado sin palabras. Lo miró fijamente. Vio a sus asistentes que no entendían la escena. Hubo unos segundos de silencio. Victoria pensó en reírse porque asumía que era un chiste, pero él se había encargado de argumentar el chiste y hacerlo serio.

—Será así. No lo había pensado. —No quiso regalarle más que los dos segundos que había tardado en decir esa frase, y le puso fin a la inoportuna conversación.

—Cuídate, nos seguimos viendo. —Las vio a todas, les ofreció una mueca que parecía una media sonrisa, y se alejó.

El encuentro no le resultó indiferente a Victoria. A pesar de que la relación no había sido significativa para ella, las palabras de Manuel en el café permanecieron dando vueltas en la cabeza por muchos días. «*¿Soy demasiado concreta y me pierdo de experimentar la aleatoriedad de la realidad?*», pensaba.

Alguien le había sacudido en la cara su problema para encontrar pareja, pero su ego vestido de educación se defendía con muchas teorías y argumentos entre lo que sería sentir sin pensar, y olvidar todo aquello que le había tomado años de revisión; lectura; noches de crear documentos; listas; autoanálisis; libretas de sueños con análisis e interpretaciones; creencias en la búsqueda de señales para encontrar el alma gemela… todo eso parecía basura en ese momento. Había recibido un golpe inesperado. «*¿Será que todo es más sencillo? ¿Será que no hay poder de atracción? ¿Que esa persona especial que te acompañará en tu vida no existe? ¿Será que mis pensamientos están bloqueando mis sentimientos y emociones?*», se cuestionaba.

De repente experimentaba un sentido de no pertenencia a esa sociedad, a ese país, al planeta. El sabor amargo de una verdad simple, básica, sin adornos, la puso a luchar contra todo lo que había estudiado y aprendido. Todo se caía a pedazos. «*Entonces, todas las personas que conozco que han sido felices juntos toda la vida sin programarlo, sin analizarlo, ¿lo han sido por un golpe de suerte?*», dudaba, pero la teoría de la *suerte en el amor* no la convencía.

Decidió despejar un poco la mesa de su casa, y guardar en el clóset muchos de sus libros. Lo hizo como cuando se guarda esa ropa preferida o juego favorito de la infancia que no se tiene el valor para regalarlo ni botarlo. Los conservó en el clóset, con la puerta entreabierta, donde los pudiera mirar cada vez que pasara por un lado del estudio.

∞

Había pasado más de un año del encuentro de la cafetería. Caminaba hacia su oficina cuando vio que habían instalado una feria de libros. Al ver las mesas repletas de publicaciones, y a la gente alrededor revisando textos, sus ojos brillaron como un adicto al chocolate en una pastelería. Apuró el paso, y comenzó a ojear índices, revisar autores y biografías. Se dirigía a pagar la pila de libros que había escogido, y al levantar la vista vio a Manuel que caminaba hacia ella. Sus miradas se cruzaron. Él observó la cantidad de libros que ella se disponía a comprar. Sonreía con picardía, asentía y volteaba sus ojos hacia arriba. Se llevó las manos a la cabeza.

Manuel se acercó y se paró a su lado; tomó uno de los libros y miró curiosamente el título antes de colocarlo de nuevo entre el resto.

—Por supuesto, más libros. ¿Qué te puedo decir? Solo te voy a hacer una pregunta —le dijo sin dejar de sonreír.

—A ver, ¿qué me vas a preguntar? —le dijo ella riendo con actitud de niña atrapada con las manos en la masa.

—¿Tienes pareja estable ahorita?

—No, no tengo, ¿y tú? —contestó con una carcajada nerviosa.

—Yo tampoco —respondió—. Te lo dije, te lo dije, hasta que no dejes ese vicio de libros y teorías nunca vas a encontrar pareja, no vas a encontrar esa supuesta alma gemela.

—Bueno, ambos estamos solos, pero quizás no he parado de prepararme y seguir la búsqueda. Tú le estás dejando al destino que te depare algo o alguien para ti, y yo por mi parte estoy cocreando mi vida al armonizar la energía creativa del universo con la mía para lograr lo que deseo. Los buenos platos toman tiempo en prepararse, pero no voy a detener mi búsqueda de herramientas para encontrar mi alma gemela.

Todos tenemos la capacidad de crear —le dijo Victoria mientras tomaba los libros que ya había pagado, y dentro de sí gritaba: «*¡Estoy segura de que en algún lugar o tiempo paralelo ya tengo mi compañero ideal!*».

Espía rusa

Vincent necesitaba un cambio. Amaba vivir en New York, pero la casa que él y Kathy habían remodelado, los lugares que habían disfrutado le hacían difícil concentrarse y continuar su rutina. Necesitaba un cambio. Puso la casa en venta y decidió aceptar una interesante oferta de trabajo en Kansas City.

Los transportistas llegaron y cargaron todo en el camión. Con todo fuera de la casa, era difícil creer que hubiera vivido allí hasta hacía unos minutos antes. Era una pizarra en blanco para el siguiente propietario. Así como así, todo se había ido... Borrado.

—¿Estás bien? —Escuchó la voz de Lilly detrás de él.

Vincent se volvió hacia ella y se encogió de hombros.

—Simplemente se siente raro. Lo superaré.

Había salido varias veces con Lilly, la mejor amiga de Abby. En su primera cita ambos se sinceraron sobre sus vidas. Él le contó sobre su familia, sus estudios en la universidad y su reciente divorcio. Ella le contó que había conocido a Abby cuando ambas asistían a las reuniones de Alcohólicos Anónimos. Ninguna de las dos había tenido una vida fácil, pero se habían empeñado en ser mejores, y creían que lo estaban logrando. Lilly no calzaba totalmente con las características que Vincent siempre había buscado en una mujer, pero cuando creyó que había encontrado a la indicada le había ido bastante mal. Así que vería qué le tenía preparado el destino con Lilly.

—¿Me llamarás cuando llegues? —le preguntó Lilly mientras Vincent sacaba el equipaje del auto, y revisaba sus maletas afuera en el aeropuerto.

Vincent la abrazó con fuerza, y le quitó un mechón rojo que le caía en la cara.

—Lo haré. —Vincent podía ver la incertidumbre en los grandes ojos verdes de Lilly.

Cuando el avión despegó, los pensamientos de Vincent volvieron hacia Lilly. No estaba seguro de qué tipo de futuro tendrían, especialmente debido a la distancia. Aún así, se llevaban bien, y sentían algo especial y fuerte el uno por el otro. Ambos querían al menos darse una oportunidad. Habían hecho una promesa de ser honestos con lo que sentían. Si la distancia se convertía en un problema, podían dejarlo hasta ahí.

El trabajo de Vincent en Kansas lo llenaba mucho. Se sentía bien con el cambio. Una nueva ciudad, nuevos amigos, y la posibilidad de un nuevo camino con Lilly, con quien conversaba cada noche por teléfono.

Sus compañeros de trabajo se convirtieron en una muy buena compañía en su nueva vida. Particularmente Leonore, una ingeniera muy inteligente con quien había hecho buena amistad. Recientemente había enviudado, y para ambos tener a alguien con quien compartir resultaba muy gratificante. Solían compartir a la hora del almuerzo, y practicaban deportes juntos. Los fines de semana solían salir a navegar en el bote de Leonore. Las horas pasaban volando conversando con ella. Era una mujer lógica y transparente. Pensaba en Lilly, totalmente opuesta, con sus locuras y misterio. *«Es el toque que necesito en mi vida»*, pensaba.

A veces mientras conversaba con Leonore no podía dejar de comparar. Su compatibilidad intelectual con ella era asombrosa, no lo podía negar, pero no sentía la chispa que hacía brillar Lilly en él. Compartía con Leonore valores e intereses, pero luego de su divorcio con Kathy sentía que estos se habían perdido en algún desvío del camino. Ya no sabía realmente quién era ni qué buscaba, y no estaba interesado en hacerlo. Las emociones desbordadas por su divorcio lo habían nublado, y Lilly con su alegría y ganas de divertirse había encendido una luz. Estaba dispuesto a seguir esa luz.

Un día, en el que almorzaban juntos, Leonore le hablaba acerca de un hombre que le había pedido que salieran. Tenía muchas dudas.

—Simplemente no sé si puedo hacerlo de nuevo... todo el cortejo, las citas. Solo pensar en eso me agota.

Él sabía exactamente de lo que ella estaba hablando.

—Estarás bien. Si yo puedo hacerlo, tú puedes.

—¿Cómo es Lilly? —preguntó Leonore mientras revolvía el plato de pasta que acababa de tomar del microondas.

Vincent hizo una pausa por un momento.

—Ella es diferente... espontánea y desconcertante... intrigante.

Leonore lo estudió.

—Tienes esa chispa —dijo más como un hecho que como un cuestionamiento.

—Supongo que sí —respondió él mientras tomaba un bocado de la ensalada que había llevado ese día.

Ese fin de semana, como solían hacerlo, salieron a navegar en el barco de Leonore. Vincent siempre se sorprendía por lo rápido que pasaba el tiempo con ella. Al final del día de navegación, Leonore bajó para revisar al motor, preparar el barco y guardarlo hasta la próxima vez. Vincent la siguió hasta la estrecha zona del bote donde se encontraba el motor, un espacio caluroso con olor a humedad y gasolina. Por primera vez, estuvo cerca de Leonore, tal vez demasiado cerca para quienes eran solo amigos. Se sonrojó por las emociones y el calor en la piel que le producía el estar parado tan cerca mientras ella trabajaba sobre el motor. Estaba confundido por la abrumadora atracción que experimentaba, y se sentía culpable por sus pensamientos. Por primera vez se sentía atraído hacia ella de una manera que era mucho más que solo amigos.

No pudo evitar pensar en su compromiso con Lilly, quien era todo lo contrario de Leonore. Su rareza magnética y su misterio era algo que sentía que necesitaba en su vida, algo que él pensaba que era la magia de una relación. No creía que la conexión intelectual fuera la materia de la química de las relaciones; era demasiado lógico. Su compatibilidad intelectual con Leonore era asombrosa; no podía negarlo, pero no sentía la emoción que Lilly hacía brillar en él.

∞

—Vincent, ¿te puedo hacer una pregunta absolutamente indiscreta? —Lo sorprendió su secretaria al entrar a su oficina. La chica se tocaba el mentón con el dedo índice.

—¿Cuán indiscreta? —respondió nervioso.

—Enormemente indiscreta y personal —dijo ella con seriedad.

—Bien, no tengo muchos secretos —contestó Vincent riendo.

—¿Eres gay?

Los ojos de Vincent parecían no caber en sus órbitas. No estaba entre las cosas que hubiera sospechado que su secretaria pudiera preguntarle.

—¿Qué? ¿Por qué? —Tartamudeó.

—Es que hay una mujer muy hermosa e inteligente en la oficina interesada en ti, pero parece que tú no te das cuenta. Otros compañeros han estado a la caza y no han logrado que ella ni siquiera los mire.

—Es que tengo novia —respondió entre carcajadas.

No supo de dónde había salido esa respuesta. «*Me salió muy fácil. Algo debe significar*». Había supuesto que su secretaria se refería a Leonore, pero solo la veía como una amiga. Sentía que su relación con Lilly era importante y debía respetarla.

Solía visitar a Lilly algunos fines de semana. En esa oportunidad ella decidió viajar a Kansas. Nunca había estado allí, y quería conocer la ciudad donde vivía Vincent.

Vincent la buscó en el aeropuerto y la llevó a su casa. Era una pequeña casa estilo cabaña con un porche delantero y un amplio patio trasero. No era muy amplio en el interior, pero la decoración con madera y la hermosa chimenea, la hacían acogedora. Para él, ese era su hogar.

—Esto me gusta. Me mudaré acá contigo —dijo Lilly mirando detalladamente a su alrededor, con las manos en las caderas.

—¿Qué? —preguntó él tras el inesperado anuncio.

Ella se volvió hacia él con una sonrisa seductora.

—¿No quieres que lo haga? —preguntó mientras caminaba hacia él, lo rodeaba con sus brazos y se acurrucaba en su pecho—. Solo piensa en lo bonito que será todo —Ella se alejó ligeramente y lo miró—. Te extraño mucho.

Mil pensamientos pasaron por la mente de Vincent: *¿Estoy listo para esto de nuevo? ¿Será diferente esta vez? ¿Puedo confiar en mi propio juicio? ¿Puedo confiar en ella?*

Él la miró atraído por sus suplicantes ojos verdes.

—Bueno, soy un poco anticuado. Creo que si vamos a vivir juntos deberíamos estar casados.

—Me gusta como suena eso. —Sus ojos se iluminaron ante las palabras de Vincent.

Él la besó ligeramente en la punta de su nariz.

Mientras la estrechaba en sus brazos, se preguntaba si tal vez aquella era finalmente su oportunidad de felicidad... u otro registro en su lista de errores desafortunados.

∞

Vincent desembarcó del avión en el aeropuerto La Guardia, New York. Lilly corrió hacia él, y se lanzó a sus brazos emocionada cuando lo vio en el área de equipaje.

—¡Te he echado tanto de menos! —gritó mientras le daba besos por toda la cara.

Su entusiasmo le hizo sentir especial... querido. Kathy nunca lo había saludado así. Su mano tocó la caja en el bolsillo delantero de su pantalón. Finalmente sintió que era el momento adecuado.

Desde el aeropuerto, fueron al apartamento de Lilly en Brooklyn, el cual compartía con Abby. Abby estaba fuera de la ciudad ese fin de semana con Pablo, así que tenían el lugar para ellos solos. A Vincent le gustaba el apartamento; le agradaba ver las fotos de los dos juntos al entrar. Lo satisfacía saber que él tenía un lugar en su vida, incluso cuando él no estaba allí.

—Pensé en preparar un poco de lasaña esta noche, y que tal vez podríamos ver una película y simplemente relajarnos solos —dijo Lilly desde la cocina—. ¿Te suena bien ese plan?

—Claro —dijo Vincent mientras tomaba una de las fotos que decoraban el apartamento. Aquella había sido tomada en un viaje que habían hecho a las montañas de Catskill en el otoño para ver las hojas cambiar de color. Se habían alojado en una acogedora cabaña enclavada en el bosque que ofrecía un verdadero descanso de la rutina diaria. Sin todas las interrupciones de la televisión y los teléfonos celulares, aquella había sido una escapada perfecta, una en la que sintió que él y Lilly estaban en total sincronía.

—Por cierto, hice una reserva para mañana en la noche en ese restaurante japonés que tanto te gusta. Espero que esté bien —le dijo Vincent.

—¡Sabes cómo me encanta! ¡Eso es perfecto! ¿Cuál es la ocasión? —dijo Lilly mientras asomaba la cabeza desde la cocina, con una gran sonrisa en su cara.

—Solo estoy tratando de ganar puntos —contestó Vincent con una sonrisa enigmática.

—Si no te conociera mejor, diría que estás tramando algo. —Sus ojos brillaban.

A la noche siguiente, Vincent se sentó en la sala de estar a esperar que Lilly terminara de prepararse. Miró su reloj. La reserva era para las ocho. Si no se apresuraban, llegarían tarde, y el tráfico era a menudo impredecible en New York.

—¿Qué piensas? —preguntó Lilly cuando salió de su dormitorio. La seda verde del vestido combinaba con el color de sus ojos, destacándolos. Su cabello castaño rojizo era sedoso, y caía en ondas brillantes y suaves contra sus hombros.

—Te ves hermosa. —Los ojos de Vincent la absorbían.

—Buena respuesta. —Ella rio mientras caminaba hacia él, y le daba un suave beso en la mejilla.

Cuando llegaron al restaurante, el camarero les indicó su mesa. Un arreglo de rosas rojas y claveles blancos enmarcado por velas servía de centro de mesa.

—Gracias —dijo Lilly cuando él le acercó la silla. Lo miraba con curiosidad.

Durante la cena, Vincent recordó algunas de las aventuras que ambos habían compartido, y hablaron de lo lejos que habían llegado desde su primer encuentro. No sabía cómo reaccionaría Lilly a su propuesta. Muchas cosas sobre ella seguían siendo un misterio para él. Eso le gustaba. Por la expresión en los ojos de Lilly, Vincent encontró el valor para seguir adelante y arriesgarse.

Tomó las manos de Lilly en las suyas.

—Lilly, desde el día que te conocí supe que eras especial. Eres... diferente. Me desafías y me completas, me llenas donde me falta. Estoy listo para comenzar mi vida... mi vida real. Sin embargo, la única manera en que puedo hacerlo es si estás conmigo. —Vincent se arrodilló y sacó el anillo de su bolsillo—. Lilly, ¿quieres ser mi esposa? —le preguntó mientras le ofrecía el anillo, con las manos temblorosas por la emoción.

—¡Sí! —Lilly gritó con alegría mientras saltaba de su silla a los brazos de Vincent, abrazándolo con fuerza—. ¡Sí! ¡Sí! ¡Sí!

Los otros clientes aplaudieron cuando se dieron cuenta de lo que estaba sucediendo, como suele pasar en todas las películas estadounidenses. Vincent y Lilly les agradecieron con un gesto.

El camarero llevó dos copas de champán a su mesa, diciéndoles que era de una mesa cercana. Vincent miró con dudas hacia Lilly, quien veía las copas con anhelo.

—Me temo que no bebemos —le dijo al camarero disculpándose—. Sin embargo, hágales saber cuánto apreciamos su intención.

Al poco tiempo se casaron en una hermosa iglesia en Kansas City con la presencia de familiares y amigos. Para Vincent era su segundo matrimonio, y la ceremonia no era algo que le atrajera, pero se encargó de todos los arreglos y detalles para que fuera un día inolvidable para Lilly.

A los dos años Lilly quedó embarazada. Ambos estaban emocionados. Era el primer hijo para ambos. Finalmente, llegó el día en que su hija, Rose, llegó al mundo. Incluso al nacer, tenía una masa de rizos rojos que cautivaron a su padre. Poco después del nacimiento de Rose, Lilly comenzó a quejarse de su vida. Decía sentirse cansada y aburrida de estar en casa todo el día cuidando a la bebé. Vincent podía entenderlo, aunque no estaba muy seguro de lo que podía hacer al respecto. Después de todo, él era el único que trabajaba, y los costos de agregar un bebé al hogar eran considerables.

Una noche llegó a casa del trabajo para encontrar a Lilly agitada, caminando de un lado a otro inquieta con la bebé.

—Toma, voy a salir —le dijo Lilly poniéndole a la niña en los brazos—. ¡Quiero salir! Me quiero divertir. No aguanto más—. Tomó las llaves del auto y caminó hacia el garaje.

—Espera, no puedes irte así. Hablemos. —Vincent sostenía a la bebé con un brazo, mientras con el otro trataba de detener a Lilly.

Lilly se detuvo. Volteó hacia Vincent y sacudió las llaves del auto hacia él.

—No quiero conversar, me quiero divertir. —Sus ojos estaban desorbitados con una mirada que Vincent no podía entender.

—Pero ¿qué te pasa? —preguntaba sin entender la situación.

—Quiero divertirme, quiero divertirme, quiero divertirme —repetía—. Voy a salir con mis amigas de la iglesia a un bar. Quiero sentir la vida que tenía antes y que he perdido dentro de esta casa.

La puerta del garaje se abrió, y Lilly se marchó en el auto. Vincent atendió a la bebé y la acostó. Estaba preocupado. No tenía idea de dónde podía estar Lilly, ni cómo ubicarla. Cuando escuchó la puerta del garaje a las tres de la mañana respiró aliviado.

Salió de la habitación. En la sala estaba Lilly echada en el sofá. Estaba ebria. Balbuceaba y movía los brazos.

—Perdóname —decía arrastrando las sílabas—. Perdóname…

—Cálmate y descansa. Cuando se te pase la borrachera hablamos —le decía Vincent impresionado al verla en ese estado. Esa era la primera vez que la veía así, y no estaba muy seguro de cómo sentirse al respecto, ni cómo reaccionar.

—No... Tienes que perdonarme —insistía.

—Bien. No tiene importancia. Tomaste de más. Tienes que trabajar en ello —le decía Vincent al suponer que ella se refería al hecho de haber recaído con la bebida.

—No sabía lo que hacía. Tomé mucho y llamé a mi ex. Perdón, tenía que cerrar ese capítulo. —Vincent trataba de entender lo que Lilly decía entre balbuceos.

Había llamado a su antiguo novio. Al parecer para ella era importante resolver los puntos que habían quedado inconclusos entre ellos. Con el apoyo de sus amigas, Lilly había llamado al número de su ex, pero le había contestado su esposa. Había sido una escena poco agradable, pues al escuchar a una mujer ebria al otro lado del teléfono, la esposa no tomó la situación con buena actitud.

—Perdóname, no volverá a pasar —repetía Lilly.

No pegó un ojo en el poco tiempo que faltaba para amanecer. Se levantó, preparó el desayuno y se alistaba para ir al trabajo. Cuando se disponía a hablar con Lilly sobre lo ocurrido, ella parecía no recordar nada de la noche anterior. Se levantó sonriendo, llegó a la cocina con la bebé en los brazos, y saludó a Vincent con cariño.

Estaba confundido. Trató de analizar la situación y justificó el comportamiento de Lilly. Todo tenía que haber sido causado por el estrés de tener un bebé recién nacido y toda la responsabilidad de la casa. Pensó que era normal que Lilly quisiera ese momento de fuga, de liberación. Veía como una señal de confianza el hecho de que ella le hubiera contado lo que había pasado. Tomó el último trago de su café, le dio un beso a ambas y se marchó al trabajo.

∞

Durante los meses siguientes, las cosas continuaron de manera normal en la casa. Vincent tenía que viajar constantemente por su trabajo, y Lilly en ocasiones se quejaba de lo duro que era atender la casa y a la niña. Ambos estaban tratando de que las cosas fluyeran en calma. No eran los primeros que tenían un bebé. Era una etapa que había que superar. Nada más.

El trabajo de Vincent iba muy bien. Había sido invitado a un importante acto político privado en un elegante restaurante de la ciudad. Era un evento exclusivo, y Vincent había recibido entradas para él y su esposa. Estaba emocionado. Estaría compartiendo con gente importante. El gobernador y varios alcaldes estarían allí.

Ambos se vistieron elegantemente para la gala. Lilly estaba feliz de poder salir a divertirse después de muchos meses.

Entraron tomados de la mano al restaurante, y fueron dirigidos a la mesa asignada para ellos. Todo lucía espectacular.

La comida era exquisita. Había platos que Lilly nunca había visto. Ambos disfrutaban de ese momento. Lilly saboreaba una copa de vino. Le había dicho a Vincent que no se preocupara, que solo tomaría esa copa con la cena. El mesero lleno la copa por segunda vez. Vincent comenzó a tener un mal presentimiento...

Las luces del lugar se atenuaron. El alcalde de la ciudad tomó el micrófono y comenzó a hablar.

—¡Yo tengo una pregunta! ¡Yo tengo una pregunta! —Lilly gritaba mientras alzaba la mano como en un salón de clases. Las miradas se enfocaron en ella.

Vincent tragó grueso. No pudo reaccionar.

—Claro, pregunte —dijo con amabilidad el alcalde sorprendido.

Lilly comenzó a contar la historia de cómo había sido su vida, describió largamente su infancia. Habló de los problemas de la comunidad. Lilly arrastraba las palabras sin llegar ningún punto de la supuesta pregunta.

—¿Es rusa? —le preguntó a Vincent el individuo que estaba sentado a su lado.

Vincent permanecía en silencio. No podía creer cuánto había cambiado la noche en cuestión de minutos. Lo que prometía ser una noche maravillosa y exitosa se transformó en un momento amargo mientras los que lo rodeaban murmuraban y reían a escondidas.

Lilly tenía la atención de todos los presentes, quienes al llegar solo esperaban algunos aburridos discursos políticos. Los rumores corrieron de mesa en mesa. Todos hablaban de la mujer ebria. Algunos aseguraban que era una enviada por el partido opositor para sabotear el evento, y otros aseguraban que era una espía rusa. El único que sabía la verdad era Vincent. No había conspiración ni sabotaje, solo un fantasma dormido dentro de Lilly que había despertado tras la segunda copa de vino.

A la mañana siguiente, Vincent se levantó temprano. No había podido conciliar el sueño después de lo ocurrido, y había renunciado a dormir.

Lilly durmió y se levantó como si nada hubiera pasado después de los acontecimientos de la noche anterior que habían dejado a Vincent sacudido. Se sirvió un tazón de cereales, y se sentó a la mesa donde él estaba leyendo el periódico y bebiendo su café.

—Te ves muy animada teniendo en cuenta lo que sucedió anoche —comentó Vincent.

—¿De qué estás hablando? —Sus ojos saltaron inseguros hacia él.

Él puso su periódico sobre la mesa

—¿Seguro? ¿No recuerdas nada? —insistía Vincent.

—Seguro, no sé de qué me estás hablando. ¿Me estás tomando el pelo?

Vincent no veía salida. No podían conversar ni buscar solución a algo si ella ni siquiera recordaba que algo había pasado.

Dos años después nació la segunda niña, Penny. Otra vez comenzaba la rutina de los pañales, biberones, cuidados, trasnochos. Vincent continuaba viajando por asuntos de trabajo. Nuevamente comenzó la ansiedad de Lilly... y nuevas escapadas.

Un día, mientras estaba en el trabajo, Vincent recibió una llamada. Estaba en una reunión, pero la llamada debía ser urgente ya que su asistente de oficina pensó que era necesario interrumpir en lugar de tomar un mensaje como solía hacer siempre.

—¿Señor Davis? —Vincent escuchó su nombre tras atender la llamada. La voz no le era familiar.

—Soy yo, ¿quién habla?

—Soy su vecina.

Las peores posibles noticias pasaron por la mente de Vincent. En las películas la llamada de un vecino desconocido nunca trae nada bueno.

—¿Qué pasó? —preguntó angustiado.

—Verá. Su esposa me dejó a las niñas desde temprano, pero aún no ha regresado. Supuestamente sería por un rato.

Las emociones de Vincent pasaron de la preocupación a la rabia en una fracción de segundo.

Que sus niñas hubieran sido dejadas en manos de una completa extraña estaba más allá de lo que podía imaginar. Las cosas estaban llegando a un punto que Vincent no sabía si era capaz de aguantar. Ya no solo era que no sabía dónde ni con quién estaba su esposa, sino que estaba en juego la seguridad de sus hijas. Cada episodio con Lilly estaba aumentando de complejidad. La comunicación no era una herramienta posible, los olvidos de Lilly tras sus borracheras impedían cualquier solución basada en el diálogo.

Cuando podía tener una discusión con ella sobre su problema con el alcohol, Lilly solía usar su historia familiar como arma de defensa. «Yo me siento poca cosa. Tu familia no me quiere porque vengo de un hogar disfuncional, con problemas de familia que tú nunca tuviste», solía ser su argumento.

∞

Después de aquel episodio, Vincent se mantuvo vigilante. No podía confiar en Lilly. Sus hijas ya no estaban seguras con ella. *«Quizá llegue un día de viaje para encontrar que han desaparecido»*, pensaba. Estaba atento a cualquier detalle que pudiera ofrecerle información sobre lo que hacía Lilly a sus espaldas.

Lilly solía ser muy descuidada, y últimamente lo era más. Afortunadamente para Vincent, ella había dejado la computadora abierta antes de tomar una siesta aprovechando que las niñas dormían. Vincent sabía que lo que haría en ese momento no era correcto, pero sentía que no tenía opción. Revisó los correos de Lilly, y copió su contraseña.

Al llegar del trabajo Vincent le informó a Lilly que viajaría la siguiente semana a Seattle por cuestiones de trabajo. Luego de cenar, chequeó el correo de Lilly. Esta le había escrito a su exnovio. Vincent no lograba entenderlo. Ella siempre le había dicho que había sufrido mucho por culpa de aquel hombre.

«Nos podremos ver la semana que viene. El tonto de Vincent se va de viaje. Podremos sentir nuestros cuerpos juntos enredados entre sábanas otra vez», decía el mensaje que Lilly le había escrito a su ex. Este le había contestado inmediatamente. *«Yo también tengo un viaje de trabajo a tres horas de Kansas. Podemos encontrarnos en algún lugar intermedio»*. Vincent se contuvo a pesar de lo que estaba leyendo.

Vincent partió rumbo a Seattle. No podía cancelar ni aplazar su viaje, pero su mente se había quedado dando vueltas en los mensajes de correo. Cada vez que salía de una reunión de trabajo, monitoreaba la comunicación entre Lilly y su ex. Se encontrarían en un restaurant que quedaba al lado del hotel donde se hospedaba.

Vincent marcó el numero telefónico de Lilly.

—¿Dónde estás? —le preguntó sin preámbulo. Solo se escuchaba silencio al otro lado de la línea—. Estás con tu ex en un hotel de San Luis, ¿cierto?

Atrapada, Lilly no encontró forma de mentir. Esta vez no podía excusarse en el olvido que causaban sus borracheras.

—Sí, estoy con él —admitió en voz baja.

—Se acabó. Hablaremos en casa —dijo Vincent desconcertado y terminó la llamada.

Sensaciones de victoria y derrota se mezclaron en el alma de Vincent. Su plan de espionaje había funcionado a la perfección. Había logrado el objetivo, había comprobado lo que no le hubiera gustado comprobar.

∞

El mundo de Vincent se derrumbaba por segunda vez. Pensaba en sus hijas. Sabía que la separación sería dolorosa. Ya no solo sería perder a quien creía el amor de su vida, sino la rutina diaria con sus hijas, el estar con ellas juntos en la cama, cenar con ellas viendo las caricaturas. Todo cambiaría. Volvía a perderlo todo de nuevo en un instante.

Como un *déjà vu* volvía a hacerse los mismos cuestionamientos de unos años atrás. «*¿Qué pasó? ¿Qué hice* *mal esta vez? ¿Qué parte de mí no se conectó con Lilly para crear en ella las ganas de engañarme? ¿Qué no le di?*». Vincent buscaba una razón, una justificación que calmara un poco su desasosiego. Pensaba que quizá la adicción de Lilly era más poderosa que la razón o el amor que sentía por él o por la vida que habían construido.

Buscaba razones para poder justificar el perdonarla y luchar por rescatar su matrimonio, pero inmediatamente escuchaba otra voz en su cabeza. La de la lógica que le decía que hacía tiempo que las cosas no estaban bien. Que negar esa situación era absurdo. Se habían convertido simplemente en dos padres viviendo juntos para criar a dos niñas y nada más. Esa voz le recordaba que ni siquiera las visitas al psicólogo habían dado resultado. Todo había terminado.

Como un autómata, se encargó de preparar los documentos para el divorcio. Se fue de la casa y acordaron un horario de visitas para las niñas. Al poco tiempo supo que Lilly estaba embarazada de su exnovio, quien continuaba casado. El seguro de Vincent cubría todos los gastos porque Lilly todavía no estaba formalmente divorciada. El hospital llamó a Vincent para verificar el seguro, y poner su nombre en el certificado de nacimiento como el padre. Vincent tuvo que dar muchas explicaciones embarazosas a la administración del hospital.

En su afán por cerrar ciclos, Lilly había escrito una carta a los padres de Vincent. «*Nunca me sentí bienvenida en la familia. Sé que siempre ha habido una brecha social entre nosotros, por lo que nunca he pertenecido a ese grupo. Yo no tuve la oportunidad de ir a una universidad como Vincent, y eso ha sido parte del problema en nuestra relación. Soy una víctima de la sociedad. Vincent tuvo suerte de nacer en una familia a la que la vida les ha dado más oportunidades que a mí...*».

Nuevamente había empacado su vida en cajas. Había terminado otro capítulo, otro matrimonio, otro hogar. Otra vez le había tenido que decir a su familia que había fracasado.

∞

Vincent analizaba este nuevo episodio de su vida, y sintió un aire de tranquilidad en su pecho: el alivio de no tener que batallar con la búsqueda de traiciones, ni con el estrés de saber dónde estaba Lilly o sufrir con su ánimo oscilante. Decidió enfocarse en su trabajo, donde no había espacio para manejar problemas emocionales. Confiaba en que eso lo ayudaría a restaurar su vida... otra vez.

Vincent no podía creer la larga conspiración que se había armado en contra del éxito de su relación. ¿Podrían las fuerzas de la naturaleza ser tan crueles? ¿Qué había hecho para contribuir al fracaso, y cómo Lilly y otros parecían terminar en un lugar mejor que él? ¿Qué estaba haciendo mal? Vincent sabía, esperaba y anhelaba respuestas. Soñaba con que algún día llegaría a una relación como las muchas parejas exitosas que había conocido... siempre y cuando no estuviera orquestado por otra espía rusa.

Mecánica en falda

Aún sin poder abrir completamente los ojos, escuchó un zumbido que venía de su mesa de noche. Contestó el teléfono. Era de la recepción del hotel avisándole que ya eran las cinco de la mañana. El timbre del teléfono la había sacado de uno de sus sueños. No podía perder tiempo. Eso lo había aprendido al poco tiempo de comenzar esa rutina.

Victoria se frotó los ojos mientras luchaba por abrirlos. Se recostó contra las almohadas por unos momentos, tratando de recordar los restos de su sueño para unirlos de nuevo.

Se levantó de la cama y encendió la luz. Sabía que si dejaba pasar más tiempo, los detalles de su sueño se desvanecerían como la niebla de la mañana cuando salen los primeros rayos del sol.

Generalmente, sus dedos tomaban automáticamente el cuaderno en su mesa de noche. Estaba de viaje de trabajo, por lo que su compañero había sido sustituido por su laptop. La tomó, e inmediatamente se aprestó a escribir antes de que se borraran los recuerdos del sueño que recién había vivido.

Victoria siempre se refería a los sueños como vivencias. Cada vez que despertaba, la sensación que tenía era *de haberlos vivido* realmente. No los sentía etéreos ni volátiles. Eran muy reales para sus sentidos, ya que podía percibir texturas, temperaturas, olores y sabores. Además, podía recordar un sueño dentro de otro sueño, y analizarlo o discutirlo con las personas que participaban en él. A pesar de ser bastante pragmática, estaba convencida de que la que veían sus ojos no era la única realidad. Creía que vivíamos en diferentes tiempos de forma simultánea, o que la línea del tiempo no tenía la misma velocidad que el ser humano puede entender con el uso de reloj y calendario. «*Vivimos en tiempos diferentes a la vez sin saberlo... por lo menos conscientemente. Creer que el tiempo es una línea horizontal nos limita*», solía decirse a sí misma.

Ella creía que cuando las personas soñaban, podían visitar cualquier momento de su línea de tiempo pasada o futura, pero no comprender fácilmente la información que presenciaban. Todos los tiempos estaban disponibles simultáneamente en el estado de sueño, y todos los futuros y todos los pasados existían en una singularidad del tiempo. Estaba convencida de que la mente, envuelta en el sueño, comienza a descargar instantáneamente toda la información de un plano superior, pero experimentándola de una manera organizada, como un truco mental por la forma en que el cerebro ha sido entrenado en el estado de vigilia. Victoria solía compararlo con descargar un archivo del infinito, y luego abrirlo en el sueño para experimentarlo de una manera pseudolineal, pero complicada. Más allá de eso, el archivo descargado puede contener algo más que información de la línea de tiempo del individuo. Discernir y aplicar toda esa teoría era una habilidad que Victoria estaba lejos de dominar, pero que estaba dispuesta a alcanzar.

Confiaba firmemente en que sus sueños eran la forma en que podía asomarse un poco a esas otras realidades, a otra dimensión de lugar y tiempo. Estaba segura de que en el momento en que su mente se encontraba en estado de sueño podía atravesar esa otra dimensión, y conectarse para descubrir mensajes, señales, símbolos, y quizás hasta viajar en el tiempo. Sabía que no era casualidad que hubiera elegido estudiar y graduarse como ingeniero en información. Su formación le había permitido desarrollar la capacidad de interpretar los datos y transformarlos en información para luego generar conocimiento. Era parte de lo que consideraba su misión.

Comenzó a escribir.

∞

En el sueño había estacionado su vehículo en un centro comercial. Se bajó y abrió el maletero que estaba lleno de vestidos de colores, algunos con flores, otros amarillos y naranja con estampados variados; podía sentir la textura de las telas. Estaban arrumados. «¿*Qué hacen estos vestidos tan bellos y costosos aquí dañándose. Deberían estar cuidadosamente colgados en un clóset»*, pensó en el sueño, mientras buscaba por todas partes algunos ganchos para colgarlos.

De repente, apareció su amiga Mariel, quien le recriminó diciéndole: «tienes esos vestidos allí amontonados, igual que tienes esos valiosos proyectos de negocios que nunca terminas de presentar, y dejas que pierdan su valor».

Victoria había conseguido una parte de un gancho de los de metal para colgar ropa. Al tomarlo del suelo, volteó la mirada y se vio a sí misma cabalgando sobre un caballo negro sin montura. Usaba un vestido amarillo. El animal galopaba y saltaba obstáculos con seguridad. Victoria lo dominaba con tranquilidad. Su cabello ondeaba con el viento, y los brillantes colores de su vestido formaban patrones hipnóticos con el movimiento de cada zancada. Se sentía confiada de que nada podría perturbar su fortaleza y seguridad en sí misma. Aún sobre el caballo, escuchó el timbre del teléfono, y despertó.

∞

Se había hospedado en un hotel en las cercanías del aeropuerto para evitar el tráfico de aquella ciudad, y no correr el riesgo de perder su vuelo. Estaba ansiosa por regresar a su hogar para estar al lado de su hijo.

«*Tienes esos vestidos allí arrumados, igual que tienes esos valiosos proyectos de negocios que nunca terminas de presentar, y dejas que pierdan su valor*». La frase que había dicho su amiga en el sueño la impactó. Victoria manejaba su propia oficina, y mantener el mercadeo de sus servicios de asesoría se había convertido en un reto diario. *¿Qué significan esas palabras?*, se preguntaba.

Terminó de anotar los detalles de su sueño; aprovechó para hacer el chequeo de su vuelo y elegir su asiento en la página de la línea aérea. Vio las opciones. Siempre prefería las primeras filas. El asiento 8-A estaba disponible. Era el que usualmente escogía si tenía la oportunidad. Le gustaba la forma en que sonaba en inglés con su acento. «Eit ei», repitió en voz alta.

Se arregló rápidamente y se dirigió a tomar su vuelo. Ya instalada en su asiento, mientras esperaba a que abordaran todos los pasajeros y se iniciara el despegue, se dispuso a disfrutar algunas páginas del libro que estaba leyendo. En cada pausa dentro de su agenda trataba de avanzar en su lectura.

—Buenos días. Que tengamos buen viaje —dijo el pasajero que se acomodaba en el asiento 8-B.

—Serán buenos días cuando me haya tomado otra taza de café —contestó ella, y volvió a enfocarse en el capítulo que estaba leyendo.

A los pocos minutos, tuvo que usar el marcapáginas. Su compañero de asiento resultó ser conversador, y la mantuvo ocupada con su charla durante todo el vuelo. En el curso de la conversación Victoria se enteró de que, como ella, él manejaba su propio negocio. Era italiano y casualmente vivían en la misma ciudad. La despedida tras el aterrizaje fue una invitación a cenar.

—¿Qué te parece si continuamos nuestra conversación de avión en un lugar con menos turbulencia? Te invito a cenar.

Victoria sonrió.

—Me parece una estupenda idea, pero ¿qué tal si en vez de cena es un almuerzo? —Para Victoria la hora de la cena era su tiempo con su hijo. Valoraba mucho ese tiempo con él, pues el ajetreo de su trabajo no les permitía compartir como a ella le gustaba. Almorzar resultaba más práctico, pues no tendría que hacer ningún cambio drástico a su rutina.

—Es una cita, entonces. —Intercambiaron números telefónicos para ponerse de acuerdo sobre la hora y el lugar.

A Victoria le resultó agradable la idea de volver a salir con alguien, aunque no se permitía hacerse muchas ilusiones. Ya estaba cansada de tantos intentos fallidos después de su divorcio. Parecía un esquema que se repetía: una cena, un café, conversaciones agradables, otras no tanto... y todo se esfumaba a los pocos días. Parecía que su proyecto social de estudiar trescientas relaciones pasaba de ser un chiste a convertirse en una realidad.

Quedaron en encontrarse en un famoso restaurante de la ciudad. El día de la cita, él la llamó para cancelar, pues habían surgido algunos problemas en el trabajo. No le dio mayor importancia. Más de una vez había sido ella quien había tenido que cancelar citas por asuntos de trabajo. *«Hasta aquí llegamos»*, pensó y comenzó a replanificar sus actividades.

∞

Tres semanas después, Victoria recibió una llamada. Era el pasajero del 8-B. «Intentemos, aunque sea vernos un rato para conversar», le pidió.

La cita fue en un pequeño café donde comieron sándwiches, y conversaron tan amenamente como lo habían hecho en el avión. Él parecía algo misterioso a los ojos de Victoria. Más formal de lo que esperaba comparado a la forma en que a ella le gustaba tratar a las personas. Trató de no sobreanalizar. *«No debo hacer conjeturas sin bases. Debo darme un tiempo para conocerlo mejor»*, se decía a sí misma para sacarse del espacio de análisis que formaba parte de su manera de enfrentar cualquier situación.

La cita sería buen tema de conversación con Mariel, quien la visitaría esa noche. El tiempo con ella más que una visita era una terapia de análisis existencial condimentado con chismes y risas que la ayudaban a olvidar el estrés del trabajo.

Victoria salió de su oficina directamente a buscar a Alejandro. Al llegar a casa, revisaron las tareas y arreglaron lo necesario para el colegio. Victoria preparó una cena rápida mientras esperaba que Mariel tocara la puerta.

Con su hijo ya acostado, Victoria y Mariel tenían el campo libre para conversar. Como era de esperarse, salió a colación la cita de la tarde con el señor 8-B , y un tema que era recurrente: las dificultades de Victoria para encontrar la pieza que faltaba en su vida, el amor.

Mariel se apoyó contra los cojines del sofá. Miraba a su amiga directamente mientras tomaba un sorbo de su vino.

—No quiero preocuparte, pero ¿no has pensado que quizá tu personalidad tan independiente, de mujer líder que organiza y coordina todo, no es atractiva para algunos hombres? Algunos hombres necesitan ser necesarios.

Victoria arrugó la nariz con disgusto.

—¿O sea que tendré que encontrar un raro espécimen masculino que no se sienta amenazado por mi forma de ser? Si no aparece, tendré que conformarme con estar sola, porque no pienso dejar de ser yo para complacer a otro. Una vez basta.

Mariel sacudió la cabeza mientras se reía. Sus rizos castaño oscuro rebotaban sobre su cara redonda tras cada carcajada.

—¿Estás segura de que ese hombre existe? Es como si buscaras un unicornio.

Salió a relucir el tema de su divorcio y del porqué no había funcionado bien esa relación. Mariel le recordaba a Victoria el apodo que le había puesto su exesposo, «la jefa», y le insistía en que quizá el querer siempre controlar y llevar las riendas no eran compatibles con establecer una relación sana. Victoria la escuchaba con atención. Reconocía que realmente le costaba mucho ceder el control, y trataba de analizar las áreas donde pudiese mejorar.

—Tal vez un control compartido en donde cada quien reconoce sus límites, y donde existan acuerdos claros y establecidos. —Soltó Victoria luego de pensar por unos instantes.

Mariel puso los ojos en blanco con cara de obstinación, y respiró profundamente antes de contestar.

—¿Por qué no haces algunos cambios? No sé, de actitud, de imagen... ¿Desde hace cuánto no te pones un vestido delicado? Siempre te veo en pantalones, con ropa ejecutiva o industrial. A lo mejor el simple hecho de ponerte un vestido te haga sentir un poco más vulnerable y femenina. Quizás el 8-B queda prendado y no te suelta —le aconsejaba Mariel riendo, y la llevaba de la mano hacia el clóset.

Mariel hurgaba entre la ropa. Veía y descartaba atuendos hasta que se decidió por un vestido. Era naranja con amarillo.

Victoria al verlo recordó el sueño que había tenido hacía pocos días, y decidió que usaría ese vestido en la próxima cita. Se preguntaba si aquel sueño tendría que ver más con el tema de las relaciones que con lo laboral. ¿Y el caballo? ¿Dónde calzaba su cabalgata? Como hacía siempre, esperaría a ver las *coincidencias* y las señales que se le fueran presentando en el camino.

∞

El vestido amarillo tuvo que esperar un tiempo. Después de varias semanas sin dar señales de vida, el señor 8-B reapareció con una llamada inesperada.

—Disculpa que no haya llamado antes. Estuve fuera del país y acabo de llegar. ¿Te gustaría que fuéramos al cine? —le dijo de manera casual sin darle mucha importancia a su ausencia.

—Sí, suena agradable el plan —contestó ella sin mucho convencimiento.

—¿Qué película te gustaría ver? ¿Te gusta algún género en particular?

—No, decide tú —le respondió recordando los consejos de Mariel mientras en su cabeza suplicaba *¡por favor, que no elija una película de terror! ¡Por favor, no una película de terror!*

—Me gustan las películas de terror. En la función de medianoche están pasando una muy buena. Podemos ir a verla el próximo sábado, ¿te parece?

—Perfecto. Cine de medianoche —dijo alzando los hombros mientras pensaba en qué le disgustaba más: el cine de terror o ir a la función de medianoche en una ciudad tan peligrosa.

«Debes ser más llevadera, vulnerable… déjate llevar por las decisiones del hombre», se imaginaba la voz de Mariel susurrándole desde su hombro derecho, mientras que en su hombro izquierdo había una figurita diminuta de ella misma que gritaba: *«dile que prefieres ir a un restaurant para poder conversar, y que no te gustan las películas de terror».*

Llegó el sábado en la noche. Estaba dispuesta a que fuera una velada agradable. *«Quién sabe qué me tiene el destino, me dejaré llevar, como me dice Mariel».* Preparó su vestido naranja y amarillo; se puso unas zapatillas muy femeninas; se maquilló con un estilo suave y natural; peinó su cabello con esmero, y esperó a que llegara el pasajero 8-B a buscarla.

Ya instalados en sus butacas comenzó la proyección. Victoria trató de prestarle atención, pero jamás le habían gustado las películas de terror. Trataba de que su cara no mostrara su incomodidad mientras esperaba con ansias que terminara. Su cabeza estaba dispersa pensando en cosas de la oficina, proyectos pendientes. De repente, sentía que él apretaba su mano ante alguna escena emocionante. Ella lo veía, y simulaba una cara de miedo, aunque no tenía idea de lo que estaba sucediendo en la película.

Al terminar la función, caminaron hacia el estacionamiento. Él sacó el control remoto del auto. No funcionó. Le daba golpecitos, pero el dispositivo no respondía. Siguió insistiendo, pero no se escuchaba el sonido de desactivación de la alarma, y el seguro de la puerta no se desbloqueaba.

La escena no era muy alentadora; parecía sacada precisamente de una película de terror como la que acababan de ver. Ya era pasada la medianoche, y se encontraban en un estacionamiento en penumbras, casi vacío. Ambos se miraban. Ella estaba a punto de entrar en pánico.

—Usa la llave y abre la puerta manualmente —dijo ella tratando de mantener la calma, y haciendo lo que sabía hacer: buscar soluciones.

—No, la alarma es electrónica. Hará mucho ruido, y de todas maneras no dejará encender el auto —contestó él con angustia en la voz.

Victoria solo podía pensar en el peligro que estaban corriendo. Los robos y secuestros en estacionamientos no eran infrecuentes. En su cabeza ya tenía el proceso para abrir la puerta del auto y salir de allí en dos minutos, pero la voz de su amiga volvía a resonar en su cabeza. «*Eres una dama, las damas no saben de mecánica de carros…*».

«*Lo siento, prefiero perder esta cita que perder mi vida*», pensó al no ver ni un indicio de solución por parte de su acompañante. Victoria le arrancó el control remoto de la mano; separó la llave del control, y abrió la puerta manualmente. De inmediato, sonó la alarma. Victoria introdujo la llave, abrió el capó y desconectó los contactos de la batería del auto.

El señor 8-B estaba paralizado con la mano donde había tenido el control remoto todavía abierta. Victoria comenzó a buscar algún pedazo de alambre o metal por el suelo. Consiguió algo que le servía. Abrió el control, hizo un puente entre la batería del control y la del carro, y desactivó la alarma.

—¡Enciende el auto! —Victoria gritó bruscamente mientras terminaba de ajustar los contactos de la batería.

Para ese momento, el vestido había perdido su toque primaveral, y su cabello no lucía para nada arreglado. Su rostro con toques de grasa de motor ya no era el de una dama *vulnerable*, sino el de una mujer que montaba su caballo con seguridad y confianza ante los obstáculos.

Durante todo ese tiempo, el señor 8-B permaneció en silencio.

—Por favor, llévame a casa —dijo ella al entrar y cerrar la puerta del auto.

Los quince minutos que duró el trayecto fueron de absoluto silencio. Victoria se veía las manos llenas de grasa negra, y se las limpiaba con su vestido delicado y femenino, plenamente orgullosa de su logro. «*Según las teorías de Mariel, este caballero debe estar entre asustado y defraudado*», pensaba encogiendo sus hombros.

—¿Cómo hacemos? Si apago el auto no podré prenderlo cuando me vaya —preguntó mientras intentaba torpemente solicitar una invitación para pasar la noche.

—No te preocupes, no tienes que apagar el carro —dijo ella con tono cortante, y sentenció—: Yo me bajo y tú sigues hacia tu casa.

∞

Mientras se preparaba para dormir, recapitulaba sobre todo lo que acababa de pasar. Sabía que no tenía sentido aplicar la teoría de Mariel. Ninguna relación tendría futuro de esa forma, menos con alguien como 8-B cuyo estilo claramente no era compatible con la personalidad de ella.

«*No puedo pretender ser una persona que no soy solo para agradar a alguien. Debo ser fiel a lo que soy y a lo que quiero*». Al decirse esto recordó una conversación con su hijo Alejandro un tiempo atrás cuando estaban sentados en una heladería.

—¿Si yo tuviera un novio cómo te gustaría que fuera? —le había preguntado con algo de temor, pues el niño siempre se había mostrado celoso de todo el que se acercara a ella.

—Tiene que gustarte a ti, mamá. Tiene que tener cosas que a ti te gusten —contestó sin pensarlo mucho.

—¿Qué cosas crees que serían esas?

—Vamos a hacer una lista, y si vemos que un hombre cumple con la lista te puedes casar con él —dijo serio.

—¡Qué cosas dices, Alejandro! —Reía Victoria.

—Es en serio, toma —le dijo mientras le entregaba una servilleta—. Comencemos a pensar.

Victoria sacó un bolígrafo de su cartera.

—Tiene que ser inteligente, mamá.

—Claro, y que le guste la tecnología —Contestaba y escribía.

—Y calvo, mamá, como esa foto que tienes en tu cuarto —dijo el niño. Victoria lo miró sorprendida.

—Tienes razón —Victoria agregaba la característica a la lista—. También que tenga relación con el extranjero. Puede ser extranjero o de familia extranjera —dijo Victoria quien volvía a recordar lo que alguna vez le dijera su profesor de Astrología.

—¿Alto o bajo? ¿Cómo te gustaría? —preguntó el niño.

—Alto.

—Ya sabes, mamá. Tenemos que buscar a alguien así. No botes la servilleta —le advirtió mientras saboreaba su helado.

∞

Victoria sonrió ante el recuerdo de esa conversación. Se acostó pensando que la experiencia con 8-B no había sido pérdida total. Le había servido para reconocer lo que definitivamente no quería en su vida. Recordó a un señor de avanzada edad que le había dicho: «Se ve que eres una mujer intimidante que puede causar miedo a los hombres. Si eso te pasa, ten por seguro que ese hombre que te tiene miedo no es un hombre para ti». *«Que no me tenga miedo. Tengo que agregar eso a la servilleta»*, se dijo como una especie de nota mental.

Con la cabeza en la almohada, Victoria analizaba su situación, su visión de las cosas y la autenticidad que era parte de ella misma, y que no pensaba perder. Quizás los vestidos en su sueños representaban esa fachada que deseamos mostrar al mundo. *«El mantener una relación auténtica permite conectarse profundamente, y cualquier conflicto en vez de separar unirá mucho más. Así que no me voy a perder yo misma en este proceso»*, alcanzó a pensar antes de quedarse dormida.

Prácticas de kamikaze

Vincent se despidió de sus hijas. Habían estado con él ese fin de semana. El tiempo que había pasado con ellas llenó su corazón de un amor que no conocía límites. Deseaba haberles podido ofrecer el tipo de familia estable que él había conocido al crecer, pero no había habido manera de salvar su relación con Lilly. Solo trataría de ser el mejor padre que pudiera para ellas, y hacer que cada momento que pasaran juntos contara.

Las niñas le dijeron adiós con la mano y entraron al colegio. Su mamá las recogería al terminar las clases. Estaba solo de nuevo, camino al trabajo. Cada vez que tenía ocasión trataba de buscar las causas por las cuales las relaciones les eran tan huidizas. *«Debo mantener el equilibrio, a veces soy muy impulsivo. Tengo que lograr un balance entre la lógica y la emoción»*, pensaba mientras manejaba.

No podía evitar preguntarse la razón de su incapacidad para encontrar a alguien cuyos deseos y necesidades encajaran con los suyos. ¿Dónde estaba su pieza de rompecabezas? Alguien que no solo llenara los ideales que él deseaba en una mujer, sino alguien cuyos deseos y necesidades él pudiera satisfacer. Quería ser capaz de proporcionar eso a cambio, ser suficiente para alguien mientras era fiel a sí mismo. A veces se preguntaba si eso era posible. ¿Por qué algo que parecía tan simple en teoría era tan difícil en la realidad?

Soñaba despierto con el día en que pudiera tener nuevamente un hogar. Estaba cansado de citas vacías que no llegaban a nada. Pensaba en las posibilidades, y la que más lo convencía era la de encontrar a una mujer que también tuviera hijos. No necesitaba la complicación de una mujer celosa que no lo dejara compartir con sus pequeñas. Eso era innegociable.

Como ya era su rutina diaria, al llegar a la oficina abrió sus correos personales. *«Algún día llegará la notificación que me llevará a conocer a la indicada»*. Ese día tenía una. Una mujer llamada Erin. *«Umm, sabe escribir bien»*, pensaba Vincent mientras leía el perfil. «¿Te parece si chateamos a la hora de almuerzo», le escribió la chica. Vincent compró un sándwich, y esperó impaciente delante del computador.

Estuvieron conversando durante casi dos horas. Se hicieron preguntas interesantes y planteamientos inteligentes. Se divirtieron con comentarios jocosos y frases de doble sentido. Se sintieron conectados tras esa primera charla detrás del teclado.

Los encuentros en el chat se hicieron costumbre cada tarde después del trabajo. Ambos disfrutaban mucho esas conversaciones. Se contaban acerca de sus gustos, sus trabajos. Un día Erin le contó que tenía una relación con un profesor de Letras de la universidad. A ella le fascinaba el mundo de la literatura. Las banderas de alarma se levantaron en la mente de Vincent. Al principio se sintió desilusionado por la noticia. No quería ser un simple amigo y confidente. El saber que tenía que disputar el interés de Erin con alguien más lo llenó de ganas de entrar en la competencia. Vincent era deportista por naturaleza, no era difícil despertar su lado competitivo. «*Me ganaré el corazón de Erin. Ningún profesor de literatura me va a ganar*». Desde ese momento se propuso usar todas las armas que pudiera para conquistarla.

∞

Había pasado un mes desde su primera conversación, pero aún no se conocían personalmente. Su primera cita fue en un parque.

Vincent se sentó en un banco, cerca de la fuente donde él y Erin habían planeado reunirse ese día. Era algo temprano, pero se alegró. El día era luminoso y soleado, con una temperatura agradable. El día perfecto para un paseo casual rodeados de naturaleza.

Sonrió mientras veía a una joven pareja haciendo un picnic; envidiaba sus sonrisas fáciles y su jovialidad. Era evidente que estaban enamorados, sus ojos brillaban al mirarse. Aunque se había casado dos veces, no estaba seguro de que nadie lo hubiera mirado de esa manera antes... o viceversa.

—¿Vincent? —dijo una voz desde su lado.

Vincent levantó la vista, y encontró a Erin sonriéndole. Sus fotos no le hacían justicia. Su melena color chocolate enmarcaba su rostro con ondas suaves. Vestía pantalones vaqueros que destacaban su figura, y una chaqueta de cuero, material que acentuaba el perfume que llevaba. Sus ojos azul claro reflejaban alegría al encontrarse con los suyos.

—¿Has estado esperando mucho tiempo? —preguntó.

—No, para nada. Es un placer conocerte por fin.

Unos dientes blancos perfectos se mostraron cuando ella sonrió. A Vincent le gustó su sonrisa, y se preguntaba cómo la mantenía.

—¿Te gustaría dar un paseo? —le dijo Vincent ofreciéndole su brazo.

Erin entrelazó su brazo con el de él, lo sorprendió su naturalidad al hacerlo.

—Háblame de tu día —le dijo Vincent mientras caminaban en dirección al estanque de patos.

Mientras caminaban hablaban de familia, hijos... Erin había crecido en un hogar muy religioso. Estaba divorciada y tenía dos hijos, una niña y un niño. Las edades de los hijos de ambos iban en secuencia. Tenían tres, cuatro, cinco y seis años de manera intercalada. Vincent encontró este hecho fascinante. Le interesaba mucho la numerología, y le atraían los símbolos y casualidades.

Ya cerca del estanque, Vincent sacó del bolsillo de su chaqueta una pequeña bolsa con migajas de pan y se la entregó a Erin. Observaba cómo ella le tiraba los pequeños trozos a los patos. Le gustaba su sencillez, la forma en que parecía no ser consciente de sí misma mientras se movía. Tenía una sutileza que la hacia destacar aun sin pretenderlo.

Erin lo sorprendió mirándola mientras estaba arrodillada al borde del agua.

—¿Qué estás mirando?

—¡Me atrapaste! A ti —respondió—. Luces igual que en tu foto.

Ella se alejó tímidamente, con un leve rubor en sus mejillas.

—Gracias, creo.

Vincent notó una calidez entre ellos que no había sentido en muchas de sus primeras citas. Estaba intrigado por aquel sentimiento, y disfrutó mucho de la conversación.

Hicieron planes para volver a verse.

Las caminatas, las salidas a cenar, el compartir un café se hacían cada vez más frecuentes. Todo parecía marchar en buen camino, por lo que acordaron que los niños se conocieran, y ver cómo se llevaban.

Las dos familias pasaron un fin de semana en un campamento de montaña. La conexión fue inmediata. Los niños se integraron rápidamente. Pasaron los dos días saltando y jugando en la cabaña que habían rentado.

La química que habían conseguido a través de las conversaciones del chat imprimieron pasión e intensidad a su primer encuentro. La expectativa creada con las palabras, las emociones que se iban cargando con cada conversación, y la pasión que cada uno llevaba dentro hicieron explosión cuando tuvieron sexo por primera vez. Recostado con Erin acurrucada en sus brazos, sintió que una sonrisa se dibujaba en su cara. Vincent había ganado la competencia contra el profesor de Literatura. El atleta había vencido al erudito.

Con cuatro niños, y aunque solo habían estado juntos un par de veces, surgió la preocupación de Erin en relación a un posible embarazo. Esa no era una opción para ella, por lo que le pidió a Vincent que se practicara la vasectomía. Aunque tomaban precauciones, Erin pensaba que la vasectomía les brindaría más libertad y tranquilidad a la hora de tener sexo.

Tener más hijos tampoco era una opción para Vincent por lo que de inmediato accedió a la idea. Después de las dos veces que habían estado juntos, no habían vuelto a tener intimidad. Sacar un posible embarazo de la ecuación les daría la tranquilidad que necesitaban para que ambos disfrutaran del sexo. A la semana siguiente Vincent entraba en el quirófano. La recuperación fue dolorosa, con muchas bolsas de guisantes congelados y almohadas suaves en las sillas, pero pensó que valdría la pena. En pocos días estaba listo para recomenzar una nueva fase de su relación.

∞

Tiempo después de su cirugía, Vincent planeó una noche especial para los dos. Sus hijos estaban con sus respectivos padres, por lo que tendrían toda la noche para sí mismos. Cocinaba la cena, ponía música y encendía velas. Cuando Erin llegó, miró a su alrededor, obviamente incómoda.

—¿Qué pasa? —preguntó con preocupación.

—Ha sido un día largo. Estoy cansada. Eso es todo —dijo encogiéndose de hombros, sin mirarlo directamente.

Después de la cena, Erin le dio un beso ligero en la mejilla y se fue a casa.

El tema de la intimidad no era fácil para Erin. Su educación y sus valores religiosos no le facilitaban a Vincent plantear el tema sexual. Además, no se sentía cómodo teniendo conversaciones que pudieran convertirse en discusiones. El padre de Erin había sido pastor antes de su trágico accidente, y Erin era muy activa en todos los eventos de la iglesia, continuando con la tradición familiar. Vincent lo entendía, pero confiaba en que no sería un obstáculo para que fueran felices juntos.

Luego de la operación, Erin seguía eludiendo la posibilidad de tener nuevamente sexo con Vincent. Él lo atribuyó a sus creencias. Se decidió a dar el paso siguiente, y pedirle matrimonio.

Vincent pensó que sería un bonito detalle hacerlo en el lugar de su primera cita. Con la ayuda de amigos prepararon un lugar apartado del parque con flores, música y una manta donde colocó una cesta con frutas y champán.

Vincent y Erin salieron a caminar por el parque. Erin vistió su ropa deportiva habitual. No sabía que ese día la caminata sería distinta. Cuando llegaron al lugar preparado, Vincent se arrodilló, le ofreció el anillo y de inmediato comenzó a sonar la música. Erin lloró.

∞

El festejo del matrimonio fue grandioso. Ambos estaban rodeados de familiares y amigos queridos. Vincent no veía la hora de que la fiesta terminara para dar inicio a su noche de bodas. La pasión acumulada después de varios meses seguramente haría que esa noche llenara su cama de fuegos artificiales. Estaba ansioso que se fuera el ultimo invitado.

No pasó nada. En lugar de sentirse amorosa, Erin estaba muy cansada por todos los preparativos y la fiesta. Lo besó dulcemente en la mejilla, y lo dejó solo mientras iba a tomar un baño y se preparaba para ir a la cama. Cuando él entró en su dormitorio más tarde, ella estaba profundamente dormida. Se quedó allí mirándola por un momento, tratando de no sentirse rechazado. Él lo entendió. Una vez que descansara, Erin volvería a ser la mujer fogosa que lo había cautivado con sus palabras apasionadas en el chat.

Vincent sabía que el romance era muy importante para Erin por lo que en todo momento trataba de hacer lo mejor que podía en ese sentido. Iban juntos a todas partes. Los amigos y conocidos los veían como la pareja perfecta, almas gemelas. Todo cambiaba al quedarse solos. Cualquier caricia o avance sexual de parte de Vincent hacía que Erin esquivara la situación.

Poco a poco fue levantándose una pared emocional entre ambos. El sexo no era un tema que se pudiera tocar libremente con ella. Un día la razón eran los niños y la falta de privacidad; otro, el cansancio por atenderlos durante el día; a veces era porque se sentía enferma; otros, simplemente no quería. Vincent observaba la posibilidad de hacer el amor con su esposa cada vez más lejana. A la falta de sexo se agregó un tema con el que no contaba Vincent: la desconfianza.

Erin se quedaba en casa mientras Vincent salía a trabajar. Ella esperaba que él llegara con puntualidad a las 5:23 de la tarde. «Sales a las cinco y son veintitrés minutos de recorrido», apuntaba ella. Cuando Vincent tenía reuniones de trabajo hasta las seis o siete de la noche, o había alguna emergencia en la empresa, la desconfianza se apoderaba de

Erin. ¿Dónde estaba? ¿Hubo realmente una reunión? ¿Con quién estaba si no estaba durmiendo con ella?

Cuando Vincent se dirigía al estacionamiento a las cinco de la tarde, siempre llamaba a Erin para hacerle saber que estaba en camino. A veces se topaba con otro empleado en el trayecto a su auto, y se paraban a conversar sobre el clima, el golf o nada específico. Cuando eso ocurría, esos minutos de conversación significarían que Erin estaría esperándolo para interrogarlo sobre la razón de su retraso y por qué le había mentido. Una simple distracción se convertía en algo imperdonable.

Él trataba de entender lo que sucedía. Buscaba respuestas, pero no lograba conectar los puntos. Él la tocaba suavemente tratando de establecer una conexión, pero ella lo rechazaba y se alejaba argumentando que él solo quería tener sexo.

—¿Quieres que nos divorciemos? —le preguntaba Vincent —. Si no puedes ni siquiera dejar que te toque, tal vez eso es lo que deseas.

—No quiero que nos divorciemos. —Era la respuesta que invariablemente daba ante el mismo planteamiento una y otra vez.

Erin decía que quería confiar en Vincent. Él no sabía qué decir, y mucho menos qué pensar. Un muro cada vez más alto, grueso y frío crecía cada día entre ellos.

Vincent durmió en el sofá de la sala durante meses. El sexo o simplemente estar cerca de Erin ya se había convertido en una posibilidad nula para él. Dejó de intentarlo. Por momentos recordaba la experiencia dolorosa de la vasectomía, y se arrepentía de haber pasado por esa situación sin motivos. No se explicaba por qué Erin le había pedido algo así, si no tenía intención de que estuvieran juntos. *¿Fue una estrategia, una prueba, un juego muy elaborado para romper la relación?* Vincent no encontraba respuestas.

La comunicación entre ambos se limitaba a la cotidianidad. Las cuentas por pagar, los niños, el colegio... eran los temas que los llevaban a conversar durante el día. Ni sesiones de ayuda profesional, ni las reuniones con el grupo de la iglesia lograron mejorar la situación. Erin cada día se alejaba más, sin explicación por mucho que Vincent tratara de acercarla. Vincent se sentía incapaz de expresar sus pensamientos.

Vincent ya no sabía cómo comunicarse con Erin. Cualquier cosa que dijera era malinterpretada por ella. Era una situación incomprensible. Él siempre había sido una persona a la que le gustaba tener contacto físico: simplemente tomar de la mano, hacer una caricia en el cabello... se sentía limitado por la actitud de Erin. Ella siempre rechazaba cualquier intento de afecto de Vincent. No hubo cambio de actitud. Alguien tenía que ceder, y obviamente, no sería Erin.

∞

—Cariño, cúbrete, el pronóstico del tiempo dice que la temperatura bajará bastante —le dijo una tarde Vincent cuando se disponían a salir.

—¿Acaso estoy tan gorda que debo cubrirme? ¿Es eso? ¿No te gusta cómo me veo? —contestó Erin alterada, ante la mirada confundida de Vincent. Él simplemente la miraba fijamente, preguntándose cómo demonios había llegado a esa conclusión. Ella ciertamente había ganado un poco de peso, pero eso no tenía nada que ver con nada. Vincent todavía la encontraba atractiva, y estaba desesperado por afecto.

Ese comenzó a ser el tenor de la comunicación entre ambos. Reacciones inentendibles de Erin ante cualquier cosa que dijera Vincent. Cada palabra era tomada como un ataque del que debía defenderse. Ya el muro entre los dos se hacía imposible de derribar.

Vincent trató de todo por salvar el matrimonio. Tal vez era él el del problema y no podía verlo. Aplicó las técnicas de negocios que había documentado en su libro *El poder del 26*. Se hacía preguntas antes de actuar o hablar, pues el análisis era una parte importante, reconocer lo ocurrido, buscar la causa o raíz de todo, y descubrir la lección oculta en cada situación. Trató de ser lo más objetivo posible, así como lo era a la hora de enfrentar cualquier escenario en su trabajo, pero las emociones podían más que él. Lo bloqueaban, le impedían ver con claridad y no le dejaban ni analizar, ni descubrir ni aprender nada. El miedo a lastimar a Erin y el miedo a fracasar de nuevo lo hundían cada vez más en la desesperación... especialmente por no poder expresarle honestamente sus sentimientos.

Recordó los días de los primeros chats, y le pareció irónico que se hubiera empeñado tanto en ganar una competencia que él mismo había inventado. Sus ganas de competir y ganar habían nublado su entendimiento, y no había podido ver si el premio que obtendría en la línea de llegada era lo que él esperaba.

∞

Vincent se rindió. No había más que hacer. La recesión económica que vivía el país le ofrecía la excusa perfecta para poder darle fin a ese episodio en su vida. La economía familiar empeoraba; la hipoteca de la casa era imposible de sostener, y Erin se negaba a buscar un trabajo o a disminuir los gastos de la casa. Vincent tuvo que cambiar de empleo lo que produjo una reducción de sus ingresos. A esto se agregaba la manutención de sus hijas. Decidió bajar los brazos. No lucharía más por algo que ya no valía la pena y que parecía ser la definición de locura: hacer lo mismo y esperar resultados diferentes. Ella había cortado sus bolas, y ahora era su oportunidad de finalmente salir corriendo de allí.

Vincent sentía que lo que estaba haciendo parecía una práctica propia de un kamikaze. Sabía que perdería el único lugar donde vivían él, Erin y los niños, pero el cansancio que suponía plantear la separación de buena forma y llevar un proceso sano de divorcio no lo hacía posible. Una gran pared de incomunicación se había levantado entre él y la talentosa mujer de letras con la que se había conectado mediante el chat de manera extraordinaria. Ahora era imposible tener una comunicación cara a cara con ella. Vincent estaba consciente de que quedaría sin nada, en la calle, pero su estado emocional era tal que no le permitía actuar de manera objetiva para rescatar aunque fuera la parte económica. Era un sencillo acto de no hacer nada y dejar que todo se destruyera.

—Erin, perdimos la casa. Lo único que podemos hacer ahora es que te vayas con los niños a casa de tus padres. Yo debo conservar mi empleo. Con mis ingresos solo me alcanza para rentar una habitación —le explicó.

Se lo había planteado como una situación temporal, aunque sabía que era su pase de salida de la situación. Nuevamente enfrentaba un divorcio, esta vez sin casa, sin dinero y sin familia. Solo le quedaba comenzar de nuevo. Ya tenía experiencia en eso. Él ya sabía muy bien cómo hacerlo.

La bola de cristal

Victoria caminaba por un pasillo poco iluminado que parecía no tener fin. No estaba muy segura de hacia dónde iba, pero sentía que lo sabría una vez que estuviera allí. Al final del pasillo había una puerta azul. Giró el pomo para abrirla. La puerta se abría a una especie de sala de espera. Al entrar solo vio a un hombre sentado leyendo un periódico y una mujer con un bebé en brazos. Se sentó en la silla más cercana a la puerta. Detrás de una cortina roja con brillos escuchó una voz.

—Victoria, es tu turno, pasa.

Victoria se sorprendió; se quedó inmóvil unos segundos mirando las caras de las personas en la sala. La mujer que sostenía al bebé le sonrió. «Adelante, cariño. Es tu turno». Se levantó y caminó hacia la cortina, empujándola con cuidado hacia un lado.

La impresionó ver a una mujer con el cabello largo y desordenado sentada frente a una bola de cristal. Creía que solo existían en las películas. Se quedó en la puerta ensimismada viendo las esferas de muchos colores que flotaban dentro de la bola, que parecían orbitar y alinearse alternativamente en un patrón hipnótico y rítmico.

—Toma una silla y siéntate. Presta atención al mensaje que te voy a dar —le dijo la intrigante mujer, y sin esperar prosiguió—: Hay un laberinto que debes recorrer. La velocidad no es parte del desafío. Solo te podrá salvar la sabiduría. Existen muchas señales que debes aprender a interpretar, y de esa manera podrás encontrar a tu alma gemela.

Victoria permanecía inmóvil en la silla escuchando. Las palabras de la anciana resonaron en su cabeza.

—Hay un número en el que te debes fijar: 26. Puede ser un lugar, una fecha… solo tú en tu búsqueda sabrás qué significa. Se presentarán muchos hombres en tu camino, y sentirás que lo que hacen es distraerte de conseguir tu verdadero amor. No ignores ni subestimes su propósito. Están allí para enseñarte, prepararte y guiarte a lo largo de tu camino. No los juzgues a ellos ni a ti misma. No maltrates. No sufras. Solo vive el recorrido como un aprendizaje.

La mujer seguía hablando. Victoria escuchaba tratando de encontrarle sentido a cada frase.

— Veo todos los planetas en el cielo alineados en el momento de tu nacimiento en la casa número 7. Esta casa es sobre relaciones. En esta vida, tú decidiste trabajar en el área de tus relaciones. Estás destinada a investigar y alcanzar los conocimientos necesarios para lograr una relación sana para tu alma, y luego compartir los misterios que descubres con los demás.

La mujer le dijo que cerrara los ojos e hiciera una respiración profunda. Continuó hablando. Victoria cerró sus ojos, y sentía el olor de los inciensos. Sus manos percibían la textura de la silla, y en su boca, un sabor dulce hacía que su lengua mojara sus labios constantemente. Su mente se hacía eco de la visión de orbes de colores brillantes que bailaban dentro de la esfera de cristal.

—Victoria, debes convertirte en observadora proactiva de tus pensamientos. Observa cuáles pensamientos vienen a tu mente cuando estás cansada o cuando enfrentas una crisis. Ahí tienes la oportunidad de rescatarlos y transformarlos.

Quería moverse de la silla, pero no podía. Solo podía permanecer atenta a lo que decía la mujer, aunque el lenguaje que usaba no parecía corresponder a las palabras que utilizaría una adivina o hechicera.

—La proactividad es un estilo de vida. Es la manera de buscar una mejor solución que beneficie a muchos. Es la acción efectiva que permite eficiencia de los recursos, es el camino de ganar, ganar. Aunque a veces puede que no todos ganen, busca minimizar las pérdidas y verlas como oportunidades para mejorar. No confundas una actitud proactiva con un falso bienestar. No es negar la realidad, es buscar soluciones claras, con una comunicación abierta y sin manipulación. Recuerda siempre esta palabra: reconocimiento. Practica diariamente el reconocer tus pensamientos, tus palabras y tus acciones.

Victoria no supo qué decir. Se paró de la silla, y la adivina le dijo: «Debes desarrollar mejor tu habilidad para escuchar.

Afina tu atención. Reconoce los mensajes que te llegan a través de otros».

Victoria salió hacia la sala de espera. Se sentó al lado del hombre que leía el periódico, y este le mostró una sección que decía: «Se busca una compañera de vida donde el reconocimiento sea la clave y así juntos poder construir un mundo mejor». Había un número de teléfono que comenzaba con 26 y terminaba con 161.

—Veintiséis —repitió Victoria—. Esto parece un sueño.

Volteó para ver al hombre del periódico, pero al abrir los ojos vio a su hijo durmiendo a su lado. El televisor seguía prendido. Eran las dos de la mañana. Se habían quedado dormidos viendo las caricaturas.

Seguía pensando en el sueño mientras se levantaba con cuidado de la cama para no despertar al niño. *«Tengo que escribir rápido antes de que se me olviden los detalles»*, pensó. Caminó hasta su cuarto para buscar su cuaderno. No estaba donde siempre lo dejaba. Movió la mesa, revisó las gavetas y no lo hallaba. *«Quizá Alejandro lo tomó y lo dejó en algún sitio»*. Revisó por toda la casa. Al verse los pies, se dio cuenta de que caminaba descalza sobre un piso de mármol que no era el de su casa. Escuchó música. Siguió el sonido hasta encontrar en una gran sala a un hombre tocando un piano de cola negro. Caminaba hacia el piano y la música se hacía más fuerte.

El despertador sonó. Eran las ocho de la mañana. Debía prepararse, pues ese sábado estaba comprometida a realizar un seminario para un cliente. «*Esto es nuevo para mí. Un sueño dentro de otro sueño. Tendré que investigar más sobre eso*», pensaba mientras se vestía.

∞

Victoria preparaba el material que usaría en su conferencia. Aún le faltaba un buen ejemplo que le sirviera para explicar mejor la idea de negociación. Recordó una frase que le había dicho la mujer en el sueño: «Proactividad es la capacidad de reconocer una situación y buscar la mejor solución para beneficio de muchos». «*¿Cómo puedo simplificar ese mensaje?*», pensaba.

—¡Qué bueno que llegaste, Nani! —le dijo a la señora que le ayudaba durante los fines de semana con las tareas domésticas—. Estoy apurada. Nos vemos al final de la tarde.

—Tengo que hablar contigo —le dijo Nani—. Es algo importante.

Victoria hizo una pausa, mirando su reloj.

—Vamos a la cocina y preparo un café para las dos —dijo mientras encendía la cafetera.

—Me ofrecieron un trabajo de tiempo completo para limpiar una casa fuera de la ciudad. No voy a poder venir más —anunció Nani—. Lo siento mucho, pero es una oferta demasiado buena para rechazarla.

Victoria quedó sin palabras, y su cara no pudo sino reflejar la preocupación que le causaba la decisión. Nani había estado con ella por más de cinco años, y tenía plena confianza en ella y su excelente trabajo.

—¿A cuántas casas le prestas servicio en este momento, Nani? —preguntó Victoria, tratando de encontrar una solución a la situación.

—Cinco —le informó la mujer.

Victoria hizo cálculos en su cabeza.

—Si las cinco clientes te aumentamos el salario, seguirías en la ciudad con tu familia, y ganarías lo mismo o más de lo que te están ofreciendo, ¿verdad?

—No había pensado en eso. Solo me ilusioné con el nuevo sueldo —contestó Nani. Los ojos le brillaban.

Victoria tomó el teléfono, y llamó a dos de las cinco clientes de Nani que ella conocía. Les comentó la situación. Todas aceptaron el plan de Victoria de inmediato.

Victoria se sentó de nuevo al frente de su taza de café con una sonrisa de satisfacción.

—Con esta opción tienes cinco fuentes de ingreso en vez de una. Tienes menos riesgo. En caso de que pierdas alguna clienta siempre tendrás trabajo —le explicaba Victoria.

Nani quedó satisfecha, y Victoria se despidió de ella pensando en que tenía el ejemplo perfecto de solución proactiva para su conferencia. «*Todo está muy bien sincronizado hoy. ¿Es todo casualidad o realmente el tiempo y el espacio funcionan de maneras mágicas?».* Victoria pensaba que las respuestas que buscaba estaban esperando por ella en algún lugar y un tiempo que de alguna manera ya existían.

«Algo loca debo estar», pensaba y sonreía mientras conducía a su conferencia.

Análisis oportuno

La tercera no fue una vencida para Vincent. Tres divorcios. Tres episodios que nunca hubiera imaginado vivir. *«He vivido suficientes historias para llenar unas cuantas temporadas de una serie de romance y comedia sarcástica»*, pensó. No había más nada que hacer. Estaba solo, sin casa, sin familia, sin una situación económica estable, y sin ejercer la profesión para la cual se había preparado. La vida lo había agarrado por los pies, lo había puesto de cabeza y lo había sacudido fuertemente. Así se sentía.

Vincent trabajaba en un concesionario de automóviles como gerente de ventas, por lo que pudo comprarse un sedán azul, no muy nuevo, pero que servía a su propósito. Decidió quedarse en la ciudad de Dallas, Texas, y rentó un pequeño apartamento de una habitación cerca del aeropuerto donde los alquileres eran más baratos. No era como ninguna de sus casas anteriores, pero sentía que era el refugio al que podía llegar luego del trabajo a pensar en su vida, y en lo que haría de ese momento en adelante. Se asomó a la ventana, el clima de primavera y las flores aún mostrándose lo hicieron pensar: *«Puedo empezar de nuevo. Ya lo he hecho antes, y tengo que poder hacerlo otra vez»*. Trataba de motivarse a sí mismo, aunque no pensaba poner el amor como prioridad. Esa área de su vida parecía estar en etapa de cierre por catástrofe.

Estaba agotado de recomenzar. Cuando creía que su vida se había encarrilado e iba por buen camino, alguien decidía desajustar los rieles y lo hacía caer. Trataba de ser optimista, pero su pensamiento de ingeniero lo colocaba frente a los datos que le indicaban que algo no funcionaba en la manera en que había hecho las cosas. En ese momento pensaba que no estaba en disposición de desperdiciar más tiempo en citas que al final no llegarían a nada.

—No te puedes rendir, Vincent —le decía John, un compañero del trabajo ya mayor, mientras tomaban café en la cocina de la oficina—. Eres un hombre joven, inteligente, con mucho que vivir todavía. El hecho de que hayas tenido algunos contratiempos, no significa que sean permanentes. Eres inteligente con una buena ética de trabajo. No, no estás donde planeaste estar personal o profesionalmente en este momento, pero eventualmente, eso cambiará. No puedes declararte derrotado.

— Francamente, estoy cansado de todo esto. Harto de construir relaciones que se debilitan y que aparezcan muros que impiden la comunicación —El cansancio se notaba en su voz. No era un cansancio físico, era un agotamiento general—. John, quiero lograr estabilidad en mi vida. Siento que vivo en una tabla que se balancea sobre una bola. Mis tres matrimonios han sido de telenovela, de comedia romántica. Nunca esperé divorciarme una vez, pero tres veces en una vida es increíble. Si alguien me hubiera contado algo así no se lo hubiera creído. ¿Cómo puedo confiar en que me va a ir bien la próxima vez? ¿Y si vuelvo a tomar una decisión por impulso y termino fracasando de nuevo?

—¿No crees que en algún lugar está la persona perfecta para ti? A lo mejor también te está buscando. He vivido un tiempo más que tú —insistía John, señalando los mechones grises en su cabeza.

—Es que a lo mejor no han sido las mujeres las equivocadas, John —Vincent se frotaba los ojos con cansancio—. Tal vez soy yo quien no puedo ofrecer todo lo que se espera de mí.

John se sentó de nuevo en su silla, mirando a Vincent cuidadosamente.

—Entonces, tendrás que dedicarte un poco a ver qué es eso que ofreces y qué esperas de los otros, ¿no te parece? —John trataba de animarlo.

Vincent deseaba poder sentirse tan seguro. Después del trabajo, reflexionó sobre las palabras de John mientras conducía a casa, sintiendo que había mucha sabiduría en ellas. Llegó a su apartamento, y su mente seguía dando vueltas a las palabras que le había dicho su compañero.

«*Qué ofrezco y qué espero*», se repetía Vincent tirado en el colchón que le servía de cama. La última luz de la tarde se esforzaba por entrar por las rendijas que dejaban las persianas en un apartamento sin muebles. Su vida seguía en cajas arrumadas en una esquina. Tenía pocas ganas de desempacar. No necesitaba impresionar a nadie en ese momento, y mucho menos a sí mismo. Sabía que él era más de lo que había en esas cajas de cartón, aunque a veces se sentía tan insignificante como el contenido de aquellas.

Vincent hacía una lista mental de las mujeres que habían pasado por su vida, incluyendo a las tres que había creído perfectas para vivir felices hasta que la muerte los separara. Trataba de visualizar un gráfico que le diera respuesta a la ecuación a la que había tenido que tachar el resultado tantas veces. ¿Qué no estaba viendo?

En su análisis reconocía que una característica de su personalidad que pudo influir en no hacer elecciones correctas era la de entusiasmarse con las cosas como un niño pequeño y no pensar mucho para alcanzarlas. Cuando algo lo emocionaba no se tomaba el tiempo de pensar antes de saltar. *«Creo que a ninguna la llegué a conocer realmente antes de casarnos, pero eso no fue culpa de ellas, fue mi responsabilidad»*, pensó.

«Tal vez me he enfocado en buscar personas con gustos similares a los míos y el entusiasmo me ciega —analizaba—. ¿No me di cuenta de las diferencias? ¿O me di cuenta y las obvié inconscientemente». Trataba de enfocar su situación como lo hubiera hecho con cualquier problema que hubiera tenido

que resolver en su profesión. *¿Podría ser que evité la confrontación en la relación, y bloqueé la capacidad de superar un desafío? Tal vez traje los materiales para construir las paredes.* ¿Había actuado bajo premisas equivocadas? ¿Sería que al final el dicho de «los polos opuestos se atraen» era una gran mentira, y las relaciones eran algo más que superar y aceptar esas diferencias? ¿Es eso lo que realmente construye la base de la confianza y el compromiso: la resolución de conflictos? ¿Es posible que evitar el conflicto cree los muros? Eran cuestionamientos que se hacía una y otra vez.

Vincent sacó su computadora portátil, y comenzó a hacer una lista de todas sus relaciones y los diversos rasgos de esas mujeres, junto con su propia lista de rasgos deseados. No sabía lo que le depararía todo aquel análisis, pero al menos sentía que estaba haciendo algo más productivo que quejarse y llorar por su mala suerte en el amor

«No tengas tanto miedo a fracasar de nuevo, Vincent. Así solo estás comprando los números para una lotería que no quieres ganar», fue la última frase que le había dicho John antes de dejar la conversación para atender a un cliente.

Se puso a trabajar en su apartamento. Trazó tablas y gráficos, tratando de determinar un patrón. Cuerdas y chinchetas se extendían entre tarjetas de 3x5, fotografías, frases y adjetivos pegados en su panel de corcho. Cada pensamiento añadía otro factor a la ecuación. Era como un científico loco en la búsqueda de su alma gemela. Parecía un tablero de detective de película con todos los elementos de un caso.

El sol seguía insistiendo en entrar. Los reflejos en la pared le indicaron a Vincent que había amanecido, y que no había dormido tratando de buscar explicación a sus tropiezos amorosos. Lo intentaría de nuevo, sí, pero con otra metodología. «¿*Metodología?*», se sorprendió a sí mismo al pensar de esa forma. «*Quizá deba cambiar mi forma de aproximarme a este problema. Si sé cómo aplicar enfoques y procesos que siempre funcionan para resolver diferente situaciones, ¿por qué no aplicarlos en la situación más delicada de mi vida?*». El pensamiento lo dejó esperanzado. Estaba formulando un plan.

Vincent estaba frente al espejo del baño. Sus manos manejaban la afeitadora de manera automática. Su cabeza hacía un recorrido por las veces que había reformulado su perfil en los sitios de citas. Había trabajado mucho para redactar frases que lo describieran y lo hicieran atractivo para las mujeres que lo leyeran. Pero, ¿era realmente él? ¿Estaba creando expectativas poco realistas para los demás y para él mismo?

Tal vez no solo debería centrarse en sí mismo, en su color de ojos y sus intereses, sino también en ser sincero incluso con las partes de su personalidad y vida que pudieran ser embarazosas. Compartiría que tuvo numerosos fracasos en materia de relaciones, y no ocultaría el hecho de que había estado casado varias veces. Por primera vez, decidió ser transparente. Sería mejor asustar a una relación la primera semana en lugar de perderla años después.

Escribir «una mujer simpática, con quien compartir mi vida» o «busco compañera de vida para disfrutar juntos un camino en donde el reconocimiento mutuo sea la clave» no era suficiente. Tenía que pensar primero qué era lo que realmente esperaba encontrar en una mujer, y luego saber si era capaz de conectarse completamente con ella. Una vez que estuviera claro con eso, el destino podía hacerse cargo de lo demás, y le daría señales de que estaba en el camino correcto.

Entre listas, pistas y símbolos

Victoria se sentó en la terraza de la habitación al final de un día intenso. Se recostó en la silla, y cerró los ojos mientras sentía que el estrés dejaba lentamente su cuerpo. Había sido un día largo, lleno de desafíos, pero estos habían resultado satisfactorios a su manera. Le encantaba cuando todo parecía imposible, solo para encontrar una manera de poner todas las piezas en su lugar. Estaba agotada, pero de buena manera.

Abrió los ojos, se puso de pie y miró hacia fuera apoyada en la barandilla. La brisa jugaba suavemente con su cabello mientras ella agitaba cuidadosamente el hielo en su whisky con su dedo.

No sabía cuántos viajes de trabajo había hecho en el tiempo que llevaba manejando su propia empresa. Incluso, a veces, al despertar en una habitación extraña no sabía con exactitud dónde estaba. Este no sería el último viaje, pero al salir a esa terraza se había dado cuenta de que en todas esas oportunidades no se había regalado un rato para disfrutar del lugar al que viajaba. En esta ocasión, se dio permiso para gozar de la vista de la ciudad que tenía desde su habitación. Era una ciudad que siempre le había gustado. Cada vez que le había tocado estar allí tenía la idea de que sería un buen lugar para vivir. «*Aquí Alejandro tendría muchas más oportunidades, y las posibilidades de mi empresa se expandirían*», pensaba Victoria.

Se acomodó nuevamente en la silla, y se dejó llevar por la vista y la brisa que a esa hora era muy agradable. Era primavera, el sol se ocultaba y el clima era generoso. Pidió algo sencillo al servicio a la habitación para comer allí mismo, y aprovechar de esa sensación al máximo, pues debía retornar a su país al día siguiente.

«*Es una vista ideal para compartirla con alguien*», pensaba al tiempo que recordaba al alma gemela que en algunos de sus sueños ya había encontrado. En ese momento, quizá por la calma que sentía, comenzó a ver claras algunas cosas.

Había dedicado mucho tiempo y esfuerzo en recopilar información y planificar estrategias para los clientes de su empresa de consultoría. Había sido la consejera de todos sus amigos y conocidos cuando pasaban situaciones difíciles en cuanto a relaciones personales. Tenía una base de conocimientos invaluable. Había desarrollado un método eficaz para identificar los objetivos de las personas y las organizaciones, y había implementado técnicas que habían hecho posible el logro de esos objetivos. «*Por qué no aplicar en mi vida lo que he aplicado para los demás*», chasqueó los dedos, y sonrió al sentirse como en una escena de alguna película donde al protagonista se le ocurre la idea que cambiará su vida. «¡*Excelente!*», pensó mientras se daba una palmadita mental en la espalda.

En el cuaderno donde solía escribir sus sueños, tenía unas páginas dedicadas a escribir sobre ella. Las notas que había ido plasmando allí le daban una idea de quién era realmente, y qué quería de la vida. De vez en cuando releía esas notas para mantenerse enfocada.

Victoria se levantó y corrió a buscar la computadora que estaba sobre la cama. «*Hoy seré una cliente más de mí misma. Si todas mis ideas funcionaron bien para los negocios, haré que funcionen para conseguir a mi alma gemela*».

Sus dedos volaban sobre las teclas. Recordó la lista que había hecho algunos años atrás con Alejandro. En esa ocasión había sido un juego con su hijo, cuando hicieron una lista de dos o tres cosas, nada que hubiera pensado profundamente. Asombrosamente, unos meses después de comenzar aquel juego con Alejandro, ambos conocieron a una persona que cumplía con características de esa lista. Alejandro emocionado le decía que ese tenía que ser el hombre que buscaban. Al final no funcionó, porque no hubo química entre los dos. Algo había faltado, pero ya sabía en qué había fallado. Le faltaba definición, detalle... tenía que ser más específica. A fin de cuentas, era a su compañero ideal a quien estaba tratando de describir, y eso requeriría mucha reflexión, enfoque sostenido e inversión emocional. La ciencia espiritual estaba trabajando, pero ella no era consciente del poder que estaba ejerciendo... al menos no todavía.

Victoria comenzó a agregar frenéticamente elementos a su lista. No podía parar. Estaba dándole forma al hombre con el que compartiría su vida. No sabía dónde estaba, pero estaba segura de que en ese minuto estaba caminando en algún lugar del planeta... y en algún momento se toparían. Ella necesitaba estar segura de que sería capaz de reconocerlo cuando eso sucediera. Nunca había estado más despierta que en ese momento en el que sentía que surfeaba una ola creativa.

Perdió la noción del tiempo en el balcón. La luna y las estrellas le hicieron compañía mientras sumaba detalles a su lista. *«Tengo que agregar pistas y símbolos para poder reconocerlo cuando lo encuentre»*, se dijo.

Su listado comenzaba con una bienvenida: *«¡Te doy la bienvenida! Estoy preparada para recibirte y compartir contigo todas las cosas bellas y hermosas que tengo para ti, mucho amor, pasión, cariño, y comprensión. Deseo que seas:...»*. Victoria trató de ser exhaustiva, quería dejarse en claro a quién realmente quería en su vida. Las letras sonaban sin interrupción... alto; entre 38 y 48 años; ojos claros; romántico; inteligente; similar en el aspecto financiero; buen sentido del humor; abierto para expresar sus sentimientos; que le guste la música y bailar; que tenga grandes sueños y los pies en la tierra... Cuarenta características alcanzó la lista. Victoria se tomó el tiempo de pensar y darle forma a cada una cuidadosamente. Sentía que allí estaba el secreto para que funcionara.

«La relación tiene que tener equilibrio, ir en dos sentidos», pensó, y se dedicó a escribir cuarenta características que ofrecería a su alma gemela. Como una guía que le indicara que estaba en el camino correcto, Victoria decidió, como en aquella primera lista con su hijo, establecer pistas, pues las sincronicidades siempre le habían fascinado y eran parte importante de su vida. Mariposas, auto azul o blanco, camisa blanca o azul claro, mangas enrolladas, número 16 y 161, su nombre tendrá la letra *a*... fueron algunas de las pistas que escribió. Era algo intuitivo; no tenía razones lógicas para establecer esos símbolos, simplemente aparecían en su cabeza y los anotaba. Lo único que sí sabía era que el 16 era un número que le había gustado desde que era muy joven. Siempre recordaba cómo se había sorprendido cuando le entregaron un carro en su primer trabajo y vio que la placa era GAD - 161.

∞

La brisa de la noche comenzó a ponerse más helada. Buscó un abrigo en su maleta, y volvió a sentarse. Se arrellanó en la silla, echó su cuerpo hacia atrás y cerró los ojos. Se sentía relajada, y cuando eso pasaba su mente volaba. *«En algún espacio y tiempo ya estoy viviendo la vida de mis sueños con esa persona que acabo de describir».* Estaba segura de eso. En ese momento de ensoñación su imaginación la llevaba a una casa con un hermoso jardín, compartiendo con un hombre que la llenaba física y espiritualmente. *«Esa casa existe. No sé dónde, pero existe, y yo estoy allí en este momento»*, pensaba Victoria. En ese instante, recordó su mapa de sueños. En él había puesto fotos de cómo sería físicamente el hombre con quien compartiría su vida, imágenes de viajes por el mundo, una casa hermosa. También había escrito los nombres de los clientes que quería tener. De esos, ya varios efectivamente lo eran. *«No solo es que los sueños se cumplen, sino que son ya una realidad».*

Victoria abrió los ojos. Sonrió. Releyó lo que había escrito y se sintió satisfecha. Una sensación de plenitud le llenó el corazón. Estaba confiada en que todo fluiría de la forma que deseaba. Ya casi amanecía. Cerró su computadora, y se recostó a descansar un poco hasta la hora en que partiría al aeropuerto.

Una buena señal

Esa tarde, Vincent se apresuró en llegar a casa luego del trabajo. El calor del verano era insoportable. El aire acondicionado del auto se hacía insuficiente para contrarrestar las altas temperaturas. Lo único que quería era darse un baño y descansar.

Al llegar abrió su computadora en el mesón de la cocina, la prendió y se dirigió a sofocar el calor con una ducha fría. Aún con el cuerpo mojado salió del cuarto de baño, y se sentó a revisar las notificaciones del nuevo sitio de citas en el que se había inscrito. Como una especie de exorcismo había cerrado sus perfiles en todos los sitios que había usado anteriormente. Había hecho un borrón y cuenta nueva. Colocó su nueva dirección, ajustó su perfil después de analizar concienzudamente lo que esperaba dar y recibir de una relación, y esperó que el universo hiciera su magia.

—Hoy te veo muy animado a pesar de este calor —le había comentado John esa mañana en la oficina.

—Me siento más optimista, debe ser la energía del verano —bromeó Vincent.

—Si te sientes así es porque tu vida debe estar fluyendo hacia el lado correcto —le dijo John mientras se alejaba del escritorio de Vincent.

«*Espero que John tenga razón*», se dijo Vincent mientras veía las notificaciones.

Varias mujeres se habían interesado en su perfil. Eso lo reconfortó, pero respiró profundamente antes de que saliera a relucir su lado impulsivo. No estaba dispuesto a cometer los mismos errores de siempre. Leyó con calma cada perfil. Había personalidades muy interesantes. Aquel nuevo sitio de citas ofrecía la opción de filtrar al tomar en cuenta el nivel de compatibilidad entre las personas. Muchos gustos similares a los suyos, mujeres inteligentes, profesionales y hermosas. Desechó algunos, y se propuso analizar muy bien antes de lanzarse nuevamente a la aventura. Entre todos destacaba un perfil que le llamó la atención. Estaba cuidadosamente elaborado. Expresaba detalladamente quién era la persona y lo que buscaba. Parecía estar en la misma situación de Vincent: sin ganas de perder el tiempo en más ensayos y errores.

Intercambiaron algunos correos, y luego de unos días de conversaciones en línea decidieron tener una primera cita. Resultó un encuentro muy agradable para ambos.

Cuando él llegó, ella ya estaba allí. El mesonero le mostró su mesa. Estaba en un patio rodeado de árboles donde se sentía la brisa fresca de la tarde. La mujer, Allison, levantó la vista de su menú y sonrió mientras se sentaba.

—¿Vincent? Es lindo finalmente conocerte— dijo, extendiendo su mano para saludarlo.

Vincent devolvió el gesto, mirándola atentamente. Ella era muy bonita. Su cabello rubio con un elegante corte recto enmarcaba delicadamente su rostro. Sus ojos azules eran grandes y acogedores.

—¿Has estado esperando mucho tiempo? —le preguntó mientras se sentaba frente a ella.

—No —le dijo negando con la cabeza—. ¿Que tal te fue hoy? Me comentaste que estabas terminando un proyecto en el trabajo. ¿Cómo te fue?

A Vincent le gustó que ella recordara lo que él le había dicho. Eso era una buena señal. Entablaron una conversación cómoda, intercambiando detalles sobre sí mismos. Ella tenía una personalidad agradable, ni muy exagerada ni muy tímida, y parecía captar sus bromas. Otra buena señal. Mientras hablaban, se maravilló de lo mucho que parecían tener en común. Comenzaba a sentir una emoción que le era familiar, pero se recordó a sí mismo que no quería tomar decisiones apresuradas.

—¿Tienes calor? —le preguntó al verlo recogerse las mangas.

—Sí, me gusta el verano, pero este ha sido intenso, ¿no te parece?

—Es cierto, pero aquí hay una brisa muy agradable.

Ella miraba pensativa la fuente iluminada, el viento suavemente levantaba los bordes de su cabello, y la luz se reflejaba en sus ojos chispeantes.

—¿Has estado usando el sitio de citas durante mucho tiempo? —preguntó ella.

Vincent lo pensó un poco antes de contestar.

—No este. Pero sí he usado algunos otros. ¿Y tú?

—Acabo de empezar de nuevo. He estado fuera de circulación por un tiempo. —Su mirada adoptó un aspecto sombrío.

Vincent asintió. Reconocía el código para *estoy recién salida de una relación, y mi corazón está herido*. Lo sabía muy bien.

—Me mudé aquí hace dos meses —continuó ella—. Necesitaba un cambio. En todas partes había recuerdos, algunos buenos... algunos no tan buenos.

Esa confesión abrió una puerta, y empezaron a contarse las dificultades que ambos habían encontrado en sus caminos. A Vincent le resultó fácil decirle algunas cosas que solía dejar de lado cuando hablaba con alguien en una primera cita.

Ambos habían experimentado desafíos con las relaciones. Le gustaba el hecho de que ella fuera tan abierta sobre la suya, y estuviera dispuesta a escucharlo también.

—Bueno, ahora que conoces los antecedentes, siéntete libre de dar la vuelta y correr —dijo con una sonrisa juguetona.

—Creo que elegiré quedarme —contestó Vincent mientras alzaba su copa para brindar.

—Gracias —dijo ella mientras chocaba su vaso con el de él. Su mirada mostraba alivio.

Vincent quiso aligerar el ambiente, y comenzó a contarle historias de su vida. Cuanto más vergonzosas, mejor. Ambos disfrutaban el momento. Se rieron compartiendo anécdotas. Descubrieron que ambos habían tenido experiencias difíciles con las relaciones. No hubo espacios de silencio desde la entrada hasta el postre. Vincent lo vio como otra buena señal.

—¿Te parece si nos volvemos a ver? —preguntó Vincent al acompañarla a la puerta de su auto.

—Puede ser —contestó ella. Su sonrisa le dijo que estaba interesada.

Vincent llegó a su departamento con una sonrisa en la cara. No quería entusiasmarse, pero su cita había resultado muy reconfortante. La gustaban las mujeres inteligentes, y ella lo era. Había llegado a la ciudad hacía muy poco tiempo, y era nueva en las citas en línea. Tal vez haber cambiado de sitio de citas había resultado una buena decisión. «*Quizá John no estaba tan equivocado, tal vez la vida comienza a fluir de nuevo*», pensó antes de quedarse dormido.

Vincent soñó por primera vez en mucho tiempo. En el sueño tenía una relación, y sentía la calidez y la compañía que le habían faltado desde hacía mucho. Se sentía real. La calma, la tranquilidad y la unión que le habían sido esquivos habían regresado. Estaban en un campo abierto donde él rodeaba la esbelta cintura de su compañera y la acercaba hacia él. Podía oler su cabello rubio y ver profundamente en sus ojos color avellana que parecían conectados directamente a una cuerda en su corazón.

Ambos se tomaron de la mano, y subieron por una montaña hacia una tierra encantadora, sorteando salientes y cruzando arroyos. Caminaban juntos en un sueño sin fin. Al detenerse un momento y mirar hacia abajo, la ciudad que habían dejado ya no era oscura. Ahora era de colores brillantes de todos los tonos, la imagen más hermosa que hubiera visto. Había estado en la búsqueda de un paraíso lejano, solo para darse cuenta de que siempre había estado en su interior.

La revelación continuaba a medida que sus pensamientos se formaban completamente. *Porque es solo con el trabajo propio, esfuerzo y tiempo que podemos ver objetivamente que cada pedazo de nuestro pasado es indispensable para crear lo que somos y lo que somos capaces de llegar a ser. A medida que el tiempo avanza, el camino que elijamos determinará nuestro futuro, así ganemos o perdamos.* Vincent vio frente a él la llave para desbloquear el amor que se escondía en su interior.

Una sensación cálida, feliz y llena de energía envolvió su pecho, y durmió en silencio esa noche, para evitar que un ronquido lo despertara de su apacible felicidad. Vincent finalmente sintió que el amor volvía a ser posible, y que estaba a su alcance en algún lugar en el tiempo, siempre y cuando estuviera dispuesto a vivirlo.

Mejor de lo esperado

—Entonces, ¿qué piensas? —Victoria preguntó, mirando a Alejandro con una sonrisa orgullosa.

—Me gusta mucho —sonrió emocionado.

Ambos estaban parados al frente de su nueva casa en Dallas, Texas. Estaba ubicada dentro de un complejo privado con amplias zonas comunes que incluían piscina, gimnasio y sala de juegos. Estaban deseosos de entrar e instalarse en el lugar que sería su hogar desde ese momento, pero querían absorber cada detalle de ese instante que era intenso para los dos. Estaban nerviosos. El paso que habían dado no era sencillo. Significaba un cambio total en sus vidas. Vender su casa grande y confortable en Venezuela, y mudarse a otro país había sido bastante difícil. Atrás quedaba la familiaridad de su tierra, familia, y amigos. Aquí todo era nuevo... territorio inexplorado.

Unos meses atrás, Victoria había decidido hacer realidad la idea que durante tanto tiempo le había dado vueltas en la cabeza: emigrar y brindarle a su hijo la oportunidad de crecer y estudiar en un país con más opciones que las que le podía ofrecer el suyo. No había sido una decisión fácil, pues significaba alejarse de la familia que era el pilar más importante en sus vidas. Luego de muchos análisis y reuniones familiares, emigrar resultó una decisión apoyada de manera unánime. Ella podría hacer crecer aún más sus actividades de consultoría, Alejandro tendría un futuro prometedor, y siempre habría la posibilidad de reunirse todos en vacaciones.

La recesión económica había provocado una caída en los precios de las viviendas en Estados Unidos. Victoria lo vio como una señal que la impulsaba a tomar la decisión de una vez por todas. Muchas veces había acariciado la idea, pero no se había presentado la oportunidad de hacerlo. Surgió la posibilidad de comprar una bonita casa en una ciudad que había visitado varias veces y le gustaba mucho. Quedaba cerca del aeropuerto, lo que le era muy conveniente por los constantes viajes que debía hacer por su trabajo.

Un nuevo código postal, otro idioma y una lista enorme de nuevos retos le presentaba Dallas-Texas a ella y a Alejandro. Desde el momento en que abrió la puerta de su nueva casa sintió que el cambio era necesario para que su vida fluyera como siempre había querido.

Victoria colocó su mano en el pomo de la puerta principal, mirando a Alejandro.

—¿Estás listo? —le preguntó animadamente con una gran sonrisa. Le dio vuelta a la llave y entraron en su nuevo mundo.

∞

—¿Cómo va el amor? —le preguntó Carolina, una amiga de la infancia que se había mudado hacía algún tiempo a

Texas. Victoria se alegraba de tener a su querida amiga cerca. Había hecho que mudarse a un nuevo país fuera un poco menos agobiante.

—Estoy recién llegada a esta ciudad, no he tenido tiempo de pensar en eso —contestó Victoria, al tiempo que tomaba otro sorbo de su whisky. Alejandro estaba pasando la noche con uno de sus nuevos amigos, y Victoria estaba teniendo una noche de chicas con Carolina —. Además, estoy demasiado ocupada con el trabajo como para siquiera pensar en algo así en este momento.

—El amor no va a llegar a tocar a tu puerta, tienes que darle un empujoncito —aconsejó Carolina.

—¿Qué empujón sugerirías? —preguntó Victoria con una mirada escéptica.

—Ven, te voy a mostrar un sitio de citas en línea, es muy bueno —le dijo Carolina mostrándole la computadora.

—¡¿Qué!? ¿Un sitio de citas? Estás loca, Carolina— exclamó Victoria asombrada.

—No tiene nada de raro. Mucha gente conoce al amor de su vida así. Te voy a dar la dirección. Guárdala. Cuando te decidas, visítala.

Victoria tomó la tarjeta donde Carolina había anotado los datos, y comenzó a reír sin poder parar.

—¿Tan graciosa te parece mi idea? —preguntó Carolina extrañada por lo repentino del ataque de risa de Victoria.

—No. Disculpa. Es que la tarjeta me hizo recordar de un episodio con mi mamá quien, como tú, también se preocupaba por mi vida sentimental.

—A ver, cuéntame —dijo Carolina arrellanándose en el sofá.

—Te cuento. ¿Recuerdas cuando terminé la relación tan tóxica con mi primer novio después de cinco años? —comenzó a explicar Victoria.

—Por favor, quién puede olvidar esos celos y el constante acoso de aquel muchacho —respondió Carolina moviendo su cabeza en sentido de negación y un gesto de lástima en su boca.

—Pasado ya casi un año de ese episodio de mi vida, comencé a salir con otro chico. Para el día de mi cumpleaños habíamos salido al cine y de regreso lo invité a la casa, porque mis padres me habían preparado una cena de celebración.

—Sí, recuerdo que siempre tu familia se reunía en tus cumpleaños —interrumpió Carolina.

—Cuando entramos a la casa, había un inmenso ramo de rosa rojas en la mesa de la sala. Yo sabía que el único que podía haber enviado esas flores era mi ex. Yo no sabía qué hacer, simplemente puse mi cara de sorpresa y una sonrisa temblorosa salía de mi boca, pero igual me acerqué a leer la tarjeta, y claro, junto a mí estaba mi nuevo pretendiente leyéndola sobre mi hombro. Cuando vemos la tarjeta, leo: «De tus padres que te quieren y te aman mucho».

—¿De tus papás? Pero ellos nunca te regalaban flores, ¿no?

—No interrumpas, que viene lo bueno. Yo empiezo a alabar la belleza del ramo, y mi mamá me abraza y me dice al oído: «¿Te gustó el ramo que te compré?», y me mostró a escondidas la tarjeta original que había traído el ramo.

—¿De tu ex? —preguntó Carolina.

—Claro, pero mi mamá no podía dejar de meter la mano, como tú, para tratar de que yo pudiera tener una relación amorosa normal. Cambió la tarjeta y borró toda evidencia que pudiera causar confusión a mi nuevo novio. Creo que incluso revisó con una linterna ultravioleta para asegurarse de que todas las pruebas hubieran desaparecido —dijo Victoria, sonriendo ante el recuerdo.

—Terrible tu mami, la mejor del mundo, siempre me encantó esa astucia que la caracteriza.

—Igual que tú, amiga, igual que tú —. Ambas rieron sin poder parar.

∞

Unos meses después Victoria ya se sentía más habituada a esa nueva ciudad. El trabajo iba bien, y a Alejandro le gustaba su escuela. Esa tarde antes de buscarlo a su clase de karate, decidió estacionar en la calle que veía a diario en ese trayecto. Le llamaban la atención la decoración de las vitrinas de las tiendas y una cafetería en la mitad de la cuadra. Disfrutaba caminar por ese espacio hasta ese momento desconocido. Desde que había llegado se había limitado a llevar y traer a Alejandro de sus actividades, pues básicamente manejaba todo desde su computador. No se había dado la oportunidad de conocer la ciudad realmente. Esa tarde comenzaría por esa calle que había visto tantas veces. Mientras caminaba, el olor del café la hizo pensar en su país. *«Debo conseguir un café tan bueno como el de mi tierra. Tal vez venga acá un día y pruebe qué tienen»*, pensó al pasar delante de la cafetería. No sabía por qué le atraía tanto la decoración del lugar. Era sencilla, con madera y mucha luz natural. Le resultó acogedora, aun sin entrar. Decidió que una tarde pasaría con más tiempo y probaría el café de ese local.

Aún le quedaban algunos minutos antes de ir a buscar a Alejandro. Recorría con la mirada las vitrinas de las tiendas. Sin pensarlo paró frente a una, era una joyería. Nunca había sido fanática de las joyas, pero su mirada se dirigió a un anillo. No podía dejar de mirarlo. *«¿Dónde he visto ese anillo? Estoy segura de que lo he visto antes. ¡Qué hermoso es!"*, no podía recordar dónde había visto un anillo idéntico al de la vitrina. El aro estaba formado por dos símbolos de infinito, uno sobre otro. La base era de platino. Uno de los infinitos era de oro al que se le sobreponía otro formado por pequeños brillantes. *«Bah, seguramente lo vi en alguna publicidad*», pensó que era la explicación más lógica. Miró su reloj, y vio que ya era hora de ir por su hijo.

Después de cenar, Alejandro se entretenía con un videojuego, mientras ella lo observaba desde el sofá. Se sintió agradecida por cómo iban las cosas. Ya estaban instalados, adaptados a su nueva rutina, el trabajo iba fluyendo y con muy buenas perspectivas de futuro. En un momento la imagen del anillo que había visto en la tarde la hizo cambiar el rumbo de sus pensamientos. Sabía que a su vida le seguía faltando algo: el amor que desde hacía tanto tiempo le era tan escurridizo. Decidió darle una oportunidad al sitio que le había recomendado Carolina. «*No tengo nada que perder realmente*», se dijo mientras escribía la dirección en su computadora.

Victoria completó su perfil con la misma dedicación con la que había hecho la lista de características de su alma gemela. Quiso ser cuidadosa en cada detalle que escribía. No quería perder el tiempo con personas que no tuvieran nada que ver con ella. Ya había tropezado muchas veces en esa área de su vida como para no haber aprendido de sus errores. Su perfil decía claramente quién era y qué buscaba. No daba espacio a malentendidos ni equivocaciones. «*Esto es lo que ofrezco y esto es lo que quiero. No acepto menos*», se decía mientras le daba los toques finales a la descripción.

Unos días después, decidió revisar si tenía alguna notificación. Algunos perfiles le llamaron la atención, otros simplemente los desechó. Trataba de no perder de vista su lista. Era el mapa de ruta que no la dejaría desviarse del camino que quería transitar.

Luego de unos días, decidió darle una nueva oportunidad a la página de citas. Le llamó la atención un perfil que según el sitio tenía más de 97% de compatibilidad con ella. Quiso comprobarlo con su lista, y efectivamente cumplía con muchas de las características que deseaba en su pareja ideal. A pesar de que le gustaba el perfil y le parecía un candidato excelente, su miedo pudo más y no se animó a escribirle.

—Entiendo tu miedo a encontrarte con alguien que no conoces, y por eso vine a visitarte —le dijo su amiga Carolina cuando Victoria le contó—. Tengo el candidato perfecto. No busques más.

—¿Cómo es eso? —le contestó nerviosa ante el anuncio de su amiga.

—Que tengo a un candidato que cumple con tu famosa lista mágica — dijo Carolina con una carcajada de bruja de película, agitando una mano juguetonamente en el aire a manera de varita.

—Pero Carolina, es muy pronto. Ni siquiera me he atrevido a escribirle a nadie por correo. Ahora estoy muy ocupada tratando de llevar adelante mi empresa tras el cambio de país —dijo Victoria angustiada.

—No, no, no. Una cosa es el trabajo y otra el amor. Tienes que darte tiempo de disfrutar, divertirte y darle oportunidad al destino a que encuentres al alma gemela que tanto deseas —insistía Carolina.

—Pero...

—Pero nada. Mi amigo es un ingeniero, norteamericano, buenmozo, interesante, conversador... Te reto a que chequees tu lista y hagas tus cálculos —le dijo Carolina riendo.

—Bien, pero solo un café —dijo Victoria dándose por vencida.

—¿Café? No, ya yo le dije que te invitara a cenar. Las cosas hay que hacerlas como debe ser.

—Me rindo, Carolina. Lo que tú digas.

—Le voy a decir que te llame ya —gritó triunfante, mientras Victoria la observaba preguntándose en qué se acababa de meter.

Victoria pensó que lo mejor sería llevar su carro y encontrarse ambos en el restaurant. De esa manera no dependería de él para volver a casa. Tenía que cubrir todas las posibilidades. «*¿Y si resulta terrible? ¿Y si no me gusta para nada?*». Sus pensamientos regresaron a aquella noche en el estacionamiento con el pasajero 8-B. ¡Ella no dejaría que eso volviera a suceder!

Dentro de su mente bullían mil pensamientos y escenarios que la ponían nerviosa. A pesar de eso sentía un hilo de esperanza en su corazón, y a eso quería aferrarse. Estaba consciente de que el miedo que a ratos la paralizaba era producto de volver a hacer algo que había abandonado hacía más de un año. Ese era el tiempo que había pasado desde su última cita, y no lo había intentado de nuevo desde entonces. La idea de vivir de nuevo esa experiencia en un país desconocido, una nueva cultura y un idioma diferente le generaba más tensión.

Buscó en su clóset alguna prenda que mostrara un aspecto neutral de ella. No quería ir demasiado arreglada, pero tampoco dar impresión de informalidad. Mientras conducía hacia el lugar de la cita, recordaba las muchas citas a ciegas que sus amigas le habían preparado y que nunca funcionaron. Estacionó el auto, respiró profundamente y se dijo: «*Aquí voy de nuevo. La perseverancia es una de mis cualidades*».

Victoria entró al restaurant sin tener ninguna idea de cómo era su cita, pues Carolina no le había dado mayores detalles. Recordó una escena de una película que había visto recientemente. Tomó el teléfono, y marcó el número para ver quién tomaba el teléfono. Escaneó rápidamente con la mirada el lugar. Al fondo, vio a un caballero guapo que puso el teléfono en su oído. Escuchó su voz y observó con detalle para asegurarse de que el movimiento de los labios del hombre coincidieran con lo que escuchaba, tal como lo había visto en la película.

—Hola, soy la amiga de Carolina. Estoy en la puerta del restaurant —dijo Victoria.

—Ya te busco. Espérame allí. Soy Tony —contestó la voz que a Carolina le resultó especialmente agradable.

El hombre caminaba apresurado hacia la puerta mientras Victoria lo observaba como un escáner de rayos láser. Revisaba cada pisada, cada gesto, hasta que llegó frente a ella. Él la dirigió a la mesa. Se sentaron, y la conversación comenzó de inmediato, sin dar tiempo a silencios incómodos.

—Encantado de conocerte, Victoria —dijo con una gran sonrisa, extendiendo su mano hacia ella.

—Un placer conocerte también—dijo dándole su mano. El contacto se sintió fuerte y cálido cuando sus dedos envolvieron firmemente su mano. Le gustaba el contraste de sus ojos muy claros con su rostro bronceado y su cabello oscuro. Lo detalló hasta la punta de su barbilla. En conjunto, era bastante guapo... aun cuando no era calvo. Se rio para sí misma cuando la idea de afeitarle la cabeza se abrió paso en su conciencia.

La acompañó a la mesa.

—Carolina me dijo que eras de Venezuela, el país de las mujeres hermosas —dijo mientras se sentaba.

Victoria se sonrojó ante el cumplido.

—También dijo que había tenido que mover montañas para que aceptaras conocerme —. Le ofreció una sonrisa divertida—. Carolina puede ser bastante persuasiva.

—Querrás decir persistente —lo corrigió Victoria.

—Estaba tratando de ser diplomático —dijo con una sonrisa que a Victoria le pareció encantadora.

Se sentaron y continuaron charlando como si hubieran sostenido esa conversación muchas veces antes. Cada uno entendía al otro... sonriendo, riendo y moviéndose en perfecta sincronización con el tema y el contenido emocional. Los pensamientos se convirtieron en comentarios expresivos, y sus historias de vidas se unieron en la mesa, conectando los puntos y llenándolos de color.

Aún no terminaban el aperitivo y ya habían comenzado a aparecer las casualidades que tanto le gustaban a Victoria. Tony había trabajado en Venezuela como ingeniero de petróleo en una de las empresas donde también había trabajado Victoria hacía muchos años. La sincronía llamó la atención de Victoria. Le resultaba atractiva, y extraña a la vez, la idea de que dos personas que recién se conocían pudieran haber estado tan cerca en una misma empresa en otro país ocho años atrás. La sensación de saber que no había fronteras ni culturas que limitaran la conexión que tenían hacía que la cita se extendiera más y más.

La velada resultó mejor de lo que esperaba. Él era un hombre inteligente, simpático, con una conversación interesante. Además, era muy atractivo. Ambos habían tenido experiencias anteriores que no deseaban repetir. Había sido una cena divertida y prometedora.

Era tarde, y la cena hacía tiempo que había terminado. Victoria miró su reloj, no sabía que era tan tarde. Miró a Tony disculpándose.

—Lo he pasado muy bien esta noche, pero necesito llegar a casa con mi hijo, y relevar a la niñera.

Tony le pidió la cuenta al camarero. Se pusieron de pie, y él colocó su mano suavemente en su espalda mientras la guiaba fuera del restaurante, donde esperaba prolongar un poco más la velada.

—No creo que esta sea la última vez que nos veamos, ¿verdad? —preguntó Tony una vez que llegaron a su coche, con la esperanza de una respuesta negativa-positiva.

—No, no creo. Deberíamos reunirnos de nuevo. Me gustaría conocerte mejor —dijo Victoria sonriendo.

Camino a su casa, Victoria repasó la experiencia en su mente. No quería apresurarse en sacar conclusiones ni hacer castillos en el aire, pero se sentía bien. La velada le había dado la sensación de que lo que tanto había buscado estaba muy cerca. *«Tal vez mi código postal no sea lo único que haya cambiado»*, pensó al entrar a su casa.

Una nueva cita

La alarma del despertador sonó. Vincent había olvidado que ese día no tenía que ir temprano a la oficina. Tenía agendado un almuerzo de trabajo, por lo que tenía un tiempo disponible con el que no contaba.

Aunque las cosas iban bien con Allison, solo habían tenido una cita, y ambos estaban volviendo a conocer gente después de experiencias difíciles. Ella lo hizo sentir atractivo de nuevo. Vincent tenía un largo tiempo sin compartir socialmente. Él mantenía conversaciones con otras mujeres, y la ruptura de Allison todavía era demasiado reciente como para plantearse entrar en algo serio inmediatamente.

Y luego estaba el sueño... Cuando Vincent le contó a Allison sobre su sueño en el que subían la colina de la mano y volvían a la ciudad de colores brillantes, ella se mostró extrañamente distante. No era de las que creían en el significado de los sueños, y aunque Vincent no lo era tampoco, el sueño lo había impactado. Él se dio cuenta de que a Allison no le había sentado bien. Probablemente había sido algo bueno que no le dijera que la mujer rubia en su historia tenía ojos avellana.

Se levantó, se sirvió un café y decidió dar un vistazo al sitio de citas. Había pasado una excelente velada unos días atrás, pero tenía curiosidad por saber cómo se estaba comportando su perfil. Las conversaciones telefónicas con Allison se estaban estancando. Un día estaba conectada, y al día siguiente, ausente. Definitivamente habían congeniado, pero quizá no había sido el momento oportuno.

Tenía algunos mensajes en su bandeja de entrada. Los revisó uno a uno. Fue descartando los que definitivamente no tenían ninguna posibilidad. Vio algunos interesantes, pero al compararlos con su cita los iba descartando. Fue a la lista de las personas que habían visto su perfil. La revisó detalladamente porque no le interesaba solo una foto, quería saber quiénes eran detrás de la imagen. Una le llamó la atención. Su índice de compatibilidad con ella era alto lo que estimuló su curiosidad. Chequeó la hora. Aún tenía tiempo antes de ir al su almuerzo de negocios. Comenzó a leer el perfil.

Se sintió intrigado por la franqueza absoluta de lo que ella había escrito. Tal vez podía parecer demasiado obvia, pero eso era mejor que las intenciones engañosas. Además, le gustaba su honestidad. *«Esta mujer se tomó el trabajo de definir claramente lo que quiere y lo que tiene para ofrecer, esto no es un juego para ella»*, pensaba Vincent mientras comparaba sus preferencias con las de ellas. *«Mmmm, valora la fidelidad y transparencia»*. Le gustó mucho lo que leyó. Había muchas coincidencias entre su perfil y el de esa mujer. *«Vive muy cerca de aquí, si no me hubiera mudado a este departamento no hubiera salido en mis resultados*», pensó mientras se arreglaba para salir. Le dio clic para enviarle un saludo virtual y se fue a su almuerzo.

Cuando Vincent llegó a su oficina después de su almuerzo, dejó el maletín a un lado, revisó un par de informes de ventas que estaban sobre su escritorio, y se dirigió a su computadora para revisar. No había nada. Muchos mensajes, pero ninguno de la dama misteriosa supercompatible. Decidió escribirle.

Hola. He visto tu perfil y me ha sorprendido ver que coincidimos en muchos de nuestros gustos, aficiones y manera de ver la vida. Me llamo Vincent , me mudé recientemente a esta zona. Realmente me he mudado mucho por todo el país. He vivido demasiados cambios en mi vida. Dices que tú también. Creo que deberíamos conocernos más y ver en cuántas cosas más coincidimos
Saludos,
Vincent

Al día siguiente, llegó de la oficina, y fue directo a la computadora. Estaba seguro de que habría respuesta a su mensaje. Revisó su bandeja de entrada. Nada. Así pasó un par de veces. A la tercera sonrió. Tenía un mensaje. Ella le había respondido. Leyó y contestó de vuelta.

Decidió no entusiasmarse demasiado ni crearse expectativas que tal vez no pudieran cumplirse. Puso su comida a calentar en el microondas. Mientras esperaba a que se apagara el temporizador, observaba cómo su almuerzo daba vueltas, y dejó de preocuparse. Casi inmediatamente después de elegir dejar de estar tan ansioso por una posible respuesta, sonó una notificación de un mensaje en su computadora... de ella. Era como si dejar ir el proceso le hubiera permitido al universo hacer su trabajo y darle lo que esperaba. Cuando dejó de buscar, apareció lo que esperaba.

La conversación duró varios días. En cada correo le iba contando sobre sus gustos, sus hábitos, las cosas que lo decepcionaban. Tenía miedo, sentía que debía arriesgarse si quería recomenzar su vida, pero al recordar el pasado el temor lograba imponerse y no daba el siguiente paso. No quería hacerse falsas esperanzas, y le parecía bien avanzar lentamente en lugar de saltar rápidamente como en los viejos tiempos.

Varios días después, Vincent recibió un mensaje que no esperaba. Tenía una cita a las cuatro de la tarde. Irían a tomar un café y conversar. Le gustó la idea. Sintió que una sonrisa tonta se extendía por su rostro, emocionado por sus planes para reunirse. Se vistió, tomó las llaves del auto y partió a ver qué le preparaba el destino.

Asumir riesgos

Los días parecían tener menos horas para Victoria. No había sido fácil cambiar por completo el modo de vida, pero la empujaba la certeza de que había tomado la mejor decisión. Alejandro se estaba adaptando bien a su nueva escuela y nuevos grupos de amigos. Ella trabajaba duro como siempre con el apoyo de sus socias, y viajaba ocasionalmente para ampliar su cartera de clientes en los Estados Unidos. La única opción que existía en su plan era triunfar. Su hijo, su bienestar y el de su padres que también dependían de ella. No había espacio para pensamientos diferentes al éxito y la abundancia. Era mucho lo que arriesgaba, como para desviarse por algo fuera de lo previsto.

No era la primera vez que vivía un desafío similar. Aunque trabajó y fue independiente desde muy joven, luego de su divorcio el panorama se había complicado. Su exesposo nunca se encargó económicamente de Alejandro, por lo que la presión sobre ella había aumentado desde aquel momento. Su guion de vida no contemplaba el dejarse abrumar por las circunstancias. Con su trabajo y su capacidad de darle vida a sus ideas y emprender nuevos proyectos hizo que su hijo estudiara en las mejores escuelas privadas. No siempre fue fácil. Junto a los éxitos también hubo momentos difíciles, pero los riesgos y las dificultades nunca le habían dado miedo, la impulsaban a esforzarse más.

Lo único que no había avanzado de la misma manera era su vida amorosa. Nunca, desde su separación, tuvo una relación que durara lo suficiente para llamarla relación. Nadie a quien pudiera llamar novio (de los trecientos de su experimento social), o que le generara la suficiente confianza como para llevarlo a la casa y presentarlo a su hijo. No le temía a los riesgos en sus emprendimientos profesionales, pero en el tema romántico había muchos temores por superar. No quería ser engañada nuevamente ni involucrar innecesariamente a su familia en sus relaciones que pasaban rápidamente. Victoria con frecuencia expresaba sarcásticamente que su departamento de recursos humanos del amor estaba reclutando a los candidatos equivocados. Tal vez la descripción del puesto aún no estaba bien desarrollada, y muchos menos evaluada, solía decir.

Pensaba en eso mientras regresaba a la casa después de dejar a Alejandro en el karate. Se hizo un café y se sentó a planificar la semana de trabajo. Sentada frente a su computadora vio que tenía una notificación del sitio de citas. Alguien le había escrito.

Leyó el mensaje completo. Era del perfil que le había llamado la atención, pero que no había tenido el valor de contactar. «*¿Qué hago? ¿Contestaré? Pero me fue muy bien en mi cita, tengo muchas cosas en común con Tony*», se cuestionaba. Pasaron algunos días antes de que se atreviera a contestar. Cada vez que abría el mensaje, nuevas dudas se apoderaban de ella. Victoria sentía que no le estaría dando a Tony una oportunidad justa si respondía a la nota de un nuevo prospecto, y francamente, no confiaba tanto en los sitios de citas como para poner mucha fe en la veracidad del perfil.

Victoria decidió responder. Aunque en su perfil había detallado muy bien quién era y lo que quería, le escribió sobre ella, sus gustos, su pasión por los negocios. Había revisado el perfil de aquel caballero que tenía un máster en Negocios, y pensó hacerle algunas consultas sobre la página web de su empresa, pues en conversaciones con sus socias, ellas pensaban que necesitaban de la opinión de un experto local en negocios, para lo cual aquello podría convertirse en una cita de negocios… o romántica.

Así comenzó una serie de conversaciones en las que cada uno mostraba un poco más de su personalidad y sus visiones de futuro. «*Si es demasiado bueno para ser real, no es real, pero no puedo pasar la vida sin arriesgarme*», se debatía entre los temores que el pasado había instalado en ella y las ganas de encontrar a alguien con quien compartir su nueva vida. Se alejó de la computadora, y decidió pensarlo un poco más.

Más tarde, envuelta en una repentina oleada de coraje, decidió enviar un mensaje de texto: «¿*Te provoca tomar un café? Hay un lugar que he visto al pasar con el auto y me ha llamado la atención. Necesito encontrar un café bueno, extraño mucho al de mi país*», escribió.

Minutos después estaba en su auto camino a probar un buen café y dejar que el destino hablara.

Saboreando un café

Vincent llegó temprano. Estacionó el auto muy cerca del local. «*No puedo creer que haya tenido tanta suerte*», pensaba. A pocos pasos estaba el café. No conocía el lugar. A veces sentía que el trayecto de su casa al trabajo y del trabajo a la casa lo hacía en piloto automático sin prestar ninguna atención al paisaje a ambos lados del camino. Debió haber pasado frente a esa cafetería un centenar de veces, y no recordaba haberla visto. Se imaginaba a sí mismo como un caballo de trabajo con anteojeras que lo mantenían en la tarea. Ya era hora de que empezara a notar las cosas de nuevo, tomar en cuenta los detalles. La vida era más que dirigirse a un destino. Era un viaje para ser experimentado a cada paso.

En la entrada los especiales del día se mostraban en colores vibrantes en una pizarra sobre un soporte. Todo sonaba maravilloso... y diferente, lo que lo animaba aún más a medida que entraba. Le gustó la idea de probar algo nuevo, y mientras esperaba se dedicó a detallar el ambiente. Los ventiladores de techo giraban, dando un suave movimiento al aire, mezclando en infinitas combinaciones el aroma del pan horneado, el café tostado y la canela recién molida. Estudió el menú que estaba en la pared trasera. La lista era impresionante, con muchas variedades de las que nunca había oído hablar antes. «*Puede ser una señal que me dice que me debo dar el permiso de vivir experiencias diferentes —se dijo—, hoy puede ser el día que le dé una vuelta a mi vida».*

Miró por el ventanal, y vio a una mujer que caminaba por la acera. Aunque no pudo verle la cara, intuyó que era una mujer muy atractiva, su forma de caminar era muy segura y determinada. Una sonrisa se le instaló en el rostro cuando vio que la mujer se detuvo frente a su auto y afirmaba con la cabeza. *«Por lo menos mi auto atrae miradas»*, se dijo y recibió un mensaje de texto: «Ya estoy llegando».

Un momento después, la puerta de la cafetería se abrió, y entró una mujer atractivamente vestida. Su vestido abrazaba el contorno de sus piernas; llevaba unos tacones discretos.... el equilibrio justo entre sexy e inteligente. Se acomodó un mechón de cabello rubio detrás de la oreja mientras miraba a su alrededor. Cuando lo vio, una amplia sonrisa se extendió por su rostro mientras caminaba hacia la mesa donde él estaba sentado.

—Hola —dijo Vincent levantándose de la silla y ofreciéndole una a su cita.

—Hola, disculpa, me retrasé un poco. Tuve que dejar el auto a una cuadra de acá. ¿Viniste en auto?

—Sí. Tuve una suerte increíble, pude estacionar justo al frente —le dijo señalando su auto.

—Es un color muy hermoso. Me gusta ese tono de azul —observó ella, pero seguía preocupada por su tardanza—. ¿Llegaste hace mucho?

—No tanto, no te preocupes, la espera fue muy agradable. El ambiente aquí es muy acogedor. Estaba tratando de decidir entre todas las variedades de café que ofrece este lugar —Vincent señalaba a la lista dibujada en la pared.

—Me encanta el café. Trato siempre de probar sitios diferentes. Espero que el de aquí sea tan bueno como el ambiente —dijo ella riendo y cruzando los dedos—. No conocía este sitio. No me gusta tomar café sola.

—Pues disfrutemos el café... y la compañía —bromeó Vincent con la esperanza de tranquilizarla después de llegar tarde.

Ella le sonrió agradecida, y se instalaron en un diálogo agradable. Ella le habló de su infancia, y de su reciente mudanza a la ciudad. A Vincent le gustaba escucharla, su conversación era agradable. Él también le habló de su familia y dónde había crecido, y le ofreció una descripción detallada de las travesías que lo habían llevado a ese último destino.

La mujer miró su reloj, y vio a Vincent con los ojos desorbitados.

—No me di cuenta de que era tan tarde. ¡Hemos estado hablando durante más de dos horas!

—El tiempo vuela cuando te diviertes y tomas café. —Vincent sonreía.

—He pasado una tarde muy agradable. Gracias —dijo ella.

—Yo también. No soy experto en café, pero realmente me gustó el que tomé.

—Bien, debo irme, debo hacer algunas cosas antes de ir a casa —dijo ella buscando su bolso.

Vincent pidió la cuenta, y ambos salieron del local. Afuera el sol brillaba; el calor los enfrentó como una especie de reproche karma-cósmico por haber disfrutado del aire acondicionado de la cafetería. La acompañó a su coche, que estaba aparcado muy lejos, y se despidieron dejando abierta la posibilidad de volver a encontrarse.

Cuando caminaba de regreso a su auto, Vincent se distrajo mientras buscaba las llaves en su bolsillo, y repetía mentalmente los eventos del día. Sin prestar atención por donde caminaba, tropezó con una pareja que salía del café. Las llaves cayeron de su mano y se deslizaron bajo el parachoques trasero de su auto. En ese momento se activó la alarma.

La mujer se disculpó con Vincent mientras ambos miraban hacia abajo y él se arrodillaba para alcanzar las llaves debajo del parachoques.

—Lo siento. No estaba prestando atención —dijo la mujer, que parecía distraída por el fuerte ruido de la alarma del automóvil.

—No, perdón. Estaba preocupado por sacar mis llaves y caminar al mismo tiempo —respondió Vincent en voz alta sobre el estruendo de la sirena, todavía asomado debajo del coche para recuperar las llaves, y poder desactivar la alarma.

La mujer ya se marchaba cuando Vincent se levantó murmurando sobre el daño que podría haber sufrido el control por la caída.

Levantó la vista del control remoto, fracciones de segundo demasiado tarde para ver la cara de la mujer, y la vio alejarse, impresionado por la forma decidida como se desenvolvía. Sonrió intrigado al darse cuenta de que era la misma mujer que había admirado su coche antes. Vincent la vio alejarse con la esperanza de que volteara en algún momento y así poder ver su cara, pero ella no lo hizo.

Paso firme con tacones

El miedo a lo desconocido jugaba con la imaginación de Victoria. Tener una cita con un desconocido le hacía imaginar escenas de películas de terror, psicodramas y comedias románticas, todas al mismo tiempo. Muchas veces había escuchado a sus amigas hablar de citas con hombres que mentían en sus perfiles donde decían una cosa y resultaban ser otra. Diferentes escenarios aterradores pasaron por su mente.

El chico presumido del curriculum vitae:

Hola, mi nombre es Jerry. Pudiera decirse que fui a la Universidad de Yale y tengo un título de negocios. Mi familia no era de dinero, así que tuve que trabajar en New Haven Pizza por las noches para ganar algo de dinero extra mientras obtenía un título técnico en Gateway Community College. Muchos de nuestros pedidos provenían de estudiantes de la Universidad de Yale, por lo que hacía entregas a los dormitorios del campus. Así que realmente fui a Yale.

La estafa encubierta:

Sé que solo hace pocas semanas que hemos estado chateando en línea, pero me siento muy cerca de ti, y me encanta lo honestos que somos el uno con el otro. Tenemos mucho en común, ambos estamos criando solos a nuestros hijos. Me disculpo por haber estado fuera de contacto durante los últimos días, aquí la señal de internet es muy mala, y no puedo hacer videollamadas, pero necesitaba hacer una visita de emergencia a Australia para cuidar de la herencia de mi abuela. Se suponía que debía volar de regreso a Dallas mañana, pero me robaron la billetera y el equipaje. Me da vergüenza preguntar, pero ahora que mi abuela se ha ido, no tengo familia. ¿Podrías ayudarme con unos pocos miles de dólares para que finalmente pudiera conocerte en persona y regresar a mi casa de Estados Unidos en Dallas?

El psicópata potencial:

«¿Cómo está tu bebida? Sabe bastante bien, ¿no? Es muy dulce, como tú», dice el hombre mientras mira alrededor del restaurante sospechosamente.

«Oh, déjame ayudarte, te tengo, solo apoya tu cabeza sobre mis hombros. Te cuidaré», dice mientras insinúa que *"cuidará"* de ti.

«Déjame acompañarte hasta tu auto. Oh, esta es mi camioneta aquí. ¿Por qué no entras y descansas un poco?», dice… y abre la puerta trasera donde hay bolsas de plástico, cuerda, y cinta adhesiva industrial regados en la parte posterior.

Victoria reflexionó sobre posibilidades y probabilidades en cada nuevo encuentro imaginario. Episodios de programas forenses donde la mujer desaparecida salía en las noticias, y las evidencia del caso eran una cuerda y una cinta adhesiva ... todos pasaron por su mente. «¡*Chica tonta!*». Victoria sacudió la cabeza, y se rio mientras trataba de despejar los pensamientos oscuros. Recordó historias agradables de algunos de sus amigos que habían estado felizmente casados durante años tras conocerse a través de citas en línea. «*La tecnología y la ciencia deben ser capaces de almacenar y procesar datos de una manera mejor y más efectiva para ayudar a encontrar la pareja perfecta y duradera que el amor a primera vista o la química entre dos personas*», pensó Victoria. La idea le gustó tanto que la escribió en su diario.

Victoria visualizó una mesa de negociación donde representantes de varias facciones amorosas se enfrentaban en una acalorada discusión. Los románticos creían en el destino y el amor a primera vista sin la aportación de la lógica o la razón. Un contingente de profesionales informáticos y analíticos, expertos en algoritmos y programación, capaces de calcular quién es mejor para quién, se pararon en una esquina viendo su iPad compartido con graficas y datos. Un consorcio de consultores, casamenteros y *coaches* de vida con piedras, cartas de tarot y libros de referencia, listos para hacer recomendaciones seguras basadas en el lenguaje corporal y la experiencia superior, estaban reunidos en otro extremo. Todos discutían al otro lado de la mesa mientras Victoria trataba de tomar los mejores conceptos de cada uno para la búsqueda de su alma gemela.

Los pensamientos continuaron rebotando alrededor de la cabeza de Victoria mientras se vestía para su próxima cita con un desconocido. Se rio al recordar la sala de juntas de los expertos en amor, y pensó que podría ser una manera interesante de presentar los puntos de vista opuestos sobre el amor en un futuro libro.

La mesa de la sala de juntas le recordó a Victoria la primera vez que el director de su escuela secundaria la llamó a una reunión en su oficina, aunque ella pensaba que no había hecho nada malo. Confundida, esa niña de once años, entró en la oficina, tomó una silla de la mesa redonda de madera maciza, y se sentó frente al director de la escuela, el sacerdote de la iglesia y una de las monjas que ayudaban en las clases de religión. Aunque era una escuela pública no religiosa, la Iglesia católica tenía acuerdos para enseñar catecismo y preparar a los niños para la Primera Comunión.

Dulce e inocente, Victoria se sentó frente a esas tres figuras de autoridad mientras le informaban que no podía hacer su primera comunión ese año porque no había pasado el curso. Victoria, preocupada, preguntó: «¿Por qué? Nunca perdí una clase, e hice todas las tareas que se me asignaron?». Inmediatamente, recordó la clase del día anterior en la que había desafiado al sacerdote. Él decía: «Arriba, había un cielo lleno de cosas buenas». Entonces, frente a todos los impresionables alumnos de su misma edad, ella preguntó: «¿Por qué decimos de forma simplista que el cielo está arriba y el infierno está abajo? ¿Cuál es la ubicación exacta de las coordenadas en el sistema solar si la tierra gira alrededor del sol, y asumimos que el sol es el punto cero de tres ejes? ¿Qué evidencia o prueba física tiene para esa ubicación?». Mientras decía eso, Victoria dibujaba en el pizarrón a la tierra con el sol y los planetas en sus órbitas correctas, agregaba flechas que indicaban un rápido giro alrededor del sol, y mostraba cómo Júpiter se toparía con Dios y Jesús cada doce años, poniendo en duda el conocimiento científico del sacerdote sobre el universo y cómo los planetas giraban alrededor del sol.

Debido a que usó esos términos y a la letanía de preguntas que el sacerdote no pudo responder en la clase, Victoria pensó que tal vez, quizá, había una pequeña posibilidad de que esa pudiera ser la razón por la que estaba destinada a fallar el curso. Ella simplemente sonrió, y aceptó que no recibiría su primera comunión ese año.

Un año después de ese revelación religiosa, la madre de Victoria la volvió a inscribir en la clase de religión. A los doce años, Victoria era una niña grande para su edad. Era casi treinta centímetros más alta que el resto de sus compañeros de religión de once años. Su madre le dio un consejo: «A veces puedes tener razón, pero en algún momento, si esa razón interfiere con el logro de tu objetivo, es mejor callarse y alcanzar el objetivo. Demostrar que tienes razón por que simplemente quieras alimentar tu ego no agrega valor a ciertas situaciones».

Victoria pensó en las facciones amorosas alrededor de la mesa y sus discusiones sobre el mejor camino para encontrar un alma gemela. Se dio cuenta de que no importaba quién tenía razón, sino cumplir su objetivo: encontrar el amor.

La reflexión ayudó a reducir el miedo de Victoria a ir a su cita. Decidió relajarse, disfrutar del proceso, y dejar de predisponerse antes del encuentro. Después de todo, su objetivo era encontrar un alma gemela. No lo lograría si no se abría a las posibilidades.

Victoria tuvo que arreglar algunas cosas antes de salir. Carolina iría a buscar a Alejandro y lo llevaría a su casa. Ella lo recogería al terminar su cita. Al menos eso estaba resuelto, pensó mientras terminaba algunas diligencias y se apresuraba para llegar a la cafetería donde la esperaba el desconocido.

«Voy retrasada. No quería que me pasara esto. No será una buena señal», pensaba mientras buscaba donde aparcar. Vio un estacionamiento a un poco menos de una cuadra del café, y decidió dejar allí el auto. *«No tenía prevista una pequeña*

caminata en tacones, pero hay que mantener el glamour», se dijo y partió con paso firme.

Le llamó la atención un pequeño auto azul estacionado al frente del café al que se dirigía. Se detuvo un momento al recordar un sueño que había tenido años atrás en el que veía a su alma gemela bajar de un auto azul. Recordaba no haberle visto la cara, pero su camisa blanca con las mangas largas recogidas permanecían en su memoria. Sonrió ante las jugadas que le hacía su mente al mostrarle coincidencias a cada paso.

Victoria entró al local. No se había equivocado, el ambiente se sentía muy agradable apenas entrar. *«Así debe ser. Agradar al cliente desde antes de comenzar el servicio. No en vano me había atraído este lugar cada vez que lo veo al llevar a Alejandro al karate»*, pensó mientras echaba una mirada para ver si su cita había llegado. Lo saludó y se dirigió a la mesa. Se veía exactamente igual que la foto de su perfil, pero en tres dimensiones.

—Hola, disculpa, me retrasé un poco. Tuve que dejar el auto a una cuadra de acá —La impuntualidad no era una de sus características, realmente era algo que le molestaba sobremanera. Ella sabía que sonaba sin aliento y trataba de controlarlo.

Él no le dio importancia. Solo estaba interesado en pasar un rato ameno y ver cuántas cosas más tendrían en común. Se levantó y le ofreció asiento.

—Me gusta mucho el café, en mi país hay muy buen café, así que siempre estoy buscando sabores con la misma calidad —dijo Victoria mientras veía la lista de especialidades dibujada en la pared—. Mmmm, prometen ser buenos.

—No conocía esta cafetería. Parece que hiciste una buena elección. Decidir será difícil, ... seguro son excelentes —dijo él con un tono de doble sentido.

Ella le sonrió, tratando de entender si él hablaba del café o de la cita.

—Paso frente a este café todos los días. Tengo varios amigos que me han hablado bien de él, pero es mi primera vez aquí.

La tarde transcurrió de manera relajada. El buen ambiente del lugar y la calidad del café fueron el marco para una tarde perfecta. Victoria le agradeció por el buen rato que había pasado, y le dijo que era hora de irse, pues tenía un compromiso que cumplir.

Ambos salieron del local, y comenzaron a caminar hacia el auto de Victoria. Volvió a observar el auto azul estacionado al frente. Su mente regresó al pasado cuando había tenido aquel sueño que había dejado registrado en su cuaderno. En ese segundo de distracción tropezó con un hombre al que se le habían caído las llaves del auto. Se afirmó del brazo de su acompañante para no caer.

—Perdón. Venía distraída —dijo Victoria.

Detrás de ella, escuchó una voz grave y amable.

—No, disculpe usted. Estaba preocupado por sacar mis llaves y caminar al mismo tiempo — le dijo el hombre quien miraba hacia algún lugar debajo del auto.

Cuando volteó por un segundo, ella solo alcanzo a ver fugazmente como él desaparecía detrás del auto para recoger las llaves del suelo y poder apagar la alarma.

El hombre logró desactivarla, mientras Victoria y su acompañante continuaban hacia el estacionamiento. La interrupción del sonido de la alarma la hizo voltear, pero no pudo ver la cara del hombre, quien seguía agachado apuntando al auto con el control. «*El auto azul es suyo. Qué casualidades locas me encuentro en la calle, tropezar con la persona y no poder verle la cara como en mi sueño... ¿cual será el mensaje?*», se dijo, y siguió andando pisando firme para no perder el equilibrio con sus tacones.

Es hora de salir del computador

Vincent escribía en su computadora, tratando de terminar el último de sus proyectos antes de salir de la oficina. El día había sido atareado. Hubo mucho trabajo durante la semana, y había tenido que dejar un poco de lado el área sentimental. Esperaba ansioso la hora de salida para poder descansar el fin de semana, pero aún tenía asuntos que cerrar antes de apagar el computador e ir a casa. Pensó en llamar a la mujer con la que había tomado un café, pero algo lo estaba frenando. Se lo sacudió. Habría tiempo para pensar en eso más tarde. En ese momento, estaba más decidido a terminar lo que estaba haciendo para poder tener el lujo de relajarse realmente durante el fin de semana.

John pasó de largo por la puerta de la oficina, pero decidió devolverse al ver a Vincent tan serio. Vincent lo escuchó detenerse y caminar de regreso. John asomó la cabeza por el marco de la puerta.

—Te ves terriblemente intenso para un viernes por la tarde. Ha sido una semana larga; deberías estar tomando una copa y socializando con amigos o una mujer especial.

Vincent no quitó los ojos de la pantalla de su computadora.

—Necesito terminar algunas cosas, y luego me voy directamente a casa a descansar. Como dijiste, ha sido una semana larga.

—¿Directo a casa? ¿Qué pasó con la dama con la que tomaste café?

—Nada, realmente. Estoy confundido, John. No quiero apresurarme. Es una mujer muy agradable, pero ¿es la que es? ¿Es la que busco? ¿No debería sentir alguna señal especial, una intuición... qué se yo... algo que me diga: ¡hey, ella es!?

—Guao, amigo. No sé qué decirte. Tú has tenido más experiencias que yo en el departamento de amores a pesar de que te llevo algunos años, pero solo un matrimonio —le contestó John tocándose las canas y reflexionando sobre lo que había dicho —. Tal vez todo estas canas son culpa de mi esposa. No había pensado en eso.

—Mira lo que tres mujeres me hicieron —. Rio Vincent, señalando su cabeza limpia y afeitada. Había perdido casi todo tras sus relaciones anteriores, y su cabello no se había quedado atrás—. Tuve que dar mi cabello como parte en la separación de bienes en uno de mis divorcios — bromeó.

Ninguno de los dos pudo aguantar la risa. Las carcajadas sacaron a Vincent de la seriedad que tenía antes de entrar John.

—Y ya viste de qué me ha servido, ¿no? Tres *strikes*, ya me cantaron *out*.

—No digas eso. Creo firmemente que en muy poco tiempo te veré feliz contándome detalles de tu nueva conquista, y sé que será la indicada. Tú también lo sabrás.

—¿Pero cómo, John? ¿Cómo sabré? Si estuviera convencido de que esa chica es la persona indicada, no pasaría horas entablando comunicación con un perfil que me llamó la atención en la página de citas, o no me quedaría pensando en alguna mujer misteriosa de la que solo he visto su manera de caminar, ¿no te parece? Me siento como si fuera el momento más oportuno para tomar la decisión equivocada. Me pasa que me entusiasmo y me dejo llevar. No quiero que pase otra vez.

John se encogió de hombros.

—Me mataste con ese argumento. Realmente encuentro razón en lo que dices. Cuando conocí a mi esposa, no pude pensar en otra que no fuera ella. Simplemente hizo clic. Mi mundo encajó en su lugar, y no podía ver un futuro sin ella.

—Gracias. Por lo menos no estoy loco —dijo Vincent simulando golpearse la frente con el puño.

—No estás loco, Vincent. No en esto. Lo descubrirás. Tengo fe en ti. Te dejo que termines lo que tienes pendiente para que puedas ir a descansar. Que tengas un buen fin de semana —se despidió John.

Vincent devolvió el saludo, contento de que su amigo le hubiera subido el ánimo.

∞

Lo primero que hizo al llegar fue tirarse en el colchón. En ese momento hubiera agradecido tener un sofá, pero no había sentido la necesidad de hacer un gasto innecesario. Aún tenía maletas cerradas y cajas apiladas esperando que las abriera y le diera un lugar a cada cosa en el pequeño departamento. Solo había sacado de las maletas la ropa indispensable. Llegaba del trabajo a comer y a dormir. No necesitaba un sofá.

Así permaneció un rato mirando al techo. Se levantó, se dio una ducha, y pidió una pizza por teléfono. Aunque le gustaba cocinar, no tenía ganas de hacerlo.

Abrió su computadora. Leyó algunas noticias, navegó un rato viendo tonterías en la red y revisó su correo. El timbre sonó. Recibió la pizza y se sentó a comer viendo la pantalla. «*Hazlo, Vincent, no lo pienses más, ¿qué es lo peor que puede pasar?*», se dijo mirando fijamente un correo en particular en su computadora. Y comenzó a escribir.

Hola. Creo que es hora de que nuestras conversaciones salgan del computador, y tengan lugar en algún sitio menos digital. *Podemos conocernos un poco mejor y asegurarnos de que cada uno de nosotros sea real.* Si estás dispuesta, creo que sería agradable encontrarnos y tomarnos un café. Casualmente, vivimos en la misma área. Hay un café muy agradable en el que podríamos desayunar este domingo temprano. Dime qué te parece.

Saludos,

Vincent

Pulsó la tecla Enviar. Sintió como si hubiera lanzado un torpedo. No se había sentido de esa manera en sus contactos de citas anteriores. Sentía como si hubiera algo más en juego en la respuesta, y eso lo asustó. Solo quedaba esperar. Terminó de comer el resto de la pizza, cerró la computadora y se acostó a dormir.

A la mañana siguiente se despertó sobresaltado. No era de los que recordaba las cosas que soñaba, pero en ese momento lo tenía muy claro. Era la mujer que había tropezado al salir del café. Ella se alejaba caminando, él la llamó por un nombre que no alcanzaba a recordar. El cabello de ella ondeó al voltear la cara... y él despertó. «*Grrrr* —gruñó—. *Por una vez que recuerdo lo que sueño, y no logré verle el rostro. Solo a mí me pasan esas cosas*», pensó con rabia.

Pasó el sábado pensando en la mujer misteriosa del café. «*¿Y si es a ella a la que debo buscar? ¿O ella es la señal de que esa fue la cita correcta? ¿Y si no es, cómo encuentro a esa mujer misteriosa?*», se preguntaba cada vez que el sueño le asaltaba el pensamiento. «¡*Bah, qué tontería! ¿Cómo voy a encontrar a alguien a quien ni siquiera le he visto la cara?*», se contestaba a sí mismo.

Esperó a que se ocultara el sol. Se puso un mono deportivo y salió a correr un rato. Quizá así dejaría de pensar en la mujer sin rostro. Regresó a la casa cansado pero relajado. Correr siempre le ayudaba a aclarar sus ideas.

Cenó mientras navegaba en su computadora. Antes de acostarse revisó sus correos. Una sonrisa iluminó su rostro. Había recibido respuesta a su invitación.

Memorias del futuro

Aunque ya había pasado una semana, no podía dejar de pensar en la cita en el café. Había sido una tarde muy agradable, pero lo que se mantenía en su memoria eran los recuerdos que se habían disparado en ella esa tarde. Su acompañante, que era muy atractivo, interesante e inteligente, no estaba en el centro de sus pensamientos. En cambio, ella seguía pensando en el auto azul y su dueño al frente de la cafetería.

Había recibido varios mensajes de Tony para volver a salir, pero no sabía qué responder. Su trabajo era la excusa perfecta para darle largas, y darse tiempo para decidir si quería encontrarse nuevamente con él, y superar el miedo a pensar que podría ser el hombre de su vida.

—¡Victoria, qué emoción! Mi amigo me dijo que la cita en el restaurante fue maravillosa. Está enganchado contigo. Dice que eres la mujer de sus sueños. Cuéntame. ¿Qué pasó? —casi gritaba Carolina al otro lado del teléfono.

—Sí. Fue una velada encantadora. El lugar es excelente. La atención del personal y la calidad de la comida era espectacular —contestó Victoria. Le daría un cuatro sobre cinco. El postre era demasiado dulce para mi gusto. De lo contrario, le daría un cinco.

—Sabes que no te estoy preguntando por el restaurante. Cuéntame. ¿Viste que mi amigo cumple con muchas cosas de tu lista mágica? Lo tienes embobado. No puedes perder esta oportunidad —decía Carolina emocionada.

—Tiene cabello —respondió Victoria.

Victoria reía al imaginar a Carolina poniendo los ojos en blanco.

—Todavía no entiendo por qué estás obsesionada con todas esas cosas de tus símbolos y sueños!

—Está en mi lista —respondió Victoria con determinación.

—Aparte de eso, ¡Tony sí cumple con otros elementos de la lista! Además, está loco por ti. No puedes dejar pasar esta oportunidad —dijo Carolina emocionada—.¡Es perfecto!

—Sí, es un hombre muy interesante, pero déjame contarte algo increíble. ¿Te acuerdas de aquel sueño que tuve donde veía a un hombre bajar de un auto azul, y te decía que era el hombre de mis sueños?

Carolina soltó un fuerte suspiro.

—Claro, tus sueños son de esas cosas que no permites que a uno se le olviden, pero ¿qué tiene que ver con lo que te estoy preguntando?

—Tuve una cita en un café que queda cerca de casa. Antes de entrar al local vi un auto azul, y de repente lo primero que se me vino a la mente fue aquel sueño. ¿No es algo loco?

—Loco, como todo lo tuyo, Victoria. ¿Cuántos autos azules hay en la ciudad? ¿Qué tiene de especial este? —Carolina movía la cabeza con gestos de negación, y sus manos halaban su cabello al otro lado del teléfono.

—¿Y si es el auto de mi alma gemela? —decía Victoria con voz de investigadora de programas de televisión.

—Te he escuchado decir cosas locas e incomprensibles, pero nunca como esto —Carolina se llevaba las manos a la cabeza y buscaba respirar profundo—. ¿Qué pasó para que pienses eso? ¿Quién lo conducía? ¿Lo manejaba un príncipe azul?

—No exactamente. Realmente ni siquiera pude verle la cara —dijo Victoria fingiendo desánimo.

—¿Ves? Te vuelves loca por nada. ¿Cómo va a ser tu alma gemela si ni siquiera le viste la cara? Yo creo que eso es un mecanismo de evasión que estás usando porque estas asustada, pues sabes que Tony es un fuerte candidato, o mejor dicho, es el perfecto para ti.

—En mi sueño tampoco se la vi, y siempre he estado segura de que era mi alma gemela —Victoria soltó una carcajada.

—Victoria, aterriza, por favor, eres una mujer independiente, profesional, fuerte, decidida, intuitiva, tuviste una cita maravillosa con un hombre espectacular, guapo, inteligente, de conversación interesante, ¿y solo piensas en un sueño de hace mil años? ¿Qué esperas? El destino hizo que yo te presentara al hombre perfecto. Acéptalo. Llámalo y vuelve a salir con él. Verás que es el indicado.

—No sé, Carolina. Sí, me gusta mucho, y sería agradable volver a salir con él, pero sabes lo que significan mis sueños y las señales para mí. Creo que son recuerdos de algo que aún no he vivido, pero que existe. No tengo duda de eso, tengo que actuar en consecuencia. Por favor, preste atención a lo que voy a decir.

Victoria reflexionó cuidadosamente, y siguió explicando.

—Mis sueños se han hecho realidad durante años, así que ¿por qué debería dudar de los sueños y no de la realidad? ¿Y si mis sueños son recuerdos de un futuro que aún no ha sucedido en este plano de tiempo lineal? ¿Será que mientras sueño, tengo una conexión con todos los tiempos simultáneamente? En un sueño, ¿existen el tiempo y el espacio? ¿Se puede acceder al pasado, al presente y al futuro al mismo tiempo dependiendo de a dónde te lleve tu sueño? ¿Qué pasa si mis sueños me proporcionan recuerdos de lo que está por venir tan claramente como cualquier recuerdo de lo que ya ha pasado? ¿No debería actuar responsablemente ante esta información atemporal, y no ignorar lo que aprendo mientras sueño? No dudo de que tengo que actuar en consecuencia. ¿No crees?

—Te juro que no te entiendo cuando dices cosas como esas. Eres una ingeniera, mujer de lógica y números, y a veces sales con este tipo de cosas que realmente no son congruentes para mí —Fue la despedida de Carolina.

Luego de finalizada la llamada, Victoria continuaba dándole vueltas al tema. Pensaba que quizá su amiga tenía razón. *«¿Qué haré? ¿Recorrer toda Dallas buscando el auto azul? Ni siquiera he visto la cara de ese hombre, ¿cómo sabría que es él? Quizás Tony es la persona indicada, y mis miedos me están llevando a la locura y me hacen ver cosas que no son reales. ¿Como sabré qué es lo correcto?».* Estaba consciente de que cualquier persona racional probablemente hubiera dicho exactamente lo mismo que Carolina, pero Victoria sabía que su sueño estaba cerca... muy cerca. Las piezas del rompecabezas estaban fuera de su alcance, pero ella sabía que si estiraba su mente podría simplemente agarrarlas. Ella estaba demasiado cerca para darse por vencida en ese momento.

Sin pensarlo, fue al cuarto donde todavía tenía cajas que no había desembalado desde la mudanza. Abrió una de ellas, y sacó su mapa de los deseos. Lo sacó, lo tendió en el suelo, se sentó y lo miró fijamente. Allí estaban las marcas que había soñado alguna vez que fueran sus clientes, y que ya lo eran. *«Tengo que actualizarlo. Muchos sueños se han cumplido, y me faltan muchos por visualizar»,* pensaba y observaba con detenimiento aquel cuadrado de cartón lleno de imágenes y frases multicolores. «¡Aquí está!», gritó y se sintió como Arquímedes en la bañera. Dentro del mar de fotografías estaba la imagen con la que había representado años atrás a su tipo de hombre ideal. Mostraba a un hombre alto, en buena forma física, vestido de camisa blanca con las mangas dobladas, sonriente, de ojos claros y calvo. Colocó el mapa sobre las cajas y salió riendo del cuarto.

Aún era temprano, pero cuando se asomó a la habitación de Alejandro este ya dormía. Se sentó frente a la computadora y revisó su correo. Tenía una invitación. «*Si esto no es una señal, no sé qué será*», se dijo.

Hola. Me gusta la idea, pero ¿domingo en la mañana? Es el único día que puedo remolonear en la cama y dormir hasta tarde. ¿Te parece si tenemos una cita igual de informal en una cafetería, pero en la tarde? Envíame la dirección y la hora, y nos encontramos allá.

Victoria apoyó la barbilla en su mano, mientras revisaba su mensaje, considerando cuidadosamente lo que esa acción significaba en la búsqueda de su sueño en lugar de continuar su realidad con Tony "el *perfecto*". Muy lentamente, bajó la mano, puso su dedo sobre la tecla Enter y dio un solo golpe firme. Su mensaje estaba en camino.

Cerró la computadora y sintió una calma abrumadora. Victoria estaba convencida de que había tomado la decisión correcta, aunque ¿qué decisión había tomado realmente? Se sentía bastante natural, sin juicios ni expectativas. Simplemente estaba siguiendo el flujo de la intuición. Antes de irse a la cama, sacó el cuaderno del cajón y lo puso en la mesita de noche. Al darse cuenta del nuevo capítulo que acababa de empezar a escribir, sintió mucha satisfacción sin saber por qué. Siempre había confiado en su intuición, por lo que conscientemente se preparó para recibir información a través de sus sueños.

Almas en línea

El sol llevaba ya bastante rato haciendo su trayecto diario en un cielo que parecía más azul que nunca. Las nubes lucían exageradamente blancas. Vincent las observaba mientras hacía algunos estiramientos antes de comenzar a correr. Quería mente y cuerpo despejados para su cita. Faltaban algunas horas, pero sentía una sensación rara en la boca del estómago. *«Después de tantas cosas, ¿mariposas en el estómago? ¿O será un virus estomacal?»*, se rio ante su ocurrencia, respiró profundo y comenzó a correr.

La respiración acelerada, el sudor que goteaba de su cabeza, y el ardor de sus brazos y piernas le hicieron olvidar momentáneamente su miedo. Vincent se enfocó en pasar por encima de las grietas, saltar los salientes de las aceras y evitar a los transeúntes. Prestó atención a las palabras alentadoras del tema de *Rocky*, «El ojo del tigre», en su lista de reproducción, lo que lo animaba a correr mejor y dejar la lucha contra sus propios pensamientos. Sin embargo, cuando Vincent terminó de correr, la agitación en sus entrañas regresó de nuevo. Después de una ducha rápida y una batalla por cuál camisa usar, se sintió un poco más seguro. Se vistió y salió.

Aunque el sol no estaba en su total plenitud, Vincent todavía sentía el sudor correr por su espalda. *«No —se dijo,* arremangando sus mangas de camino al auto—. *No puedo sudar. Ahora no».* Subió al auto y prendió el aire acondicionado al nivel máximo. Recordó el aire acondicionado de su anterior auto, y suspiró. El frío glacial se sintió mucho mejor que el del BMW que había tenido años atrás, y no pudo evitar sentirse agradecido de no seguir conduciendo aquel vehículo. *«Sería un milagro si pudiera conseguir un espacio para aparcar cerca de la cafetería otra vez»,* pensó.

∞

Algunos kilómetros hacia el Este, aquella mañana el sol se coló por otra ventana. Victoria se estiraba en la cama tratando de despertarse completamente. Los domingos le gustaba darse el lujo de quedarse entre las sábanas sin pensar en nada que no fuera descansar. Alejandro estaba pasando el fin de semana en la casa de Carolina, por lo que ni siquiera tenía que preocuparse por preparar el desayuno.

Pensó en su cita de la tarde y sintió un cosquilleo generalizado. *«Cálmate, Victoria»,* se tranquilizó a sí misma mientras revisaba la ropa en su clóset. No quería ilusionarse demasiado. *«Mejor no subir tanto, así la caída será leve»,* pensó arrastrando cada pieza sin decidirse por ninguna.

Victoria tomó una blusa negra y unos pantalones blancos, y luego los echó a un lado. Descartaba una prenda tras otra, las que iban formando una gran pila sobre la cama. Escogió una pieza de estampado floral arrugada, pero la desechó de inmediato. «*¿Qué pasa si se arruga durante la cita?*». La tela era propensa a causar problemas de todos modos.

Todavía sentía inquietud y anticipación en el estómago. ¿Y si fuera él uno de esos fraudes? ¿Y si la estuviera engañando y mintiendo sobre su perfil? ¿Y si él era absolutamente perfecto para ella... pero ella no era ni de lejos perfecta para él?

Victoria suspiró profundamente y pasó la mano por su cabello. «Necesitas confiar en ti misma, la confianza es el traje más atractivo que puedes usar», dijo mirándose en el espejo. Se irguió un poco más, y asintió con la cabeza con determinación. «Eres una mujer adulta y capaz. Deja de ponerte nerviosa por un hombre que ni siquiera conoces».

Pero incluso con el ánimo que quería darse con esas palabras, la inquietud en su estómago se hacía más fuerte. Las imágenes de una noche mágica y perfecta con el hombre de sus sueños la superaron, y un escalofrío de placer le recorrió la espalda. Se mordió el labio para no sonreír demasiado, y corrió hacia otro montón de ropa.

De repente un pensamiento cruzó por su mente, y se dio cuenta de que no tenía idea de dónde iba a ser la cita. Victoria corrió hacia su computadora y abrió su correo electrónico. Golpeaba nerviosamente las teclas mientras se cargaba la página. Un nuevo correo electrónico apareció al comienzo de su lista. Sonrió y lo abrió. Victoria se rio cuando vio el nombre del café, y volvió a su pila de ropa elegible, con la cabeza un poco más clara y sus opciones un poco más reducidas. «Está bien —dijo en voz alta— necesito algo que diga: estoy interesada, pero no desesperada».

Al final, se decidió por algo casual: una camisa marrón y crema, y unos *jeans*. Victoria asintió con la cabeza ante su decisión y corrió al baño para arreglar su cabello y maquillaje.

∞

La suerte le sonrió a Victoria, estacionó a unos cincuenta metros. «*Por lo menos, hoy estoy más cerca que la vez pasada*», se dijo mientras recorría la corta distancia con la comodidad de los zapatos que había escogido para esa tarde. Suspiró para calmarse y miró a su alrededor, con la esperanza de encontrarse con él. «*Guao, el mismo auto azul, qué casualidad. Quizá mi cita debería ser con el dueño de ese auto o quizás trabaja aquí. Tendré que entrar y decir: "por favor, el dueño el auto azul estacionado al frente, póngase de pie"*», pensó riendo ante la segunda sincronía de ese día.

Vincent había entrado hacía solo unos minutos. Aún estaba parado pensando cuál mesa escoger cuando escuchó una voz a su espalda. Victoria lo había visto al entrar, y lo reconoció por la foto de su perfil.

—¿Qué tal esa? —Victoria señalaba una mesa cerca del ventanal.

—¿Disculpe? —dijo al tiempo que se volteaba y se encontraba frente a Victoria. Sonrió al reconocerla—. Me parece genial —contestó—. Debes ser Victoria—. Le tendió la mano con torpeza.

—Vincent, ¿verdad? —dijo Victoria sonriendo y estrechando su mano con pequeñas sacudidas.

—Uh, sí —respondió con el brazo dando saltos. Se dio cuenta de que había estado estrechando su mano durante bastante tiempo y se alejó, sintiéndose como un adolescente incómodo con su primer flechazo.

—Ah, sí, sí. esta... Sí, esta mesa se ve bien —le dijo asintiendo y encogiéndose de hombros—. Iba a elegir esa de todos modos.

Vincent sonrió con una expresión infantil, extendió el brazo en un gran gesto, y se apartó de su camino.

—Después de ti, entonces —dijo, inclinándose ligeramente.

Volvió a reírse e hizo una reverencia, pasando por delante de él y dando las gracias al pasar. Vincent la siguió con la mirada, observando su forma de caminar. Su paso confiado, el movimiento de sus caderas... todo le resultaba muy familiar. Le acercó la silla, y esperó a que se sentara antes de ocupar su lugar frente a ella.

Estaba impresionado. La mujer que tenía frente a él irradiaba una seguridad contagiosa. «*Yo necesito buscar citas de esta forma, pero a una mujer como ella es imposible que le haga falta un sitio de solteros para encontrar pareja»*, pensaba atropelladamente Vincent mientras la veía revisar el menú.

—Pediré un café que me gusta mucho de aquí —dijo Victoria mostrándole el menú. Le señaló un café con leche, humeante y decorado con crema en forma de hoja—. Me gusta agregarle un poco de especias y convertirlo en mi propia receta. A veces pequeños cambios hacen grandes diferencias —dijo con una sonrisa coqueta.

—¿Ya habías venido antes? —preguntó Vincent tomando el menú de sus manos y rozándolas suavemente.

Victoria asintió con la cabeza y dobló sus manos en su regazo delicadamente, tratando de atraer su atención y mantenerla

—Sí, hace una semana lo conocí, aunque he pasado por aquí muchas veces, pues me queda de paso al karate de mi hijo —dijo Victoria. Dudaba si dar más información sobre la forma en que había conocido la cafetería.

—¿En serio? Yo también lo conocí hace una semana —dijo Vincent sin ahondar en detalles. Él también pensó que lo mejor era mantener sus asuntos bajo llave.

—No es broma? —preguntó sonriendo y devolviéndole la mirada—. ¿Cuáles son las probabilidades de que encontraras este pequeño café?

Cuando sus ojos se encontraron, Victoria se paralizó y sostuvo su mirada. Sus latidos comenzaron a acelerarse con la ferocidad de un ataque al corazón, y su aliento salía con dificultad de su boca.

—Pues rindámonos ante la coincidencia... que por cierto no creo que exista —dijo Victoria haciendo una reverencia con sus brazos.

Vincent no podía dejar de mirarla. No le parecía una primera cita. La escuchaba con atención, y podía asegurar que no era la primera vez que la escuchaba. Era como un déjà vu o un sueño extraño. No hubo silencios incómodos. Todo tópico generaba un tema de conversación que ambos estaban interesados en compartir. Hablaron de los negocios de Victoria, de cómo había superado el hecho de emigrar y mudar su base de operaciones. Vincent le ofrecía datos producto de su experiencia. No dejaron de sonreír en ningún momento.

Sin embargo, Vincent se dio cuenta de que Victoria no dejaba de mirar por la ventana, su atención estaba dividida. Se preocupó un poco.

—¿Qué miras? —preguntó intrigado.

Victoria sacudió la cabeza.

—Mmmm. Ese auto azul —dijo señalando al auto de Vincent—. Estaba allí la vez que vine y me llamó la atención. ¿No es mucha casualidad que vuelva a estar aquí hoy?

Vincent sonrió y sus ojos brillaban.

—Sí, parece un poco casual —bromeó, tomando un sorbo de su café. La amarga bebida negra le quemó los labios, pero estaba demasiado fascinado con ella como para darse cuenta o preocuparse.

Victoria se encogió de hombros y sonrió.

—Debe ser solo de alguien que trabaja aquí —dijo antes de llevar su café con leche a sus labios. Tomó un ligero sorbo, tratando de no quemarse la lengua.

—Realmente es más que casualidad. Es mío —Vincent sonrió con una mirada pícara.

Victoria tosió un poco sobre su bebida, y aclaró su garganta, dándose un ligero golpe en el pecho. Al recuperar la compostura, miró a Vincent con los ojos muy abiertos.

—¿Ese es tu auto?

Victoria no pudo disimular su sorpresa. En ese momento, pasaban por su mente millones de datos por segundo.

Vincent se rio sin disimulo, puso su taza en el plato y se recostó en su silla.

—¿Qué?, ¿no te gusta el azul? —preguntó, cruzando los brazos sobre su pecho. No podía superar la mirada divertida en el rostro de Victoria, y se sintió satisfecho por haberla causado.

Ella se burló y sonrió un poco, mientras alternaba la mirada entre su cita y el auto.

—No, no, no es eso —dijo, a la vez que acomodaba un mechón de pelo detrás de su oreja—. Es solo...

Vincent arqueó una ceja y comenzó a juntar piezas. Un hilo de recuerdos vagos que en su mente le parecían familiares sin saber por qué tuvieron sentido en un instante.

—Victoria, creo que nos hemos conocido antes —. Su mirada que estaba enfocada en la taza de café, fue hacia ella, y esperó su reacción.

Victoria frunció el ceño, y se inclinó hacia adelante para apoyar sus codos sobre la mesa olvidándose de sus modales hasta ese momento delicados. Su mente procesaba la información. Necesitaba respuestas, y sus propios hilos se conectaban lentamente también.

—Dime —dijo Vincent, inclinándose hacia adelante de nuevo y apoyando sus codos en la mesa también—, ¿por casualidad te topaste con alguien cuando salías del café la semana pasada?

Victoria miraba pensativa la mesa, trataba de traer a su memoria cada segundo de lo ocurrido aquel día. El recuerdo de unas llaves que caían al suelo pasó rápidamente por su mente y no lo dejó escapar. Las llaves eran de un auto... inconfundiblemente...

—Azul... —susurró—. Me topé con alguien a quien se la habían caído las llaves de un auto azul. —Al levantar la mirada, vio a Vincent balanceando frente a sus ojos el mismo juego de llaves. Él esbozó una sonrisa diabólica ante su afortunado recuerdo.

—No llegué a verte la cara durante nuestra pequeña interacción —dijo Vincent.

—Sí, yo tampoco.

—Y aquí estamos.

—Aquí estamos.

—En ese mismo café.

—Sí, en este mismo café...

Después de aquel momento de revelación, se dieron cuenta de que estaban muy cerca uno del otro. Vincent podía saborear las especias en su aliento, y ella podía sentir el calor de su rostro. Hicieron una pausa, y la expectativa de un beso flotaba en el denso bosque de emociones que los rodeaba. Sus bocas ardían llenas del deseo que sienten los amantes separados. Ambos se recostaron en sus asientos y retomaron sus cafés, tratando de entender lo que había pasado.

Fue en este momento de silencio que Vincent notó el nudo en su pecho. Había allí un dolor instalado, que carcomía sus entrañas y lo hacía sentir descontento. Cuando levantó la vista y su mirada se encontró con la de Victoria, sintió que el nudo se disipaba. Anhelaba seguir mirándola, admirar su belleza y recordar su inteligencia. El mundo más allá de los ojos de ella era borroso. Sus ojos color avellana parecían rodeados de un aura de luz en la que, de repente, el sonido, las sensaciones y la atención desaparecían. Solo existían sus ojos, llenos de la gravedad del universo, brillantes, atrayentes, acogedores. Vincent estaba perdido en el momento; toda su atención se centraba hacia el frente, como gríngolas que solo lo dejaban verla a ella. Sus ojos eran un portal singularmente magnético y místico; por un momento el universo se detuvo mientras él permanecía hechizado.

Ella apartó la mirada, y él casi le rogaba que lo mirara de nuevo. El dolor era diferente a cualquier otro que hubiera experimentado antes. Ninguna de las mujeres que habían pasado por su vida le había hecho sentir tan perdido como cuando ella apartó la mirada. Como un marinero depende de las estrellas, él necesitaba que ella lo mirara para aliviar su corazón nostálgico. ¿Cómo era posible que alguien pudiera mirar tan profundamente en el alma de otro, y ver la eternidad como lo estaba haciendo él en ese momento?

Victoria, en cambio, no podía mirarlo a los ojos sin sentir algo muy fuerte. No era dolor o pérdida lo que sentía, sino más bien una desconcertante sensación de nostalgia. Su ropa coincidía con las imágenes de su cabeza, y su auto... el auto azul que estaba marcado en sus pensamientos... ese auto había sido por mucho tiempo la estrella de sus sueños. Sus diarios de sueños, su mapa de deseos, sus interpretaciones de astrología, todo lo que la había llevado hasta ese momento hizo que su cabeza diera vueltas. Cuando levantó la vista y lo vio, tuvo que apartar la mirada. Perderse en el alma de ese hombre era una decisión peligrosa que se negaba a tomar. Al menos, no todavía. No hasta que supiera con certeza que él era la pieza que faltaba en su vida.

Vincent rompió el silencio.

—¿Así que mi coche dejó una impresión más duradera que yo? —bromeó.

—Es un larga historia que tal vez te cuente algún día —dijo Victoria riendo mientras retomaba su taza de café .

—¿Eso quiere decir que nos vamos a volver a ver?

—Parecería que el universo indica que sí, ¿no crees? —preguntó ella con picardía—. No estoy segura de querer averiguar qué sucedería si no estuviéramos de acuerdo con eso.

—Buen punto. No quisiera tentar al destino —Él sonrió.

Victoria apartó la mirada antes de tomar otro sorbo de café. Un mechón de pelo cayó delante de su cara, y lo acomodó de nuevo.

—Yo diría que esta cita fue muy interesante, ¿no?

—Yo diría que sí —La mirada pícara de Vincent hizo que Victoria se estremeciera.

Ambos se pararon de la mesa con la sensación de que el encuentro había sido muy corto, pero no lo expresaron. Vincent dejó una propina debajo de una de las tazas y alcanzó a Victoria. Caminaban hacia sus autos emocionados por la idea de volverse a ver en el corto plazo. Bromeaban con el hecho de no dejar caer las llaves de nuevo. Ambos corazones estaban desbocados, y sus mentes eran dos torbellinos de sensaciones mezcladas, pero ninguno de los dos quiso quedar como exagerado ante el otro en esa primera cita. Cada uno prefirió esperar a estar a solas para dejar que la emoción se desbordara.

Se despidieron con un apretón de manos conteniendo su emoción. Cada uno, en su respectivo auto, exhaló un suspiro de alivio y sonrió. Él pasó sus manos sobre su cabeza y se rio sin todavía creer en su fortuna. Ella se mordió el labio para evitar que un chillido de emoción escapara. Parecían adolescentes enamorados en la escuela secundaria.

Notificación de cierre

No dudó en apretar la tecla Enter ante la pregunta que le mostraba la pantalla: «¿Está seguro de que quiere eliminar su cuenta?». Recordó la cantidad de decisiones tomadas por impulso que habían resultado en un desastre total. Esta vez sentía seguridad, aunque no podía explicar de dónde venía. Se sentía cursi al pensar que su corazón le estaba indicando qué hacer, pero lo que experimentaba ni siquiera le daba espacio para dudar.

Las conexiones físicas, mentales y espirituales habían sido inequívocas. Las coincidencias que los habían conducido a su encuentro eran extrañas y mantuvieron a raya su natural escepticismo. Lo que estaba experimentando era verdaderamente inexplicable, pero no dejaba espacio para la duda, y recordaba aquel momento encerrado en su mirada en el que había sentido cómo era la eternidad.

En un instante su perfil para encontrar pareja en línea se había borrado. Una sensación que no había conocido hasta ese momento se había adueñado de él. Era algo más que optimismo. La nube negra que siempre lo impulsaba a llevar una cuenta regresiva para que las cosas salieran mal no había aparecido.

Antes de partir a la oficina, decidió hacer unas llamadas telefónicas que tenía pendientes. Tenía dos citas planeadas para la siguiente semana. Una de ellas sería la segunda con la mujer con quien había ido a tomar café. Se sentía un poco apenado, porque ella había sido muy cordial y dulce en aquella primera cita. Habían chateado por teléfono varias veces, y se había creado cierta empatía, pero en el fondo sentía que tenía que hacer las cosas en orden. Debía cerrar posibilidades que había dejado abiertas para que nadie saliera lastimado. La conversación fluyó sin mayores complicaciones.

—Agradezco tu honestidad —respondió cuando él le explicó—. Algunos hombres habrían cancelado sin siquiera una explicación, especialmente una tan sincera como la tuya. Creo que es romántico. Necesitas seguir a tu corazón.

—Gracias por tu comprensión —dijo Vincent—. Realmente disfruté conocerte. Eres una mujer estupenda.

—No me des tanto crédito. Parte de mí espera que esto sea algo pasajero, y que en un futuro decidas darnos una oportunidad después de todo. En cualquier caso, solo quiero que hagas lo que te haga más feliz. Todos nos lo merecemos.

Vincent se sentía halagado de que ella dejaba abiertas las posibilidades, y le animara a seguir un camino diferente si eso significaba su propia felicidad. Era una actitud inusual. Se sintió aliviado, y ciertamente sorprendido. Él también le deseó lo mismo.

—John, creo que estoy feliz —dijo intempestivamente Vincent una tarde mientras él y John almorzaban.

—¿Crees? ¿Estás o no estás? —le increpó John.

—Es que hace tanto tiempo que no experimentaba esto, si es que lo he experimentado alguna vez, que no sé si felicidad es la palabra correcta.

John le dio una mirada pensativa, una sonrisa socarrona se extendió por su rostro.

—Conociste a alguien —Lo dijo más como una declaración que como una pregunta.

—Conocí a alguien —afirmó Vincent, consciente de que tenía la sonrisa más tonta en su cara, pero no había nada que pudiera hacer para evitarla... y no quería.

—¿Me vas a dar detalles o no? —replicó impaciente.

—Conocí a la mujer de mi vida —dijo Vincent tratando de no sonar demasiado emocionado.

—Ok.

—Cuando la miré a los ojos me pareció que la conocía de toda la vida. Era como ver su alma, sin nada que la ocultara. Sentí una conexión instantánea. No me preguntes cómo es posible eso si solo la he visto por un par de horas, pero no puedo ni quiero quitarme esta sensación del cuerpo y la mente.

—Muy bien, no te preguntaré —Sonrió John, dándole unas palmadas en el hombro—. Acéptalo, hombre. ¡Te lo has ganado!

∞

Victoria contestó el teléfono. No lo esperaba, pero no le sorprendió la llamada.

—Hola, Victoria. ¿Cómo estás? —El hombre del otro extremo no sonaba demasiado feliz.

—Hola. Muy bien, gracias, ¿y tú cómo estás? —Victoria trataba de que su voz no delatara los nervios que sentía.

—Esperando una respuesta de tu parte —dijo tajante.

—Disculpa, es que he estado bastante ocupada visitando potenciales clientes.

—Te entiendo, pero necesito hablar contigo. . Desde que tuvimos aquella estupenda cena juntos, he tratado de comunicarme contigo muchas veces. No quiero sonar necesitado. Me gustaría saber dónde estoy parado, cuál es la situación con nosotros y qué hacer —presionó Tony

—No te entiendo. Solo hemos tenido una cita.

—Quiero una relación real. No quiero estar saliendo, dejando mensajes sin una llamada de retorno. Eres una mujer espectacular, pero ya no tengo quince años. Ya no me gusta jugar, me gusta saber cuáles son mis posibilidades.

—No sabía que te sentías así. Lo siento, no quise molestarte.

—No me molesta. Solo quiero que hablemos claro. ¿Puedo seguir esperando tener algo contigo o directamente no tengo ningún chance? Para mí es importante una respuesta clara y tajante, Victoria. Lo poco que hemos conversado me ha dejado ver que eres una mujer que sabe lo que quiere —El tono se había tornado más serio.

—Tienes razón —admitió Victoria—, estamos muy grandes para este tipo de juegos. Fue insensible de mi parte darte largas y crear falsas expectativas. Hasta ahora no lo tenía claro. Realmente creí en un momento que eras la persona que buscaba, pero ya estoy segura de lo que quiero..

—Es bueno escuchar eso —contestó Tony pensando que tenía una oportunidad.

—He conocido a alguien y no me parece justo pretender dejar una puerta medio abierta contigo. Me agradas mucho, eres una persona muy interesante, y te respeto mucho como para hacerte eso —Victoria sentía que las palabras salían solas de su boca. Tenían vida propia.

—Gracias por la sinceridad. Es todo lo que quería. Fue muy grato conocerte, y espero que consigas lo que estás buscando y te haga muy feliz —Se despidió.

Victoria se sintió avergonzada por la situación, pero a la vez notaba que se quitaba un peso de encima. Sabía que a Carolina no le gustaría, pero se dio cuenta de que algunas cosas en común y una conversación amena no lo eran todo.

Había un área en su mente que le decía que él no era la persona para ella. Estaba segura de haber tomado la decisión acertada. Sus hombros se relajaron, y una sonrisa, a pesar de la difícil situación que había vivido minutos antes, se le dibujó en la cara.

Destino en puertas

Después de su primera cita, Vincent y Victoria se habían estado enviando mensajes y conversando con frecuencia. Ella había tenido que viajar para visitar a algunos posibles clientes, por lo que la oportunidad de encontrarse nuevamente se había retrasado un poco. Era un problema bueno de tener, se decía Victoria. Su negocio estaba prosperando, y el viaje resultó ser un gran éxito, lo que se había traducido en otro cliente firmado.

Al volver de su viaje de trabajo, Victoria pensó en dar el primer paso. Habían conversado sobre muchos temas, habían reído de las ocurrencias de cada uno, sentían que algo podría funcionar entre ellos, pero no habían acordado el cómo y dónde sería la segunda cita.

«Todas las señales, sueños y coincidencias no pueden ser casuales», pensó Victoria al decidir adelantarse y dar el paso hacia un segundo encuentro. Marcó el número que ya se encontraba de primero en su lista de contactos telefónicos.

—¿Estás de vuelta? ¿Cómo te fue? —preguntó Vincent feliz al contestar la llamada.

—Sí, ya regresé. Fue genial. ¡Firmaron el contrato! — Sonreía al otro lado del teléfono.

—¡Eso es increíble! —gritó Vincent,

Se maravilló de lo agradable que era que él pareciera genuinamente feliz por ella. Algunos hombres se hubieran sentido intimidados, tal vez incluso resentidos, pero Vincent estaba feliz por ella. ¡Por una vez, ella no tendría que minimizar su éxito para salvar el ego de un hombre!

—Qué pensarías si fuera a tu apartamento esta noche y te cocinara una deliciosa comida italiana con vino, música y velas? —preguntó Victoria en su tono más atractivo.

—¡Guao! Suena demasiado tentador —dijo Vincent sorprendido por el ofrecimiento.

—¿Eso es un sí?

—Obvio. ¿Cómo negarme a un panorama tan prometedor?

—Bien. Nos vemos a las seis en tu casa, ¿te parece?

—Me parece.

Victoria podía escuchar la sonrisa en su voz.

∞

Victoria abrió el clóset. Buscó entre la ropa y se dio cuenta de que tenía un vestido que aún no había estrenado. Lo había comprado en una salida de compras con Carolina. Su amiga había insistido en que lo llevara. Era un vestido con estampado de *animal print*. Nunca había usado ese estilo de prenda, pero lo encontró especialmente atractivo, y el corte la hacía sentir cómoda.

«Este es el que me pondré. Creo que realmente me queda muy bien», se dijo sin dudar Victoria al sacarlo del clóset. El espejo

le dio la razón en cuanto se lo puso. Aunque el estampado podía ser algo audaz, el estilo del vestido la hacía ver casual y elegante a la vez. Se sintió segura de su decisión, y se terminó de arreglar para su cita.

Hizo una lista de los ingredientes que necesitaría para la cena. Pasaría a comprarlos por la tienda de camino al departamento de Vincent.

∞

Después de colgar, Vincent miró a su alrededor y entró en pánico. Aunque ya llevaba varios meses en el departamento, parecía que estaba recién mudado. Aún las cajas permanecían apiladas en un rincón, su cama era un colchón en el suelo con bolsas de ropa a los lados... «*No puedo recibir a Victoria con este desastre*», pensó angustiado imaginándose la cara de Victoria si viera ese escenario.

Aunque las labores de limpieza y organización no estaban dentro de sus actividades favoritas, decidió que la visita de Victoria merecía un cambio en sus hábitos. Como en una serie de dibujos animados, Vincent se movía rápidamente de un lado a otro del departamento. Dobló toda la ropa que aún permanecía en bolsas y la ordenó cuidadosamente en el clóset; sacó las cosas de las cajas y las puso donde correspondía; tiró la basura; limpió los pisos, dejó el baño reluciente; colocó toallas coloridas; puso alfombras...

El departamento había pasado de ser zona de desastre a un lugar acogedor para recibir a alguien, excepto por un detalle: no había un lugar para sentarse a conversar cómodamente. Llamó a Victoria por teléfono para pedirle que llegara una hora más tarde, pues debía salir de casa para solucionar algo. Buscó anuncios de sofás disponibles en el área donde vivía. Un juego de sofás usado acababa de ser publicado esa mañana a menos de dos kilómetros de distancia. Se apresuró a salir y regresó con dos sofás; uno grande y mullido y uno de dos puestos. Los subió por las escaleras con la ayuda de su vecino hasta su ya no desolado apartamento.

∞

La llamada de Vincent le permitió a Victoria tomarse el tiempo para escoger cuidadosamente los ingredientes de la receta que quería preparar. Antes de llegar a la caja, se dio cuenta de que había lirios frescos a la venta. Agarró un par de tallos, y aspiró profundamente su aroma. «*Perfecto*». Metió las bolsas en el auto, y miró su reloj. El tiempo justo para llegar a la hora convenida.

A las siete en punto Victoria tocaba a la puerta. La sonrisa de Vincent al abrir no le cabía en la cara. Aunque se había dado una ducha, su espalda sudaba con toda la actividad de poner en orden el apartamento.

—Déjame decirte que no solo estás hermosa, sino que el vestido que llevas tiene mi estampado favorito —dijo mientras tomaba las bolsas de Victoria y la invitaba a entrar.

—¿De verdad? Me gustó este vestido, pero llegué a pensar que precisamente el estampado se vería muy agresivo, ¿no?

—Para nada. Te ves espectacular. —La mirada de Vincent le confirmó que había anotado un jonrón con la escogencia de aquel atuendo.

La hizo pasar, seguro de que había logrado dejar su apartamento en óptimas condiciones para pasar las pruebas más exigentes.

—Guao, que lugar tan acogedor —dijo Victoria al entrar.

—Gracias, especialmente preparado para ti —Vincent hizo una reverencia extendiendo su brazo para indicarle el camino.

Victoria colocó las bolsas con los ingredientes sobre el mesón de la cocina, y sacó las flores.

—¿Tienes algo en lo que pueda colocarlas?

Vincent sacó una regadera que guardaba para la única planta que tenía en el balcón de su apartamento.

—¿Funcionará esto? A falta de una botella de vino, creo que es lo mejor que puedo hacer —Sonreía tímidamente.

Victoria quitó el pequeño aspersor de hojalata de la regadera con una risa sutil. Cortó los tallos, acomodó las flores en la abertura, y colocó el arreglo en la pequeña mesa que a menudo servía a Vincent más con el propósito de un escritorio que de mesa para comer. Esta noche, era un espacio despejado y listo para la compañía.

—Hace el trabajo a pesar de que está un poco oxidada —dijo Vincent mirando la regadera.

—¿Tal vez sea un diseño rústico o exótico? —dijo Victoria tocándolo ligeramente su hombro.

—Mmm, me gusta como piensas... —La miró, sonriendo.

Vincent la ayudó a sacar los ingredientes, y ponerlos a la mano para comenzar la preparación. Inmediatamente, ella empezó a picar ajos y cebollas con gran habilidad.

—Parece que te manejas muy bien en la cocina —dijo Vincent riendo—. Ingeniera y chef, buena combinación.

—Me gusta comer bien, así que si lo sé hacer yo, no tengo que esperar por nadie para darme un gusto —le contestó mientras iba agregando las cebollas al sartén.

—Para no sentirme inútil, me ocuparé de servirnos algo —decía mientras vaciaba una de las bolsas —. Ahhh, vodka, creí que beberíamos vino.

—El vodka es parte de mi receta, pásamelo, por favor —dijo Victoria en modo chef.

—Interesante —señaló Vincent cuando Victoria vertía el vodka al contenido del sartén.

—Serán los mejores fettuccine al vodka que hayas probado.

—Y con la mejor compañía —Vincent le ofreció una copa de vino.

∞

Comieron a la luz de las velas. Vincent no dejaba de señalar lo deliciosa que estaba la comida. Conversaron y rieron durante varias horas. Se encontraban cómodos el uno con el otro. No sentían la necesidad de impresionarse mutuamente. A regañadientes, Victoria le dijo que tenía que irse.

—La niñera tiene hora límite, así que yo también tengo hora límite —dijo con una sonrisa.

Vincent lo entendió, pero sabía que extrañaría su compañía. Al momento de la despedida, Victoria tomó su cartera y Vincent la tomó suavemente del brazo. Quedaron frente a frente. Sus miradas volvieron a encontrarse. Vincent sentía que todo se ponía borroso excepto los ojos de Victoria. Estaba seguro de poder mirar su alma en la transparencia su mirada. Nunca había sentido nada similar. Pasó su brazo lentamente alrededor de la cintura de Victoria y la acercó suavemente a su cuerpo.

Victoria dejó de sentir los latidos de su corazón por un instante. Parecía haberse detenido, igual que parecía haberlo hecho el tiempo. Sintió que la mirada azul de Vincent llegaba hasta los más ocultos rincones de su alma. No había nada desconocido entre los dos. Parecía que no solo se habían conocido, sino que se habían reencontrado. No estaban compartiendo su vida en ese momento, ya eran de nuevo, uno parte de la vida del otro, y no lo sabían.

Vincent la estrechó con fuerza. Sus manos sentían el calor de su espalda a través de la tela ligera de su vestido ajustado. Sus corazones se tocaban con una ternura que irradiaba desde sus almas a medida que cada fibra de sus cuerpos se entretejían. Sus labios se acercaron suavemente, bromeando, jugando y finalmente tocando, llenos de intensa pasión. Era su primer beso, pero ambos se sentían profundamente familiarizados con los labios del otro. Inhalando y exhalando el aliento del otro como si eso fuera todo lo necesario para vivir. Cada uno se sentía profundamente conmovido por lo que seguramente vendría después... pero tendría que esperar.

No querían despedirse, pero a la vez sabían que no había motivo para apresurarse. Ambos caminaron hacia el carro de Victoria. Sus manos se rozaban al andar; sus mentes volaban, y ambos trataban de disimular con sonrisas la emoción que los sacudía por dentro. Los ojos de ambos brillaban.

Mientras Victoria manejaba hacia tu casa, sus sueños y pensamientos no paraban de proyectarse en su mente, mientras en su boca permanecía el sabor de aquel beso de despedida. Había perdido la noción del tiempo. Al chequear la hora en su reloj vio que las agujas se movían de forma extraña. Al llegar a casa lo revisó. Las agujas parecían moverse en sentido contrario. Pensaba que aquella había sido una noche sobrenatural y el reloj se lo demostraba. Se echó a reír, y pensó: «*Quizás es el símbolo de que los tiempos cambian para mi vida*».

∞

Vincent esperó a que el carro se perdiera de vista. Caminaba rápido y dio un salto para tocar el techo de la entrada del edificio. Su corazón seguía agitado, y se volvió a sentir como aquel joven de *high school* que finalmente fue flechado por Cupido. Entro al departamento, tomó su guitarra, la cual tenía mucho tiempo sin tocar, y comenzó a improvisar una canción: « Con la oscuridad alrededor, las velas iluminan nuestro camino. Calla, no hagas ruido, no hace falta que digas, es, es, amor...».

Ochenta y ocho

El avión aminoraba la velocidad tras aterrizar, y el chirrido de las ruedas en la pista indicaba que faltaba poco para terminar el viaje. Las luces superiores parpadeaban y permitían ver las caras aliviadas de los pasajeros en un avión en el que no había un solo asiento vacío. El vuelo que se había hecho eterno, llegaba a su fin tras las maniobras del piloto para sortear los últimos baches de un cielo tormentoso. La humedad volvía a la cabina, mientras el sobrecargado aire acondicionado luchaba por mantener la temperatura adecuada.

Tras rodar varios minutos por la pista, el avión finalmente se detuvo frente a la puerta de embarque. Los pasajeros esperaban ansiosos que se apagara la señal del cinturón de seguridad en cualquier momento. Había tensión en la cabina. Quizá era el calor, el largo viaje o el hecho de que los asientos estaban ocupados por familias ansiosas que querían escapar de una vez del apretado y estrecho avión jumbo. Parecía la puerta de salida del Derby de Kentucky, los músculos tensos presionados contra los arneses, esperando la llamada del piloto que estaba a pocos minutos de escucharse.

La luz del cinturón de seguridad se apagó tras el sonido característico de la campanilla. «Este es su piloto hablando. Bienvenidos a Chicago. Asegúrense de tener su pasaporte y declaración en la mano, y por favor disfruten...». El resto del mensaje fue amortiguado por el revuelo de los pasajeros desatados.

A Victoria no le importaba volar, pero hacerlo en aviones llenos de gente con equipaje no era uno de sus momentos favoritos. Aquel avión no solo iba atestado, sino que los pasillos a los lados del conjunto central de asientos se habían llenado inmediatamente de personas. Altos, bajos, jóvenes, viejos, solteros, parejas y familias. En los pasillos parecía haber más personas de las que podían caber en el avión.

Victoria se estiró sobre sus vecinos de asiento para alcanzar su equipaje en el compartimiento superior. Su cuerpo se retorcía y giraba al extremo de su capacidad. Imaginar que era una contorsionista de circo la hizo sonreír por un momento. Bajó el estuche de su violín, y lo colocó suavemente en uno de los asientos. Trataba de no descuidarlo mientras bajaba el resto de sus cosas . Sentía que cualquiera podía llevárselo fácilmente, pues había personas delante de ella igualmente sacando sus equipajes

Mientras tomaba su bolso y chequeaba que su pasaporte estuviera a mano, vio cómo una joven tomaba el violín y salía del avión. Por unos momentos Victoria permaneció inmóvil sin poder creer lo que pasaba. La mujer zigzagueaba entre la fila de pasajeros, buscando la forma más rápida de salir del avión. Al caer en la cuenta de lo que pasaba, Victoria, comenzó la persecución empujando a las personas para tratar de seguirla. Alcanzó a ver a la joven mujer cuando salía del avión. Victoria corría por el pasillo de conexión cargando su equipaje de mano, para tratar de alcanzarla. La joven le llevaba mucha ventaja y estaba a punto de pasar por la puerta hacia la terminal. Segundos después Victoria llegó a la puerta, pero la mujer ya no estaba.

Victoria, sudorosa, acalorada y sin aliento, se detuvo para ver si podía ver hacia dónde había ido la mujer. No veía nada, el pasillo estaba vacío... extrañamente tranquilo. Su corazón latía con fuerza en su pecho. ¿Dónde estaba la mujer? ¿Cómo se había podido llevar su violín? ¡Era su posesión más querida! El silencio parecía resonar en sus oídos. Trató de calmarse. Se detuvo y se dijo: «*confío en mí, y con calma las cosas se consiguen*». En ese momento se sintió mareada, y, como si de una película se tratara, las imágenes comenzaron a pixelarse, todo parecía moverse en cámara lenta.

Victoria pensó en lo que acababa de decir. Al escuchar los consejos de su voz interior, su corazón se calmó, y así como las imágenes se habían pixelado, de la misma manera comenzaron a definirse nuevamente. Pudo enfocar su mirada, y vio a la chica con su violín entrar en una tienda. Victoria se acercó con confianza a la tienda, caminando tranquilamente hasta estar detrás de la mujer, y puso una mano sobre el brazo de aquella . «Dame mi violín», exigió.

Sonó el despertador. Victoria sonrió y pensó que su subconsciente le estaba reclamando por haber dejado de practicar el violín. Tomó su cuaderno para escribir la frase que resonaba en su cabeza antes de que se le olvidara el sueño: «*confío en mí, y con calma las cosas se consiguen*». ¿Qué significaba? Mientras se preparaba para comenzar el día reflexionaba sobre la frase. Sentía que estaba en un momento de su vida en el que las cosas parecían estar equilibradas. En el área de las relaciones llevaba años dando traspiés, pero ahora se encontraba en un momento especial... ... uno que no se atrevía a soltar. Parecía que el niño que lanzaba las flechas de manera aleatoria había decidido apuntar y dar en el sitio correcto. Esa parte de su vida le había deparado muchos años de angustia y desilusión, pero, al parecer, la confianza y la calma le estaban permitiendo vislumbrar un nuevo escenario lleno de posibilidades.

No había pasado un mes, y sentía que su relación con Vincent llevaba mucho más tiempo.

La teoría de Victoria de cómo el pasado y el futuro pueden ser visitados en sus sueños encontraba nuevas evidencias de comprobación cuando estaban juntos. Parecía como si siempre lo hubieran estado. El debate que se instalaba en su mente era que si ella había soñado con un futuro con Vincent, quería decir que había experimentado el futuro antes de conocerlo. Lo que significaba que el sueño había precedido a ese primer encuentro. Por lo tanto, ya ellos se habían conocido en el futuro, en sueño. Esto la confundía. Al poner imágenes, frases y símbolos en su mapa de deseos, ¿había usado el poder de la atracción para llevar aquellos elementos a la realidad? ¿El mapa de deseos simplemente representaba un programa para un universo colectivo de soñadores individuales?

«Toda la creación viene primero de la imaginación — continuaba pensando y cuestionándose Victoria—. *Pero, ¿ y si esa imaginación proviene de sueños del futuro o de información a la que no se puede acceder mientras estamos despiertos? ¿Y si la realidad es demasiado compleja para que los humanos la puedan entender con sus sentidos mientras está despierto? ¿Privar a un sentido fortalece a otro? Si un ciego puede tocar, oír y oler mejor... ¿podría un hombre dormido ver la realidad de maneras que son imposibles mientras está despierto? ¿Estamos abrumados por nuestros sentidos físicos mientras estamos despiertos y no usamos los sentidos ocultos que podríamos tener?*

Si solo escucháramos, solo habría sonidos. Si solo viéramos, solo habría luz. Si solo tocáramos, solo habría texturas. Todas las formas y materiales serían traducidos únicamente por los sentidos disponibles. No podríamos sentir el color con nuestros oídos ni ver un sonido. ¿Qué más existe cuya percepción esté limitada por nuestros sentidos? ¿Existen otros sentidos que se fortalecen cuando soñamos?, los pensamientos continuaban uno tras otro.

Le asustaba sentirse tan bien. Había perdido muchas relaciones, pero estaba segura de que perder esta sería mucho más doloroso que cualquier otra. Tenía que contarle a Vincent algo que posiblemente pondría en peligro la tranquilidad que ambos habían encontrado.

Vincent sonrió ante el sonido del teléfono. Sabía que era ella aun sin mirar la pantalla.

—Hola, ¿te parece si cenamos esta noche? —Victoria sonaba algo nerviosa.

—Claro, pero ¿pasa algo? —preguntó preocupado por el tono inusual de voz.

—No, solo hay algo sobre lo que debemos conversar.

—No me asustes. No aguantaría un «no eres tú, soy yo» —le respondió riendo.

—Tonto. Nos vemos esta noche.

∞

Vincent pasó por Victoria.

—¿A dónde vamos? —preguntó ella al subir al auto.

—Ya verás. —Vincent sonrió mientras cerraba la puerta.

—Estás de buen humor —le dijo mirándolo de reojo.

—Tú haces todo más fácil. —Vincent tomó su mano en la suya, y la acercó a sus labios para darle un beso.

—Buena respuesta. —Ella sonrió, entrelazando sus dedos con los de él.

Se detuvieron en el estacionamiento del restaurante.

—Como que mis fetuccine al vodka te dejaron impresionado —dijo Victoria al llegar al restaurante de comida italiana.

—Tú me tienes impresionado. La comida es un bono extra —Le abrió la puerta del auto, la tomó de la mano y la ayudó a bajar. del auto.

Él continuó sosteniéndola de la mano mientras caminaban hacia el restaurante. Una vez dentro, buscaron una mesa donde poder hablar. Durante el trayecto Victoria pensaba en lo agradable que era sentirse una dama protegida por un caballero sin perder quién era ella. Aquella sensación de sentirse protegida no la había tenido antes, quizás porque ella misma no se lo había permitido en su afán de liderar y controlar.

No dejaron de reír y hablar durante toda la cena. Decidieron compartir un postre con el que ambos disfrutaban: un tiramisú.

Vincent decidió dar el primer paso.

—¿Qué era eso tan importante que tenías que decirme? — Hizo una pausa por un segundo—. Me dejaste preocupado por la forma en que me hablaste.

Victoria bajó la mirada.

—Es que no sé cómo nos afectará. La hemos pasado tan bien que no quiero que nada arriesgue lo que tenemos.

Vincent se estiró sobre la mesa, y puso su mano debajo de la barbilla de Victoria para levantarle la cara y que sus miradas se encontraran.

—¿Qué es eso tan grave?

—Debo irme por dos meses a mi país para ver a mi esposo y a mis siete hijos —dijo de una vez Victoria.

Vincent intentó tragar rápidamente el bocado de dulce que recién había metido en su boca.

—¿¡Qué!?

Victoria le dio una amplia sonrisa, recuperó la compostura y continuó seria.

—Hablando en serio, necesito viajar a Venezuela por varias razones.

Vincent sintió que ya comenzaba a extrañarla, y ella ni siquiera se había ido todavía.

—¿Pasó algo malo?

—No. Realmente era algo planificado hace un tiempo, pero no había encontrado el momento adecuado para decírtelo. Asuntos familiares, y algunos viejos clientes que debo visitar.

Victoria lo estudiaba de cerca, tratando de medir su reacción, sin esperar la que obtuvo.

—Ah, entonces no te vas para huir de mí con tu marido y tus siete hijos —Rio después de sentir una ola de alivio y una sonrisa se le dibujara de oreja a oreja, mientras se servía otra cucharada de tiramisú.

—¿Estás loco? —Victoria rio a carcajadas ante la pregunta.

—Sí, algo… por ti.

Vincent le tomó las manos, se inclinó hacia ella y la besó con ternura. Victoria le devolvió la ternura aderezada con pasión.

—¿No cambiará nada, entonces? —preguntó Victoria.

—Claro que cambiará. Mi deseo se multiplicará exponencialmente, y cada día te lo haré saber para que no me olvides en esos sesenta días —dijo Vincent al tiempo que dirigía una cucharada de postre hacia la boca de Victoria.

∞

El día antes del viaje de Victoria se celebraría una convención a la que estaba invitada. Era una gran fiesta con cena, por lo que ambos pensaron que sería una divertida manera de despedirse.

Esa noche, mientras Victoria se arreglaba para el evento, Vincent tocaba la guitarra.

—Eres muy bueno —dijo mientras trataba de ponerse un zarcillo.

—Mi sueño era tener una banda y vivir de la música. Antes de ir a la universidad quise aventurarme con la música… y bueno, aquí estoy.

—¿No soy tu mejor público? —preguntó juguetonamente mientras le pisaba los pies a Vincent.

—Lo eres, definitivamente —decía mientras seguía tocando—. No dudes en decirme si desafino.

—Lo siento, mis oídos no pueden ser objetivos contigo —Victoria se acercó a él y lo besó apasionadamente en los labios.

La guitarra quedó a un lado de la cama, los zapatos de Victoria cayeron a su lado para hacerle compañía. La inminencia de la partida hizo que el deseo de ambos se encendiera más que nunca. Las horas que habían pasado arreglándose se perdieron entre las sábanas que tardarían dos meses en volver a ver sus cuerpos convertidos en uno solo.

∞

Llegaron tarde a la fiesta, con enormes sonrisas plantadas en sus rostros, y ni un ápice de remordimiento por su tardanza. Encontraron una mesa disponible al fondo del salón justo cuando comenzaban a servir la cena.

—Van a pensar que solo vinimos a comer —dijo Victoria sin poder aguantar la risa.

—No me hubiera perdido el aperitivo por nada del mundo. —Vincent retiraba la silla para que Victoria se sentara.

Al final de la cena de lujo, comenzó a sonar música latina. Los ojos de Victoria coqueteaban traviesamente con los de Vincent, mientras sus hombros se movían al ritmo de la música.

—Salsa, cariño… ¡a bailar!

—Tú me enseñas, le pondré empeño en aprender rápido.

Ella tomó la mano de Vincent, y lo llevó a la pista de baile.Victoria se sorprendió de las habilidades de él para el baile. Disfrutaron de la música, de la cadencia que los llevaba a un mismo ritmo, de cómo se acoplaban sin pensarlo. la pista se despejó y un círculo se formó alrededor de ellos mientras Vincent guiaba a Victoria en un baile atrevido. Giraban, se balanceaban. Él la tomaba por la cintura de manera muy natural, y en cada vuelta sus miradas se conectaban nuevamente. Los tacones de Victoria se escuchaban firmes en el piso de madera mientras Vincent la observaba asombrado de sus habilidades para el baile. Sus brazos la acercaban a su pecho, y luego la hacían girar para alejarla y volverla a atraer hacia él. En sus mentes la multitud desaparecía.

Ambos estaban conectados por un amor inmensamente profundo. Sus almas bailaban a la par que sus cuerpos. La multitud, por supuesto, solo podía ver a dos personas bailando relativamente mal. El salón estaba lleno, pero en ningún momento prestaron atención a los demás. Se sentían los únicos en aquellas pista de baile.

Victoria recordó que en pocas horas estaría viajando. Había esperado sentir angustia o ansiedad, pero estaba calmada, solo disfrutaba de la sensación de estar en el momento y el lugar indicado.

En un descanso, volvieron a la mesa. Vincent se rio de repente. Victoria lo vio extrañada.

—Mira el número de nuestra mesa —dijo señalando hacia la tarjeta en el centro de la mesa.

—Ochenta y ocho —dijo Victoria.

—¿Sabes qué significa?

—En este momento no se me ocurre nada —Victoria amaba los símbolos, los significados de los números, las coincidencias… pero en ese momento estaba tan aturdida de emociones que no lograba ver lo que Vincent veía.

Vincent deslizó la tarjeta y la giró mientras la colocaba de nuevo en el soporte para ponerla de frente a Victoria. Esperaba ver su reacción.

—Infinito sobre infinito —dijo mientras decía en voz alta lo que escribía detrás de la tarjeta.

> *Oportunidad: Donde (∞) infinitas posibilidades se encuentran con (∞) recursos infinitos.*

Le entregó la tarjeta a Victoria. Ella la llevó a su pecho, y la guardó en su bolso. En ese momento no lo sabían, pero esa frase sería el comienzo de nuevas aventuras que estaban destinados a vivir… o que ya habían vivido, según la creencia de Victoria de que todo ocurre al mismo tiempo.

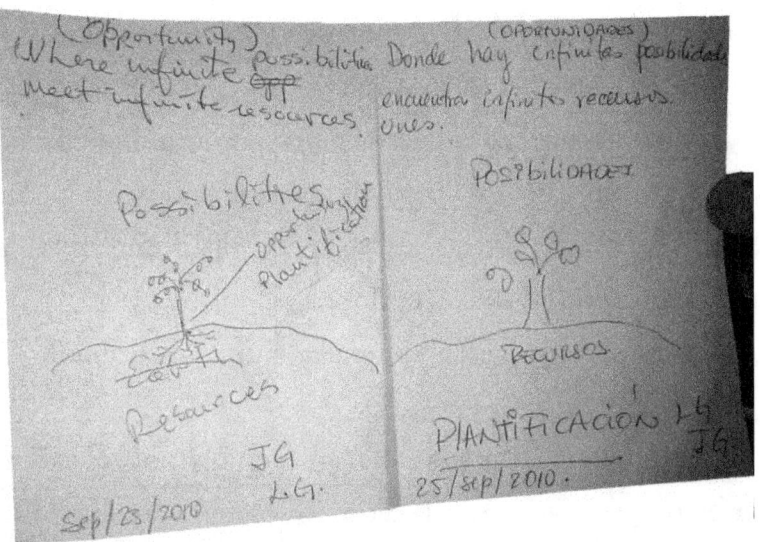

Ya quedaban pocas personas en el salón. Los meseros limpiaban las mesas que iban quedando vacías.

—Ya es hora —exclamó Vincent . Tomó la mano de Victoria para llevarla fuera del salón.

—¿Hora de qué? Aún falta un tiempo para que salga mi vuelo —le decía Victoria sin saber a qué se refería.

—Ya verás.

Recorrieron la ciudad. Vincent buscaba una tienda abierta. Eran las dos de la madrugada. Lo que buscaba difícilmente abriría a esa hora. Tenía muy claro en su mente lo que quería:

una forma perfecta. No descansaría hasta encontrarla, pero esa noche tendría que conformarse con lo que encontrara. Esa noche era un símbolo, y así quería que quedara marcado.

—Aquí, busquemos aquí —dijo Vincent mientras abría la puerta de una tienda de 24 horas en el centro comercial.

—Si tú lo dices —contestó Victoria aún sin saber qué buscaban.

Entraron. Vincent la llevaba de la mano, ambos corrían por los pasillos con su ropa de gala, mientras los pocos clientes que había —algunos vistiendo pijamas o ropa de deporte— los miraban con curiosidad.

—No es lo que esperaba darte ahora, pero tendrá el mismo significado.

Incluso si era un plan B, Vincent quería que fuera perfecto, que tuviera significado no solo en ese momento, sino durante todo el tiempo que estuvieran juntos. Tenía la sensación de que el tiempo era un elemento importante para los dos. Especialmente porque el viejo reloj de Victoria había comenzado a correr hacia atrás luego de su cena con fetuccine al vodka, y se había convertido en una señal misteriosa.

Su vista pasó por toda la vitrina de exposición, hasta que supo que había encontrado lo que sería el símbolo de esa noche. Dos sencillos relojes de manecillas entre cientos de relojes digitales cuyos números se mostraban brillantes buscando atención. Le pidió a la dependienta los dos relojes.

Le colocó uno a Victoria, y le dio el otro para que ella lo colocara en su muñeca.

—Buscaba un anillo, pero ya habrá tiempo para buscarlo. El mismo tiempo que tendremos para vivir lo que el destino nos tiene preparado a los dos. ¿Aceptas? —. La mirada de Vicente era seria, pero no podía ocultar su emoción.

—¡Síííí! —gritó Victoria ante la sorpresa del dependiente y de los pocos clientes que estaban a esa hora en el lugar. Al empleado de la tienda lo tomó por sorpresa aquel nuevo ritual de compromiso que acaba de tener lugar ante sus ojos, pero entendía que todo era posible con clientes que entran a las dos de la mañana. Recogió el dinero, y le dio buenas noches a la pareja radiante.

Vincent tomó a Victoria y la hizo girar, al detenerse tomó su cara entre sus manos.

—No serán dos meses fáciles, pero cada hora que marquen estos relojes, será una hora menos para nuestro reencuentro.

Sellaron el momento con un beso, y salieron corriendo de la tienda como dos niños pequeños riendo y empujándose.

Se apresuraron para pasar a cambiarse de ropa en casa de Victoria, y buscar el equipaje. En el aeropuerto, se tomaron un tiempo para despedirse. Al separarse, sincronizaron sus relojes como infantes de marina en una misión, y comenzaron la cuenta regresiva.

Tiempo y espacio

Victoria miraba absorta las manecillas de su nuevo reloj, mientras el avión se elevaba. Ver cómo giraba el segundero le daba una sensación de paz de una manera novedosa para ella. Escuchó el sonido habitual cuando la señal de los cinturones de seguridad se apagó. El vuelo no estaba lleno. Eso siempre le gustaba. Miró hacia atrás y se dio cuenta de que el asiento detrás de ella estaba vacío. Reclinó el respaldo de su asiento sin culpa. Era una de las cosas que no le agradaba de volar: pensar en que molestaba al pasajero de atrás mientras ella iba cómoda en su asiento. Seguía mirando su nuevo reloj.

Las agujas del reloj avanzaban. Un pequeño paso cada segundo. Tras cada paso la manecilla parecía pararse por un momento como si el tiempo se detuviera. Justo cuando pensaba que la aguja iba a tardar más de lo habitual, las manecillas volvían a dar un pequeño paso. Victoria estaba casi segura de que si se concentraba lo suficiente, podría alargar el tiempo tras cada paso. En ese momento en el que su imaginación volaba, todos sus sueños volvieron en cascada a ella. Su mente se llenó de todos los pensamientos a la vez, visiones del futuro y recuerdos del pasado. Su cuerpo se adormecía mientras se concentraba en las manecillas móviles y sus diminutas pausas, y pensaba en el tiempo como un guardián, un cobrador de peajes, un narrador de lo infinito.

—¿Todo bien? —La auxiliar de vuelo se detuvo mientras recorría el pasillo. Le llamó la atención la manera en que la pasajera del 8-A miraba su reloj—. ¿Ansiosa por llegar?

—Gracias, estoy bien —Victoria contestó riendo mientras pensaba en la cara que debía haber puesto para que la auxiliar se preocupara—. Solo observo cómo se mueve el tiempo en mi reloj nuevo. Creemos que va en línea recta, pero lo vemos moverse en un círculo eterno. Loco ¿no?

—Bueno, en este trabajo a veces se pierde la noción del tiempo. A veces creo que el tiempo y el espacio no son lo que parecen. Disfrute del vuelo.

—Gracias —Victoria observaba a la auxiliar que seguía su recorrido por el pasillo.

«El tiempo y el espacio no son lo que parecen», pensaba y repetía la frase que sentía como si ella misma la hubiera dicho. En realidad, sí lo había hecho… muchísimas veces.

Volvió a ver el reloj. *«La velocidad no es parte de la competencia»*. Le parecía volver a escuchar claramente lo que le había dicho una adivina en un sueño hacía mucho tiempo. Sabía cómo trabajaba su cabeza. Nada de lo que pasaba por ella era casual. Trató de recordar mejor aquel sueño. *«Lástima que dejé mi cuaderno en el equipaje»*, se dijo. No le hizo falta el cuaderno, le fue fácil recordar las palabras de aquella mujer porque la habían impactado al escucharlas. *«La velocidad no es parte de la competencia. Solo te podrá salvar la sabiduría.*

Existen muchas señales que debes aprender a interpretar y de esa manera podrás encontrar a tu alma gemela».

Tomó las palabras que le había dicho la auxiliar como una señal o una especie de detonante para recordar lo que debía recordar en ese momento. *«Nada ocurre por casualidad»*, se dijo. La adivina le había hablado en un sueño, y para Victoria el tiempo de los sueños no era realmente el tiempo que medía el reloj. Era la pausa entre los pulsos de la realidad que uno debe sintonizar, descargar e interpretar.

∞

Aún quedaban unas cuatro horas de vuelo. Recostó la cabeza, y se dedicó a mirar las formas de las nubes por la ventanilla, para seguir dándole sentido a todo lo que pasaba por su cabeza.

«Qué maravilla sería vivir en esas nubes —sonreía mientras su mente salía de la cabina del avión y se paseaba por caminos esponjosos—. *Apenas se mueven. Allá afuera realmente el tiempo y el espacio parecen no existir. Qué divino».*

Victoria cerró los ojos por un momento. Las formas de las nubes permanecían visibles en su mente, como el fondo de pantalla de su computadora. Una frase vino a su pensamiento. *«Solo te podrá salvar la sabiduría»*, seguía escuchando a la mujer en su sueño, y una nueva frase vino a su mente: *usar la sabiduría al servicio del amor.*

—¡La lista! —Puso su mano sobre su boca al decirlo. Creía haber gritado, pero al parecer no había sido así. Ningún pasajero la miraba. Todos seguían en lo suyo.

En ese momento recordó una noche hacía unos meses en la terraza de su habitación de hotel en uno de sus muchos viajes de trabajo. Disfrutando la brisa y la vista desde ese lugar, había decidido usar los conocimientos que había adquirido en sus años de experiencia profesional para encontrar a su alma gemela. *«Solo te podrá salvar la sabiduría... Existen muchas señales que debes aprender a interpretar y de esa manera podrás encontrar a tu alma gemela».*

Victoria no sabía cómo había llegado la lista a su pensamiento, pero algo debía significar. Se aseguró de que la luz del cinturón estuviera apagada. Se levantó rápidamente para abrir el compartimiento de equipaje. No sabía por qué, pero experimentaba una sensación emocionante. Sus dedos se lo hicieron saber al no permitirle abrir fácilmente el compartimiento.

—¿La ayudo? —le preguntó la auxiliar de vuelo cuyas palabras habían desatado esa nueva serie de acontecimientos.

—Sí, gracias. Solo quiero sacar la computadora del maletín.

—Estos seguros saben cuándo uno está apurado y se empeñan en que tomemos las cosas con calma. Abrirlos es más cuestión de paciencia que de velocidad —dijo la auxiliar sonriendo al mostrarle el compartimiento ya abierto.

«*Ok. A mí me pasan cosas raras, pero esta chica parece leer mi mente*», se dijo Victoria mientras se acomodaba en el asiento y encendía la computadora en su regazo.

No recordaba el nombre del documento. Volvió a mirar por la ventanilla. Decidió revisar todo el listado de archivos de su computadora. Pasó la vista por cientos de nombres: proyectos de consultoría, hojas de cálculo, procesos, archivos de informes de control de calidad… todos multiplicados por la cantidad de clientes que había atendido en varios años. «*"Te doy la bienvenida"*. ¡*Este es!*». Hizo doble clic en el nombre del archivo. Allí estaba: era la lista con cuarenta características que había determinado que debía tener su alma gemela, y una serie de pistas y señales que le ayudarían en esa tarea.

Comenzó a leerla con calma. Calma que duró poco, pues a medida que avanzaba en la lectura, su corazón se aceleraba. «*No puede ser*», se decía, mientras se aseguraba de no expresarlo en voz alta. Al llegar al final de la lista no podía creer lo que estaba viendo. «*Por Dios, Vincent tiene las cuarenta características de mi lista*». En un acto reflejo su mano fue directamente a agarrar el teléfono, pero recordó que estaba a más de cuarenta mil pies de altura. La llamada tendría que esperar.

—Espera, espera, no hables tan rápido que no te entiendo —le decía Vincent a Victoria.

—Es que no vas a creer lo que tengo que contarte —Lo había llamado tan pronto el avión había aterrizado y tenía de nuevo señal. Las palabras se atropellaban. Quería decirlo todo al mismo tiempo.

Victoria le contó a Vincent todo sobre la lista mágica, como solía llamarla Carolina.

—La hice mientras estaba de viaje en Dallas, cuando todavía no había emigrado. Buscaba describir a mi alma gemela —Se detuvo sin aliento—. Todo está aquí. ¡Las cuarenta característica! ¡Estás aquí!

—No estoy seguro de que te esté siguiendo —. Vincent sonaba un poco escéptico.

—Te la enviaré para que veas que lo que te digo es cierto —le decía emocionada.

—No dudo que sea cierto, pero parece un poco inusual tener una lista tan definida que no se aplique a más de una persona —respondió Vincent, y en su voz se percibía su sonrisa—. Yo también tengo una lista. Lo único que hay en ella eres tú.

—¡Ja! Eres gracioso, Vincent.

—Pensé que era un hombre sencillo, pero tu ecuación tiene cuarenta variables. Entonces, ¿tal vez soy un poco más complejo de lo que pensaba? Sabes que todo contigo es magia, difícil de poner en palabras, más allá de la explicación lógica. No sé cómo estaré sin tu magia estos dos meses.

—El tiempo y el espacio no son lo que parecen —Victoria recordó las palabras de la auxiliar—. En este momento en otro espacio estamos disfrutando juntos.

—Pondré mi fe en Einstein y confiaré en la relatividad del tiempo —contestó Vincent completamente convencido de que Victoria tenía algún sentido especial para conectarse más allá del mundo físico.

∞

Pasaron los sesenta días más largos para ambos. Victoria sentía que su cuerpo trabajaba en su país, pero su mente y corazón permanecían conectados con Vincent. A pesar de que ambos tenían agendas llenas de compromisos y reuniones, cada noche intercambiaban correos llenos de emociones y sensualidad.

Victoria se encontró con Mariel, y pasó toda una noche contándole la historia de lo ocurrido.

—Creo que esta mudanza ha sido buena para ti —observó su amiga—. Pareces genuinamente feliz... completa —Mariel hizo una pausa, mirándola con curiosidad— ¿Me vas a decir su nombre?

—Vincent —respondió Victoria, con los ojos iluminados ante la sola mención de su nombre—. Creo que he encontrado a mi alma gemela.

—¡Hablas en serio! —dijo Mariel con los ojos muy abiertos.

—Las señales están ahí. —Victoria asintió feliz.

—La única señal que necesito es esa sonrisa tonta en tu cara —dijo Mariel entre risas mientras servía vino para ambas—. Suéltalo todo, no escatimes en detalles!

Victoria pasó toda la noche contándole lo ocurrido.

∞

Vincent componía canciones con la guitarra, y se las enviaba como notas de voz a su teléfono. Victoria las escuchaba mientras manejaba. Cada canción hacía que sus ojos brillaran, y que salieran suspiros de su pecho con cada estrofa. Victoria no quería quedarse atrás en cuanto a demostraciones de amor se refería, y le enviaba flores y chocolates a su oficina. John pasaba a robar un chocolate, y le daba una palmada en el hombro a Vincent en señal de triunfo.

Entre símbolos y señales

Victoria vio desde su ventana un jeep azul detenerse frente a la puerta de su casa. Un hombre con camisa blanca se bajó del auto. Ella reconoció la voz familiar de Tony que bromeaba en voz alta con su pasajero. La otra puerta se abrió, y para sorpresa de Victoria, Carolina salía con un manojo de globos y serpentinas en sus manos. *Tal vez están aquí para sorprenderme en mi regreso a casa,* pensó Victoria. *Quizá Tony no se ha dado por vencido, y reclutó a Carolina.* Tony parecía prestar mucha atención a Carolina... y ella parecía estar devolviendo el interés.

A Victoria le resultaba extraño no sentir celos. Si Tony era dueño de un coche azul y también tenía una camisa blanca, entonces ¿por qué no le había causado más impacto? ¿Podría ser que su lista y sus pistas no fueran tan importantes como ella pensaba? ¿O la lista y las pistas que había imaginado mientras soñaba solo tendrían sentido cuando estuviera despierta? ¿O era que ella solo estaba soñando en aquel momento? ¿Fue ese un momento de aprendizaje? ¿Los sueños solo tienen sentido cuando se traen de vuelta del éter y se descubre su mensaje en la realidad?

Victoria se despertó cuando el avión aterrizó en Dallas. Había sido una serie agotadora de vuelos de regreso de Venezuela, llenos de retrasos y de descubrimientos. Vincent la esperaba en la terminal de llegadas internacionales con un ramo de rosas de tallo largo con globos rojos, azules y plateados. Ella no pudo contener su emoción, y rompió a llorar de alegría mientras lo abrazaba. Se abrazaron durante varios minutos mientras otros viajeros los miraban con envidia, anhelando el amor que Victoria y Vincent transmitían. Victoria recordó el sueño que había tenido en el avión, y se dio cuenta del contraste entre los sentimientos que tenía por Vincent y Tony. La realidad lo había puesto todo en perspectiva... una vez más.

Apenas entraron en el departamento, Victoria sacó la lista de su maletín. Vincent colocó las maletas en la sala y se tiró en el sofá.

—Sé que estás ansiosa por hablar de la lista, ¿o me equivoco?

—Claro, desde que lo descubrí en el avión solo pienso en eso. —Victoria hacia un espacio en el sofá para sentarse cerca de Vincent.

Victoria le contó con lujo de detalles el proceso que había seguido para la elaboración de la lista. Le habló de la primera que había hecho con su hijo, de cómo había funcionado parcialmente, del porqué no solo había descrito las características que debía tener su alma gemela, sino que había enlistado lo que ella tenía para ofrecer. También le explicó por qué había agregado pistas y señales para reconocer a esa persona cuando apareciera.

—Bien, déjame expresarte lo feliz que me siento de ser el afortunado ganador de la lista mágica —Vincent se inclinó hacia ella para besarla.

El beso fue cálido y dulce, lleno de nostalgia por los dos meses de separación, pero habría tiempo para eso más tarde. Ella necesitaba explicarle todo en aquel momento. Victoria acercó su cara a la de Vincent, el cabello le caía en suaves mechones que rozaban la cara de Vincent.

—Y, recuerda, no es solo una lista de lo que quiero en una relación, sino de las promesas de lo que puedo ofrecerte — le dijo—. Eso también es importante. No se trata solo de lo que quiero, sino de lo que tengo que dar.

—Pero la lista no termina ahí, ¿cierto? —Él no dejaba de acariciarla mientras hablaban.

—No, también están las pistas y señales —le dijo Victoria con mucha seriedad.

—¿Cómo es eso? —Vicente levantó una ceja confundido.

—Yo creo mucho en que si prestamos atención, la vida nos va dando señales a lo largo del camino —dijo Victoria sonriendo.

—¿Qué significan las que escribiste? ¿Cómo llegaste a ellas? ¿Por qué esas específicamente?

—Realmente no lo sé —dijo subiendo los hombros—. A veces, llegan a través de los sueños. Otras veces, un momento me produce una sensación. Siempre que esto sucede, trato de tomar nota de cada pequeño detalle. Eventualmente, lo interpreto y le encuentro sentido.

—¿Cómo sabes lo que estás buscando? ¿Cómo lo haces? —preguntaba Vincent y la besaba.

—Básicamente fue… intuición, imágenes… que venían… a mi mente… —Trataba de contestar cuando los labios de él la dejaban.

—¿Por qué no quedarte solo con la lista?

—Porque creía que debía haber algo más allá que me indicara que la persona era la que estaba esperando. Algo más allá de lo lógico, más mágico, más de energía… tú me entiendes.

—Claro que te entiendo.

Vincent la atrajo hacia él. La abrazó y la besó largamente. Juguetearon un rato en el sofá. Querían ponerse al día y entregarse las caricias que habían postergado durante dos meses. Dejaron que la pasión se desbordara, y así calmar las ansias que tenían el uno del otro.

∞

La tarde estaba terminando. Vincent se levantó y fue a la cocina a buscar dos copas de vino. Le entregó una a Victoria.

—¿Y si no coinciden las pistas conmigo me vas a desechar? —le preguntó alejando la copa cuando ella fue a tomarla.

—¿Cómo se te ocurre? Ya estás atrapado. De aquí no te escapas —contestó ella riendo a carcajadas, y retomando la lista que había quedado en el piso.

Ambos verificaron nuevamente cómo las cuarenta características que había escrito Victoria describían a Vincent a la perfección. Faltaba saber cómo encajarían las pistas y señales.

—Ok. Comencemos, aunque me siento como si estuviera por presentar mi examen final. —Bromeaba Vincent.

—Yo tengo fama de ser estricta con las calificaciones, así que veamos cómo te va —dijo Victoria—. Auto azul.

—¡Ahhh! ¡Esa era la historia que me tenías que contar cuando te pregunté por qué te había llamado la atención mi humilde auto azul! —exclamó sorprendido.

—Exactamente. No te conté en ese momento porque podías pensar que estaba loca.

—Y lo estás, ¿o no?

—Sí, por ti… pero sigamos. —Victoria estaba decidida a investigar cada pista.

—La segunda pista es A.

—Eso no se aplica a Vincent —bromeó— ¿Conoces mi segundo nombre?

—¿Abe?

—No.

—¿Alejandro? —Victoria rio.

—No, Adán. Pero eso es solo una coincidencia porque casi todo el mundo tiene una A en su nombre.

—Las coincidencias no existen.

—Con lo de los números nos complicamos. ¿16? ¿161? —Vincent se rascaba la cabeza mientras escribía varias veces los números en un papel.

—Siempre me han gustado. No me preguntes por qué. Pero cuando iba a mis clases de astrología, solíamos usar mucho la numerología también —explicó Victoria.

—¿Astrología? Eres una cajita de sorpresas.

—Mientras no sea la caja de Pandora no hay problema —Ambos reían a carcajadas.

Vincent garabateaba en el papel. Se estaba tomando muy en serio el encontrar las coincidencias con la lista de Victoria.

—¡Lo tengo! —gritó Vincent como quien ha encontrado oro.

—¡Hurra! —gritó Victoria haciendo figuras de animadora con los brazos.

—El número de letras en mi nombre.

—¿Vincent Davis? Creo que no —respondió extrañada.

—Vincent Adam Davis, 7+4+5= 16 a tu servicio. Hay 16 letras en mi nombre. Ese es mi nombre completo.

—Nunca me habías dicho tu nombre completo. —Victoria parecía impresionada.

—Yo también puedo tener sorpresas guardadas —dijo sin aguantar la risa—. Bien, las letras de mi nombre suman 16, tu número favorito, ¿qué te parece?

—Genial. Vamos avanzando —dijo Victoria mientras revisaba sus notas.

—Pero hay más. Hay un secreto más allá del 16.

—Mmmm, ¿cuál será? —Victoria estaba intrigada.

Vincent le mostró una cuadrícula que había dibujado en el papel. Dio un valor a cada letra, y sumó las que correspondían a su nombre.

—Mira, la A es 1, la B es 2, la C es 3, y así hasta la Z. ¿Quieres sumar? —la desafió.

—No, confío en ti y en mi intuición sobre ese número.

—Pues que los valores de las letras de mi nombre suman 161.

—¿En serio? No puede ser —exclamó Victoria.

Victoria estaba genuinamente sorprendida de que sus números favoritos durante tantos años coincidieran de esa forma con Vincent. No estaba preparada para aquella revelación sobre sus signos, y el enfoque relativamente simple y directo que Vincent había usado para resolverlo todo. Era su nombre. Simplemente, tres de las pistas se referían a su nombre.

Él no buscó nada más que su nombre, y ella no tenía idea de ese patrón antes de aquella noche. Vincent había encontrado la realidad de su pista. Era la primera vez que alguien que no fuera ella resolviera sus misterios.

—A mí esto me está poniendo la piel de gallina —dijo Vincent pasando su mano sobre la piel del brazo.

Victoria lo miró. Él parecía igualmente fascinado por los extraños descubrimientos. Victoria reflexionó sobre cómo ella y Vincent se conducían mutuamente a nuevos niveles de conciencia.

—Vamos muy bien. El siguiente en mi lista de señales: camisa blanca o azul, mangas arremangadas.

—Bueno, no es por calzar en tu descripción, pero realmente mi guardarropa es algo aburrido, y abundan las camisas blancas y azules. Pero ¿de dónde sacaste eso? —preguntó, inclinando—. Eso es bastante específico y superaleatorio.

—Creía ver a mi alma gemela en sueños, y siempre vestía así. De hecho, lo veía con la camisa arremangada.

—Pues, otro *check*, tengo la mala costumbre de doblar las mangas de mis camisas… aunque no haya calor. Cuestión de estilo, dicen, o tal vez porque mis brazos son un poco más largos que el promedio, y las mangas normales siempre se sienten un poco cortas. —Vincent empezaba a ver todo lo que

Victoria tenía. No era de extrañar que hubiera estado tan emocionada. ¡Las sincronías eran increíbles!

—Mariposa —leyó Victoria.

Vincent se quedó pensativo durante un rato. Miraba hacia arriba y se daba golpecitos en la sien con el dedo índice.

—No. No sé qué relación puede tener mi vida con las mariposas. Decir cualquier cosa sería forzar la situación, total, mariposas hay en todos lados. ¿Reprobé el examen?

—No creo. Hay demasiadas coincidencias, y no sé sí te lo he dicho, pero no creo en las coincidencias.

—Yo tampoco —respondió Vincent, con los ojos iluminados por una luz traviesa—. La que más me gusta es la coincidencia de nuestros cuerpos. Encajan como piezas de rompecabezas perfectas.

La besó nuevamente, le quitó la lista, le ofreció sus manos para levantarla del sofá. La dirigió hacia la habitación sin dejar de besarla. Dedicaron la noche a hacer coincidir sus deseos y sus cuerpos.

Alabama... sweet home

Victoria se volteó en la cama, sus ojos se abrieron lentamente, pero ya había una sonrisa instalada en su rostro porque sabía qué era lo primero que vería.

—Buenos días —Vincent estaba despierto, mirándola atentamente.

Victoria estiró sus brazos para espantar la rigidez tras una buena noche de sueño, antes de apoyar su cabeza en el hombro de Vincent.

—Buenos días. —Suspiró contenta. Todo parecía ir muy bien en sus vidas. Ella y Vincent se habían mudado juntos, y habían establecido una armónica vida familiar. A ella le encantaban especialmente las mañanas. Disfrutaban la sensación de amanecer en la misma cama. Verse a los ojos, darse los buenos días y abrazarse hasta que el reloj indicara que se hacía tarde para comenzar la jornada era un ritual que vivían con intensidad.

En pocos minutos, tendría que dejar el calor de los brazos de Vincent, y ayudar a Alejandro a prepararse para la escuela. Sonreía mientras pensaba en su hijo.

El motor principal de Victoria, Alejandro, había creado una excelente relación con Vincent. Al principio se preocupaba, pues su hijo nunca había tenido la presencia constante de una figura paterna. Había sido toda una vida enfrentando los dos solos todo lo que llegaba. El verlos a los dos desayunar y conversar como viejos conocidos la llenaba de optimismo y confianza en la relación que apenas comenzaba. *«¿Será que encontré la pieza que faltaba en mi rompecabezas* —se preguntaba sin dar tiempo a que surgiera una respuesta diferente a lo que sentía muy adentro—. *¡Claro que sí!».*

Atrás había quedado el temor de Victoria ante la idea de vivir nuevamente en pareja. La desconfianza y la infidelidad que la habían rondado desde su primer fracaso se desvanecieron ante la actitud de Vincent el día que se mudaron. Dejó en manos de Victoria no solo aquello que había que desempacar y decidir dónde iría en el nuevo hogar, sino sus documentos, computadora, teléfono, claves… La entrega total solo era posible en una total transparencia. Desde ese momento no habría más miedo, nada que ocultar ni aparentar. No habría más supuestos, ni incomunicación, solo la verdad que era lo único que garantizaría la calma a dos almas que habían sorteado tantas duras experiencias y que ahora se reconocían el uno en el otro. Vincent sabía que esta vez era diferente. Estar juntos en una relación, comprometidos y conectados, requeriría de una transparencia total.

Era arriesgado, pero sentía que no tenía nada que perder después de haber perdido tantas veces al hacerlo a su manera, la que había aprendido al crecer. En su familia, los sentimientos no se discutían, las actividades tenían prioridad sobre la conversación, y Vincent aprendió a una edad temprana a no hablar sobre sus pensamientos o preocupaciones con sus padres. Los sentimientos hacían que le doliera el corazón, se cerrara su garganta, y se nublara su cerebro. Estaba abrumado por su propia sensibilidad, y la trampa de tratar de vivir una infancia sin emociones mientras trataba de mantener todo reprimido. Los sentimientos no era algo que se hablara con los demás, y se paralizaba por lo que él pensaba que eran reacciones antinaturales ante situaciones normales de la infancia. Era un niño que se frustraba cuando los maestros no lo llamaban, tartamudeaba cuando se le hacía leer frente a la clase, y era tímido con todo el mundo. Le fue difícil conectarse con los demás hasta que se involucró en los deportes.

Vincent era atlético por naturaleza. Era rápido y fuerte para su tamaño; era más veloz, y podía escalar más rápido y saltar más alto que la mayoría de sus compañeros. Los deportes le permitieron ser parte de un equipo a medida que crecía en talento, altura y fuerza. Al formar parte de los equipos ganadores y ser uno de los mejores, Vincent fue nombrado capitán, ganó medallas y se forjó su nueva identidad. Era más fácil ser un deportista que preocuparse por los sentimientos, y el reconocimiento que recibía le permitía conocer chicas por primera vez en su nuevo papel. Escondido detrás de su físico y logros, Vincent aprendió cómo salir con chicas y cómo huir rápidamente de las relaciones antes de que se volvieran demasiado intensas. Había aprendido a iniciar relaciones, pero no a mantenerlas.

El haberse enfocado solo en su apariencia y en mantener relaciones superficiales le había jugado en contra en su vida adulta. Se dio cuenta de que nunca antes se había comprometido del todo con una relación. Había sido injusto con Kathy, Lilly y Erin, así como con todas las mujeres a las que había cortejado, y con las que había establecido relaciones sin bases sólidas. Reconoció que seguir con su fachada de hombre atractivo era insostenible, y al no permitir que ninguna mujer viera su interior, estaba siendo distante... falso y privaba a sus parejas de lo que ellas merecían. Por primera vez, los ojos de Vincent se abrieron, y su alma se derramó sobre la mesa para que Victoria leyera, cuestionara y entendiera.

«*Todo es muy bueno para ser realidad*», solía pensar Vincent cuando los fantasmas de sus relaciones pasadas se aparecían frente a él como para recordarle que siempre algo podía salir mal. «*¿Otra vez me estoy precipitando? ¿Estoy actuando impulsivamente de nuevo?*», se cuestionaba al darse cuenta de que no habían pasado ni seis meses desde que había conocido a Victoria, y ya sentía que había vivido toda una existencia con ella. Esos pensamientos se desvanecían al recordar lo que había experimentado al mirarla a los ojos en su primera cita, cuando sintió una profunda conexión entre los dos. Se dijo a sí mismo que confiara en la felicidad que sentía, y que estuviera agradecido de que Cupido finalmente hubiera decidido ser amable.

∞

Alejandro ya se había ido al colegio. Victoria atendería su negocio desde la computadora. Acompañó a Vincent a la puerta, se despidieron con un beso que peligrosamente los podía llevar a retrasar el comienzo de la jornada laboral.

—Calma, calma, que los vecinos nos pueden estar viendo —le dijo Victoria fingiendo rechazarlo. Como un juego, ella siempre colocaba sus manos como si estuvieran atadas con esposas, se mostraba indefensa, y se acercaba a Vincent diciéndole «déjame, no quiero», y luego, ambos reían.

—Que me envidien —Vincent no quería abandonar el calor de los labios de Victoria.

—Vamos, ambos tenemos que trabajar. Esta tarde retomamos en el punto en el que lo dejamos, ¿te parece?

—Serán muchas horas, no creo poder aguantar.

—Aguantaremos.

∞

Victoria entró a la casa. Ese día hablaría con algunos clientes en línea, y sostendría reuniones virtuales con sus socias. Su cambio de país había resultado más positivo de lo que hubiera podido imaginar. Había reforzado su cartera de clientes, y todo parecía indicar que el mundo del amor que le había resultado siempre tan complicado le ofrecía un nuevo camino sin piedras con las que tropezar. Recordaba una frase que le decía su padre: «Victoria, lo importante no es llegar sino mantenerse». Eso le daba la motivación para seguir luchando por alcanzar metas, y mantenerlas en el tiempo sabiendo que no era fácil, pero confiada en la espiral de mejora continua que siempre imaginaba ante cada nueva situación. Abrió su computadora, y comenzó su día.

∞

—Señor Davis, lo solicitan en la oficina del gerente. —Estaba concentrado en los datos que revisaba en su computadora cuando entró la asistente de la gerencia.

—Enseguida voy. Gracias.

Una extraña sensación se instaló en la boca del estómago de Vincent. Le asustó lo que podría significar ese llamado. Generalmente, la información en la empresa se manejaba a través de correos electrónicos. No quería enfrentar otro cambio negativo en su vida. Se sentía a gusto en ese trabajo. Su vida personal iba bien. *«Qué querrá decirme el gerente que no pueda haberme dicho por correo»*, no dejaba de preguntarse. Un frío le recorrió el cuerpo entero. *«Uff, se me ha puesto la piel de gallina*», se dijo. Ya casi había terminado el día de trabajo. En lo único que había pensado todo el día era en el momento de regresar a casa y continuar el beso que había dejado inconcluso en la mañana. No sabía si sus planes iban a cambiar.

—¿Sabes algo de esto, John? —Vincent había tropezado a su amigo en el pasillo y le contó sobre el llamado.

—No, pero no te hagas escenarios catastróficos como sueles hacer —John le palmeó el hombro—. Anda ya, ve a ver qué quiere el jefe.

Vincent tocó la puerta. Entró con una gran carga de dudas y temores con él. Treinta minutos después retornaba a su oficina.

—¿Y bien? —preguntó John al verlo de nuevo en su escritorio.

—No sé, John. No esperaba esto. No ahora. Las cosas parecían haber encajado en el riel correcto. Ahora no sé qué va a pasar. No sé qué hacer.

—Por Dios, ¿qué ocurrió allí dentro? ¿Cuán mala fue la noticia que recibiste?

Vincent le contó a John mientras recogía sus cosas. No quería tardar un minuto más para llegar a casa, aunque no sabía cómo tomaría Victoria lo que había pasado.

∞

Victoria abrió la puerta al escuchar el auto de Vincent. Lo esperaba con una sonrisa juguetona.

—¿Y bien? ¿Continuamos donde lo dejamos? —Victoria le tomó la cara y lo besó en los labios.

—Tenemos que hablar —Vincent le acarició suavemente la cara, y la tomó de la mano mientras entraban en la casa.

—¿Qué pasó? No me asustes —dijo Victoria preocupada al notar una expresión que no había visto nunca en la cara de Vincent.

—Me ofrecieron un ascenso.

Victoria soltó un suspiro de alivio.

—Pero eso es maravilloso, ¿qué tiene de malo?

—El nuevo puesto es en Alabama. A más de 900 kilómetros de aquí —le dijo, estudiando su rostro, tratando de medir su respuesta.

Victoria no sabía qué decir. Sintió una punzada en el corazón, pero dejó que Vincent terminara de explicarle la situación.

—Van a abrir una nueva sucursal. Me ofrecieron un traslado, con una mejor posición, mejor sueldo. Están esperando por mí, pero no quiero alejarme de aquí —Vincent aguantaba un llanto que se atoraba en su garganta y quería inundar sus ojos, mientras miraba desesperado a Victoria.

Ella hizo una pausa, tratando de dejar que todo se calmara.

—Vincent, has trabajado muy duro. Una oportunidad como esta es increíble, especialmente después de todos los contratiempos. Te lo has ganado. No sé qué más decir. Pensemos en ello. Estoy segura de que se nos ocurrirá algo que funcione.

Victoria secó una lágrima que no había podido permanecer escondida en los ojos de Vincent. Lo acarició. Se abrazaron y besaron con desesperación.

Esa noche cenaron en silencio, sin dejar de tocar sus manos. Ninguno de los dos sabía qué decir. Ambos temían que cualquier palabra pudiera hacer caer lo que habían levantado hasta ese momento.

Ninguno de los dos pudo dormir. Vincent pasó la noche pensando en cuánto había querido recobrar su estabilidad y explotar todas sus capacidades en el trabajo. Esta era la oportunidad que había esperado. No quería desperdiciarla, pero tampoco quería arriesgarse a perder lo que había encontrado en Victoria.

Victoria hubiera deseado soñar esa noche con la respuesta adecuada al escenario que estaba viviendo. Aunque no logró conciliar el sueño, sí llegaron a su mente fragmentos de sueños pasados —esos que mantenía guardados en su cuaderno—, y trozos de conversaciones que había sostenido con Mariel en momentos de crisis. El despertador sonó. La luz del día lo llenaba todo menos el corazón de ambos. Los pensamientos aún se sacudían en sus cabezas. Victoria volteó y sus ojos se encontraron con los ojos de Vincent.

Él lo entendió todo sin que ella dijera nada. Los fantasmas estaban allí, revoloteando alrededor de la cama. *«Muy bueno para ser verdad»*, repetía en su cabeza desesperado y confundido. Todo volvía a derrumbarse nuevamente en su vida. «Ya debería estar acostumbrado», pensó en voz alta.

—¿Qué dices? —preguntó Victoria sorprendida.

—Que ya debería estar acostumbrado a que esto es lo que pasa en mi vida. Todo parece un sueño, y de repente se transforma en pesadilla.

—¿Por qué dices eso? —Victoria se incorporó a medias apoyándose sobre su codo, mirándolo extrañada.

—Porque puedo leer en tu mirada lo que vas a decir. Porque no sé qué hacer. Porque no quiero levantarme de esta cama y constatar que vuelvo a la casilla uno en este juego que es mi vida.

—Pero no todo tiene que terminar. Algo podemos pensar, ¿no te parece? —dijo Victoria recorriendo la mandíbula de Vincent con sus dedos.

—Ya he pasado por esto antes. Todo se repite. Es como un ciclo.

Victoria se sentó con determinación.

—No he parado de pensar en toda la noche. Estoy completamente segura de que lo que debes hacer es aceptar ese trabajo. No puedes perder esta oportunidad, pero debes entender que yo no puedo echar todo por la borda.

—Ni te pediría que lo hicieras. Sería muy egoísta de mi parte. —Vincent asintió.

—Quizá debas irte adelante. Dame tiempo para pensar cómo resolver mis asuntos. Recuerda que apenas compré esta casa; mis socias me han acompañado en esta aventura y no puedo darles la espalda; Alejandro logró adaptarse a esta nueva vida... no puedo borrarlo todo en un segundo. — Sabía que sus palabras sonaban duras, pero era la verdad. Había demasiado en juego.

Vincent se vestía para ir a trabajar. Sus pensamientos solo podían enfocarse en lo que le había dicho Victoria. La tristeza que se instaló en su corazón le hizo recordar la angustia que había sentido durante la que pensaba que había sido su última separación. En aquel momento lo había perdido todo, incluso su estabilidad económica. Estabilidad que la vida le ofrecía nuevamente, pero a un costo que le resultaba muy elevado.

Sincronización mágica

Era difícil desplazarse por el nuevo hogar de Vincent en Alabama. Todo el apartamento estaba lleno de cajas. Sus pertenencias todavía estaban empacadas. Ni siquiera se había molestado en etiquetarlas, y mucho menos había pensado en empezar a desempacarlas. El hecho de que su vida hubiera quedado una vez más relegada a cajas era un triste giro del destino que lo hacía sentir vacío. Mientras pasaba al lado de ellas, trataba de no pensar demasiado sobre el estado de su relación con Victoria. Permitirse ese tipo de incertidumbre desgarradora hubiera resultado demasiado abrumador. La angustia con la que había partido de Dallas había hecho que la despedida fuera mucho más difícil y atropellada.

Vincent ya llevaba unos meses en Alabama. Aprovecharía el fin de semana para ordenar un poco el hogar al que aún no se acostumbraba. Parado frente a las cajas solo pensaba en que no sabía qué iba a pasar en su vida. Sabía que el amor entre él y Victoria era inmenso, pero no podía pedirle que dejara todo lo que había logrado solo por seguirlo a él. No era capaz de perjudicarla de esa forma amándola como la amaba.

Decidió poner manos a la obra. Caminó por la sala mientras decidía por dónde empezar. Tropezó con una de las cajas. De ella salió un cartón con fotografías pegadas.

—¿*Qué es esto?* —se preguntó levantándolo hasta la altura de su cara.

Revisó la caja y se dio cuenta de que se había llevado por error algunas que eran de Victoria. «*Ambos tenemos aún parte de nuestras vidas en cajas sin desembalar*», pensó sonriendo con tristeza.

La caja con la que había tropezado era una que iban a abrir para que Victoria le contara todas sus historias sobre sueños y coincidencias. Él era escéptico, pero ella poco a poco había logrado que él se permitiera pensar en otras posibilidades y formas de pensar.

«*No tuvimos la oportunidad de sentarnos para que ella me contara, así que me tocará conocer por mi cuenta ese mundo que la llena de tantas satisfacciones*», se dijo mientras examinaba el cartón que tenía en la mano.

En él había muchas imágenes: vio un auto azul, un hombre calvo con camisa blanca, nombres de empresas internacionales… Recordó algo que ella le había nombrado en alguna oportunidad: *mapa de deseos*. «Desde muy joven suelo poner mis deseos en imágenes. Las cosas que he querido encontrar en mi vida las he puesto en un mapa que veía cada día al despertar», le había dicho ella, pero no había llegado a mostrárselo.

Vincent comenzó a observar con detenimiento el mapa, y sus pensamientos hacían que el corazón se le acelerara. Recordó la conversación que habían tenido durante su primera cita sobre su auto, y la cara de ambos cuando se dieron cuenta de que ya se habían conocido antes de ese día justamente porque a ella le había llamado la atención el auto azul, y a él causalmente se le habían caído las llaves en la acera frente al café.

Siguió detallando el mapa, y no le pasó desapercibida la imagen de un hombre calvo que se le asemejaba mucho. «Por el aspecto y su gusto en colores bien podría ser yo», dijo en voz alta. Leyó las marcas de empresas, y estaba seguro de que la mayoría las había visto en la mesa de trabajo de Victoria.

«*Funcionó su mapa de deseos*», pensó, y una sonrisa le iluminó el rostro, pero por pocos segundos. La tristeza lo volvió a inundar. «*No, no funcionó, si hubiera funcionado yo no estuviera aquí a tantos kilómetros de sus brazos*». Dio una patada a la caja cuyo contenido quedó tirado en el suelo de la sala. No se molestó en recoger. Fue a su cama a tratar de que el sueño lo ayudara a calmar la opresión que sentía en el pecho.

Al despertar, fue hacia la cocina a tomar un café. Vio hacia la sala y la caja volteada con su contenido en el suelo lo invitaba a sentarse a seguir pensando en Victoria.

Tomó uno de los papeles. Eran notas de Victoria. Ella le había contado lo importantes que eran los sueños y su significado para ella. Le había hablado de su costumbre de anotar sus sueños en cuadernos. «A veces, cuando no llevo el cuaderno conmigo, anoto en el primer papel que encuentro —le había dicho Victoria—. No quiero arriesgarme a perderlo. Si no lo escribo, puede desaparecer como la niebla cuando la toca la luz del sol».

Vincent sentía que ella estaba en cada una de las palabras escritas en aquellos papeles. Se sentó en el suelo, se recostó de una de las cajas y comenzó a leer sin acordarse de que su idea inicial era desembalar y darle forma a su nuevo hogar.

Fue leyendo cada sueño, cada comentario. Se asombraba cuando encontraba relación entre los sueños que leía y algunas cosas en la vida de él.

«No puedo creer esto», se decía a sí mismo mientras leía el sueño de Victoria con la adivina de la bola de cristal. *«El periódico, los números... no, esto no puede ser cierto...»*. Vincent buscó su computadora, quería confirmar los pensamientos y recuerdos que se alborotaban leyendo ese sueño. *«En esa semana puse un aviso en el periódico buscando compañera* —se dijo impresionado por las coincidencias que encontraba entre el sueño y lo que había vivido en esa época—... *ese número formaba parte del título de mi libro que presenté en una conferencia esa semana... por Dios, qué locura»*.

Vincent continuó revisando el cuaderno. En un momento pensó que debía llamarla y pedirle permiso, pensaba que no tenía derecho a ver esas cosas tan privadas, pero por otro lado sentía que lo que leía tenía que ver tanto con él que no podía dejar de revisar.

Siguió encontrando en los papeles y cuadernos sincronías que parecían enlazar sus vidas cuando ni siquiera sabían de la existencia del otro. La lógica e incredulidad de Vincent fueron desvaneciéndose ante la sorpresa que significaba cada coincidencia encontrada. Luego, vio algo que lo impresionó: una foto de un pequeño velero con una sola vela blanca y amarilla. Un niño de pelo rubio con un chaleco salvavidas naranja pilotaba la nave a través de un lago cristalino.

La mente de Vincent se transportó a los días en el lago Montauk, donde se entrenaba para navegar un velero de catorce pies de largo durante un verano en clases de vela. Aprendió diferentes nudos, partes del barco, cómo manipular el timón, a maniobrar la orza en aguas poco profundas, y cómo enderezar el barco después de volcar. «Gire la vela al viento, párese sobre la orza», recordaba la explicación del maestro y las muchas volcadas intencionales para practicar el poner el barco en posición vertical.

Después de recibir su certificación, sus padres habían comprado un barco y un portaequipajes para transportarlo en el Caprice Classic de 1978. Vincent llevaba el barco al lago desde el estacionamiento, montaba la vela y el timón, y colocaba la orza en la ranura. Tras empujarlo desde la orilla y deslizarse por la zona de bañistas, orientaba la embarcación contra el viento y tensaba la vela. La vela blanca y amarilla.

Pasó horas leyendo, continuó buscando acontecimientos en la computadora, evidencias para explicarse lo que estaba viendo. Descubrió que su encuentro no había sido casual. La conexión inexplicable que habían sentido al conocerse era real.

«Y ahora yo estoy aquí buscando el destino a 900 kilómetros de ella», pensó antes de acostarse.

Opciones y decisiones

Hacía un tiempo que no tenía un sueño que significara algo especial. Estar lejos de Vincent y no saber qué hacer para superarlo la mantenía en constante estrés y ansiedad. Sentía que lo estaba perdiendo, no porque no se amaran, sino porque estaba segura de que estar separados podría quebrar la relación en cualquier momento. Las relaciones a distancia no la convencían. Su corazón y sus sueños le decían que Vincent era su alma gemela, pero la lógica se colaba y creaba dudas. Cuanto más pensaba en la situación, más segura estaba de que no funcionaría. Cada día, el espacio entre ellos crecía. Era irónico que hubiera buscado a su alma gemela durante tantos años, solo para que se alejara cuando pensaba que finalmente la había encontrado. Los sueños de Victoria parecían haberla abandonado también. Tal vez estaba escuchando tanto sus argumentos racionales que no le quedaba espacio para soñar. Sus vivencias anteriores le habían dejado marcas que hacían que la realidad eclipsara sus visiones. Las experiencias pasadas, sobre todo la vivida con el padre de su hijo, volvían a ella por momentos. «Todo estará bien», le había dicho Adrián antes de irse a estudiar el posgrado. «*Y mira como terminó, Victoria*», se dijo a sí misma para justificar su estado de ánimo. Sabía que Vincent no era como Adrián, pero las emociones de esos días le nublaban el ánimo y el pensamiento. En el pasado, también Adrián se había mudado para lograr un nuevo título para mejorar profesionalmente, y en poco tiempo, había terminado con un diploma, una novia y una hija en camino. Los paralelismos perturbaron a Victoria, y semillas de sospecha comenzaron a germinar.

Victoria se sentó frente a su computadora. El trabajo siempre le hacía bien, era su terapia. Decidió adelantar algunas cosas mientras llegaba Marcela, una de sus socias, para sostener una reunión virtual con la tercera, Sandra. Marcela se uniría a Victoria en su casa, mientras que Sandra se uniría vía Zoom desde Londres. Las tres se conocían desde hacía muchos años, y habían decidido juntar sus experiencias y conocimientos cuando ella se mudó a Dallas. Victoria mantuvo un profundo compromiso con sus dos socias. Se habían unido en este viaje, y habían asumido el riesgo junto a ella. No podía defraudarlas.

—Algo te pasa, Victoria —le dijo Marcela mientras acomodaban sus computadoras y los papeles que necesitarían para su reunión virtual.

—No es nada, lo mismo de siempre. —La voz de Victoria no podía disimular lo que sentía, y su amiga la conocía demasiado como para pasarlo por alto.

—Amiga, no puedes seguir así. La ausencia de Vincent te está afectando en todo sentido. Tienes ojeras, y tu alegría se ha ido. Temo que incluso puedas llegar a enfermarte —dijo preocupada su socia.

En ese momento sonó una notificación en la computadora. Se había establecido la videoconferencia con Sandra.

—Hola, chicas. ¿Cómo están? —saludó alegremente sin tener idea de lo que estaba pasando con el romance de Victoria.

—No muy bien —se apresuró a decir Marcela antes de que Victoria comenzara a hablar de trabajo y no las dejara ayudarla con lo que le pasaba—. Aquí nuestra amiga está cada día más triste y afectada, y no se deja ayudar.

—Ah, no, eso no puede ser, Victoria, te necesitamos con las pilas puestas para seguir teniendo éxito. Cuéntanos, desahógate con nosotras. Tres cabezas piensan mejor que una —decía Sandra desde la pantalla.

—Ya me sobrepondré. Sigamos trabajando —dijo Victoria.

—No. No podemos verte así. Habla con nosotras —insistió Marcela.

—Es que creo que mi vida siempre me pone retos. Siempre hay algo que se cruza que hace activar mis alarmas y a cuestionar mis decisiones.

—¡¡Qué locura dices!? —se escuchó la voz de Sandra entrecortada por problemas de conexión —. Si has conocido a un hombre extraordinario que cumple con toda tu lista mágica, por favor.

—¿De qué me sirve si lo estoy perdiendo por la distancia? —Victoria respondió con pesar.

—¿Cuándo no has podido superar tú un obstáculo? —le dijo Marcela mientras volteaba hacia la puerta de la sala por donde entraba Alejandro—. Allí está entrando la prueba de que ningún obstáculo te ha permitido rendirte para conseguir lo que quieres.

—Entiéndanme. No puedo hacer que Alejandro vuelva a pasar por un cambio tan grande...

—No te preocupes por mí ... Yo voy donde tú vayas, mamá —le decía Alejandro mientras se alejaba hacia su cuarto—. Si nos mudamos una vez, por qué no hacerlo dos veces. ¿Cuál es la diferencia?

—¿Viste? A lo mejor, como ocurre la mayoría de las veces, los problemas están en tu cabeza y la solución la tienes delante de ti.

—Tampoco puedo dejarlas a ustedes, justo ahora que nos va tan bien. Yo me comprometí a echar este negocio adelante con ustedes, no las puedo dejar a medio camino.

—¿Insinúas que no se puede ser socias a distancia? —Interrumpió Sandra con un terrible acento británico falso riendo desde la pantalla de la computadora—. Entonces, debo ser un fantasma.

Las tres rieron de la ocurrencia de Sandra. Hacía tiempo que Victoria no reía con ganas.

—Amiga, olvídate de nosotras como parte del problema. Este negocio lo mantenemos así estemos aquí o en cualquier parte del mundo. Desde que se fue Vincent, tu cuerpo ha estado aquí, pero tú no estás completamente presente. Nosotras necesitamos tu mente fresca. ¡Eso es lo que hace que todo esto funcione! —dijo Marcela.

—¡Oh, Sweet home Alaaabaaamaaaa! —gritó Sandra cantando.

—Amiga, ya tienes dos problemas menos. Alejandro está contigo, y nosotras también. Soluciona lo que tengas que solucionar, y toma la decisión que le traiga más felicidad a tu corazón —le dijo Marcela tomando la mano de Victoria.

∞

Esa noche Victoria no pudo cerrar los ojos. Aunque necesitaba descansar, su cabeza hacía miles de planes, y recorría las posibles soluciones a los obstáculos que aún tenía por delante.

Al amanecer, se sentó de nuevo frente a la computadora. Mientras navegaba buscando información para terminar un trabajo pendiente para un cliente, un aviso publicitario ocupó la mitad de la pantalla. «*Por Dios, cómo molestan estas ventanas emergentes*», se dijo.

Justo cuando iba a darle clic para cerrar la inoportuna ventana, algo le llamó la atención. En vez de cerrarla, amplió la imagen para cerciorarse de que lo que veía era cierto. El mensaje decía «Alabama. The cotton state» y al centro tenía la imagen de una mariposa.

«¿Qué es esto», se dijo sin dejar de mirar a la pantalla. «*Cada día estamos más controlados en la red. Seguramente de tanto averiguar sobre Alabama, ahora me aparecen mensajes sobre Alabama*», pensó. Le extrañaba la mariposa que acompañaba al mensaje, por lo que dio varios clics para buscar una explicación.

«*La eastern tiger swallowtail (Papilio glaucus) es un insecto de la familia de las mariposas y es...* —hizo una pausa por la sorpresa que le causaba lo que estaba leyendo —*... la mascota oficial del estado de Alabama...*».

En ese momento recordó cuando ella y Vincent chequeaban la lista y comprobaban que él tenía todas las características que ella había escrito. «*Lo único que nos faltaba para completar las señales era la mariposa*», se dijo Victoria sin todavía dar crédito a lo que acababa de pasar. «*Al final, el detalle que faltaba no tenía que ver con él, sino con nosotros*», pensó mientras tomaba apresurada su cartera y corría hacia el auto.

∞

Hablaba sola frente al volante mientras conducía hacia su destino: «Prometo solemnemente no ignorar nunca más lo que el destino me dice a través de sus señales». Antes de llegar a la escuela de Alejandro pensaba en cómo se había pasado la vida haciendo lo que parecía lógico, y lo mal que había resultado eso a nivel emocional. *«Voy a dejar la lógica a un lado. Me voy a permitir esta locura por el hombre que el destino me ha dicho de mil maneras que es el que he buscado siempre. Por querer protegerme del sufrimiento he logrado sufrir más. No más, si fracaso no será porque no lo intenté»*, recitaba un manifiesto en su cabeza. Bajó del auto, y con paso firme se dirigió a la administración, y solicitó el retiro de los documentos de su hijo. *«Si ya cambié de país y no perdí ni un cabello, cambiar de código postal será fácil»*, reía mientras caminaba de regreso al auto.

∞

Vincent había terminado de trabajar temprano. Ya había planificado lo que iba a hacer. En diez minutos estaba en casa. Se dio una ducha rápida, se vistió deprisa y se dirigió a la puerta. Allí estaba su maleta preparada. La tomó, y se disponía a salir cuando sonó el timbre. *«No, por Dios, quién puede ser, necesito irme ya o llegaré tarde»*, pensó molesto.

—Hola, ¿es usted el propietario? —dijo el joven con una camisa estampada con el nombre de una empresa: Planeta Solar.

—Oh, lo siento, pero no hay sol en este vecindario, ¡y estoy en camino de tratar de cambiar eso! —soltó Vincent mientras pasaba por delante del vendedor—. Tengo un vuelo que alcanzar, y si todo va bien, pronto habrá mucho sol para mí.

El joven observó a Vincent con su maleta azul dirigirse al estacionamiento. Estaba conmocionado, y aún confundido por la primera conversación del día que no había terminado con un portazo y un «¡no estoy interesado!».

Vincent llegó al aeropuerto con mucho tiempo para su vuelo. Aunque solo había llegado con 45 minutos de anticipación, el avión aún no había llegado de Dallas. Estaba nervioso por primera vez en muchos años. No le había dicho nada a nadie y no estaba seguro de cómo iría el viaje.

El mostrador de la puerta de embarque estaba rodeado de pasajeros ansiosos que esperaban para abordar el avión a pesar de que faltaba mucho para que fueran llamados. Por el altavoz se escuchó una animada voz sureña: «Por favor, manténganse alejados de la puerta, y permitan salir a los pasajeros que están llegando. Necesitaremos unos quince minutos para asear el avión antes de comenzar el proceso de embarque.

El empleado de la aerolínea abrió la puerta para permitir la salida a los pasajeros que llegaban, y los recibía con una gran sonrisa de bienvenida. Vincent no pudo evitar sonreír, con la esperanza de que su viaje tuviera éxito, y lograra que su relación a distancia funcionara.

Volvió a mirar hacia la puerta, cerró los ojos y los volvió a abrir con incredulidad. Lo que vio lo dejó sin palabras. No se lo esperaba. Por un momento, todo se detuvo. Victoria y Alejandro, cada uno con una maleta, estaban de pie frente a él.

—¿Qué...? —Intentó decir algo, pero Victoria lo interrumpió con un beso.

—¡Sorpresa! —gritó Alejandro dando pequeños saltos.

Vincent sin poder comprender aún lo que pasaba lo apretó con un fuerte abrazo.

—¿Qué hacen aquí? ¿Por qué no me dijeron nada? ¿Cómo es posible?—preguntaba emocionado.

—Todo es posible —dijo Victoria.

—¿Qué dices?

—Eso, que todo es posible.

—¿Te refieres a...? —No pudo terminar la frase, pues recibía un nuevo beso más efusivo que el anterior.

—Te ofrecieron el trabajo soñado, una sucursal a estrenar, un nuevo puesto, mejores condiciones, opciones de crecimiento… ¿Qué tanto había que pensar? Este es tu lugar, y por eso Alejandro y yo decidimos decir *Alabama, allá vamos.* —Victoria agitó sus brazos en el aire dramáticamente, casi golpeando el móvil de mariposas que colgaba del techo.

—Pero tu negocio, tus socias, tus clientes, tu casa…, no sería justo —balbuceó Vincent—. No quisiera vivir con la sensación de que dejas todo para estar conmigo; quiero que ambos entreguemos y arriesguemos de manera equitativa.

—Cariño, hasta ahora he puesto siempre mi carrera antes que el amor, actuando racional y lógicamente. Hoy quiero equilibrarlos a ambos y tener un toque de locura. No puedo ocultar que al principio dudé, pero creo que la vida nos pone a tomar decisiones importantes para valorar lo que somos y lo que hemos crecido. La mejor manera de creer en mí misma y en el amor que te tengo es seguirte. Quizá por primera vez con una conciencia más madura, escuchando atentamente lo que mi alma y mi corazón me dicen. Además, como decimos los inmigrantes, una vez que te mudas por primera vez, las demás ya no dan miedo. Un cambio de código postal no va a hacerme daño. Ya planifiqué la forma de trabajo con mis socias; puse la casa en manos de una administradora para que la renten; Alejandro está conforme con trasladarse a un nuevo colegio… y aquí estamos.

Vincent miró a Victoria con admiración.

—¿Estás dispuesta a hacer eso por mí?

—No.

—¿Cómo? —preguntó confundido.

—Por los dos. Lo hago por los dos... o por los tres —dijo tomándole la mano a su hijo—. Alejandro realmente es un alma de mundo, él sabe que no pertenece a ningún lugar, y a la vez se siente parte de cada lugar donde vive o visita. Además, él te extraña tanto como yo, queremos vivir como una verdadera familia.

—Te amo. —Vincent la tomó en sus brazos.

—Yo más.

—Imposible.

—¡Todo es posible! —contestó Victoria.

Sus ojos se dirigieron a la maleta de Vincent que estaba apoyada contra una pared.

—¿Qué está haciendo eso aquí? ¿Por qué estás en el aeropuerto?

—Yo también estaba en camino a sorprenderte —dijo Vincent riendo y alzando los hombros.

—¡Qué sincronía, cariño, qué sincronía! —exclamó Victoria abrazándolo.

Vincent, Victoria y Alejandro reían de su encuentro en el aeropuerto y conversaban sobre las últimas dos semanas mientras regresaban al apartamento de Vincent. La situación era surrealista y, sin embargo, ya no era un sueño. Estaban juntos.

Al entrar al apartamento, Victoria observó todo con detenimiento. Habían pasado casi dos meses desde que Vincent se había mudado a Alabama, y todavía había cajas en cada rincón. Victoria vio una que le llamó la atención.

—Veo que tropezaste con mi mapa de deseos.

—Sí. Y déjame decirte que si lo de tu lista provocó una explosión en mi cerebro, lo de tus sueños y el mapa de deseos me hizo reajustar mi forma de ver las cosas —dijo Vincent haciendo un ademán de explosión con las manos en la cabeza.

—Si eso te pareció asombroso no creerás lo que te voy a enseñar. —Victoria sacaba el papel con la impresión del mensaje de Alabama y la mariposa, y toda la explicación que había conseguido.

—¿Qué es? —preguntó Vincent, tomándolo en su mano.

—Lee y verás.

Vincent leyó con atención el papel. Creía que ya no podía haber nada más que lo sorprendiera después de lo que había pasado, pero se había equivocado.

Se vieron a los ojos. A pesar del escepticismo que lo había caracterizado durante su vida, Vincent entendió que más allá de disfrutar de su amor, tenían una misión más importante que cumplir. Esa cantidad de mensajes encriptados no podían quedar solo allí; algo o alguien estaba orquestando un plan y había que pasar a la acción. No había coincidencias. Todas habían sido revelaciones de lo que iba a suceder. Cada pista, cada símbolo y cada rompecabezas resuelto eran pruebas abrumadoras de que todo era realidad. Los sueños eran ciertos, y tenían mucho sentido. La misión era clara.

—Casémonos —dijo repentinamente Vincent.

—¿Qué dices? —Victoria se sorprendió, pues sabía la posición de Vincent ante el matrimonio. Tenía miedo de casarse y volver a fracasar. Después de todo, le había dicho cuando se conocieron que no consideraría el matrimonio durante al menos cinco años.

—Buscó en su bolsillo, sacó una pequeña cajita, y se arrodilló frente a ella.

—¿Qué haces? —Victoria se cubría la boca con las manos.

—¿Quieres casarte conmigo? —le dijo mientras le mostraba dos símbolos de infinito de oro y brillantes sobrepuestos en un reluciente aro de platino.

Victoria no daba crédito a sus ojos. Otra señal que el destino le ponía frente a su cara. Ver ese anillo borraba toda duda que pudiera haber tenido ante tan inesperada propuesta.

—Claro que sí —gritó y se abalanzó sobre él.

Alejandro aplaudía y reía al ver la felicidad de su mamá. Se besaron un largo rato. Reían como niños ante una nueva aventura. En cierto modo, lo eran.

—Hay una condición —dijo él serio.

—¿Cuál?

—Será el 26 y el mes 8 que es el infinito vertical. Ya les contaremos a nuestros nietos por qué esa fecha.

—El 26 será, no hay más que decir —dijo Victoria, y lo selló con un beso.

Decidieron viajar a donde vivían los padres de Vincent para realizar la ceremonia. Frente a ellos y unos pocos amigos prometieron amarse, aunque ambos sentían que esa promesa ya la habían hecho antes.

∞

En pocos días, nuevamente estaban rodeados de más cajas, las de ambos, pero estas esperaban listas para ser abiertas y vaciadas para dar forma al nuevo hogar. Había que buscar el espacio adecuado para las cosas que cada uno traía de su vida pasada. El lugar fue tomando forma. Era fácil saber lo que respondía a los gustos de Victoria y lo que se adaptaba a los de Vincent, pero no se percibían como separados. Habían cometido muchos errores en el pasado como para repetirlos en el nuevo camino que emprendían. Sus costumbres, gustos, tiempos… se conjugaban para lograr una combinación que los llenara a ambos.

∞

—No puedo creer que finalmente estamos juntos. Llegué a pensar que el amor nunca iba a ser posible para mí —dijo Victoria con la cabeza recostada en el hombro de Vincent. Ambos observaban la sala libre de cajas y recién decorada.

—Todo esto me ha hecho pensar que debieras escribir un libro sobre el proceso que seguiste para encontrar lo que querías.

Victoria lo miró con duda.

—¿Tú crees?

—No creo, estoy seguro de que debes hacerlo. Puede ayudar a mucha gente a que no pase todas las dificultades por las que atravesamos nosotros para encontrar la felicidad.

—Bueno, solo si lo haces conmigo.

—Contigo hago todo lo que quieras —dijo Vincent abrazándola mientras la llevaba a la habitación.

—¡Alejandro, toma las llaves del auto y vete al supermercado a tomar un helado! —gritó Vincent.

—¡Pero solo tengo once años!… No importa, iré a mi habitación y jugaré un partido —dijo Alejandro riéndose con picardía. Todos rieron.

∞

Victoria y Vincent se tomaron en serio la tarea de convertir en libro la experiencia que los había unido. Cada noche después de cenar se dedicaban a estructurar y dar forma a los escritos que ella había guardado desde su adolescencia. Aunque ambos eran profesionales de carreras científicas, estaban llenos de curiosidad y abiertos a cualquier cosa que desafiara la lógica. Vincent se refería al proceso que estaban describiendo como «científicamente fundamentado y espiritualmente guiado».

—¿Por qué los sueños? ¿Qué te hizo registrar cada sueño en un cuaderno? —preguntó Vincent que seguía asombrándose ante las cosas que iba descubriendo con Victoria mientras escribían el libro.

Victoria lo pensó un poco, y le contestó con detalle.

—Un físico dijo: «En cualquier campo, encuentra lo más extraño y luego explóralo», y eso hice —dijo levantando los hombros—. Creo que los sueños son una parte muy importante de nuestras vidas, pero aún están rodeados de mucho misterio —Victoria amaba hablar sobre ese tema—. Cuando dormimos la mente se mueve en otra frecuencia y vibración y nos permite procesar la información de manera diferente a cuando estamos despiertos. Estoy segura de que en un nivel inconsciente sabemos muchas cosas que quizás habíamos olvidado, o percibimos algunas cosas que despiertos no podemos.

Vincent no podía dejar de mirarla. Le fascinaba la forma en que ella se apasionaba sobre el tema, y le seguía preguntando para seguirla escuchando. Victoria le explicaba que el sueño es un lugar donde las reglas físicas tal como las conocemos no existen, lo que nos permite abrir portales para comunicarnos en un espacio sin tiempo.

«En mi mundo, el de la ingeniería de la información, decimos que cuando la información es aplicada se convierte en conocimiento; por eso toda esa simbología que veo en mis sueños la interpreto como datos para luego convertirla en información. Al usar esa información para conectar mi mente y mi alma en una sincronía, el conocimiento y la sabiduría se hacen presentes», le decía como si estuviera dando una conferencia.

—Creo que el documentar los números, símbolos, mensajes, sensaciones y eventos de mis sueños me ha hecho entender que todos pertenecemos a un único sistema celular, que aunque estemos separados en el espacio la comunicación se mantiene.

Victoria le leía datos que tenía escritos en sus cuadernos, y él escuchaba con atención. «Ya se han hecho experimentos de dividir células en dos y ponerlas a kilómetros de distancia; al cambiar la frecuencia de vibración de una, la otra comienza a vibrar de igual manera. Fascinante, ¿no?».

—Creo que cuando sueño puedo captar información y decodificarla para así generar conocimiento. Y ahora junto a ti, Vincent, esas dos células se unen para hacer sinergia y cocrear un nuevo camino entre lo espiritual y científico.

Vincent estaba asombrado, sintiéndose parte de algo más grande de lo que parecía. Se acercó y la besó suavemente.

—Creo que hay mucho por hacer —dijo poniendo sus manos sobre los hombros de Vincent—. Como decimos en el karate: debemos dejar esto mejor de como lo encontramos, y los estándares que aplico en mi trabajo dicen que debemos ver las situaciones como oportunidades de mejora, y que la mejora es continua, o mejor dicho, infinita —Se rio ligeramente mientras miraba fijamente su anillo, un símbolo que afirmaba su declaración—. Así que tenemos la responsabilidad de seguir compartiendo nuestras experiencia con otros, y este libro es una excelente idea.

∞

Tras meses de trabajo, fueron suficientes para alcanzar el resultado que querían: un manual con instrucciones y pasos precisos y ordenados para que cualquiera fuera capaz de encontrar y reconocer a su alma gemela. No dudaron en publicarlo y ponerlo a la disposición de todo el que lo necesitara.

Aroma de café

Las cosas no habían sucedido como habían pensado... habían resultado mejores. Habían pasado once años desde que un sitio de citas había mostrado un 97 % de compatibilidad entre dos perfiles. Luego de varias mudanzas, se instalaron en la que esperaban fuera el hogar definitivo. Ya Alejandro era todo un hombre independiente. Victoria se sentía orgullosa de los valores que había logrado inculcar en su hijo, y del importante papel que Vincent había tenido en su formación.

Victoria encendió la cafetera. El día había amanecido frío. Mientras esperaba que estuviera listo el café, recordó que Alejandro pasaría ese día a buscar algunas cosas que aún le quedaban en la casa. Fue al garaje para tenerlas listas. Una caja resbaló mientras sacaba lo que buscaba. Vio hacia el suelo, y se dio cuenta que su antiguo mapa de deseos se había salido de su caja. Lo recogió y no tuvo más remedio que sonreír.

«Las casualidades no existen. Todo ya existe en un tiempo diferente. Aunque aún no lo experimentemos, allí están todos nuestros sueños cumplidos», pensó mientras veía la fotografía de una casa que había escogido hacía muchos años para su mapa. Los recuerdos parecían moverse y tener vida en aquel viejo pedazo de cartón. Los colores parecían saltar de la

página, provocando destellos de pensamientos y sueños que se habían hecho realidad.

Despegó suavemente la foto de la casa, sirvió dos tazas de café, y fue hacia el patio, donde, a pesar de la bajísima temperatura, estaba Vincent absorto observando cómo la nieve se había acumulado sobre la tapa del ahumador que habían comprado, pero que aún no habían podido utilizar por primera vez.

Victoria llevaba las dos tazas en la mano. El humo del café recién hecho avanzó con ella, y con la baja temperatura se creaba un rastro de vapor en el aire que se expandía alrededor del gazebo como un tejido transparente de seda, en el que penetraban débiles rayos de sol.

—Qué divino será encender la madera y disfrutar de este frío —Vincent abrazaba con sus dedos la taza para calentarlos un poco—. No veo la hora de poner unas buenas chuletas en el ahumador —. Dijo con una sonrisa pícara, para acentuar un doble sentido que no pasó inadvertido para Victoria.

—¿Cómo estás tan seguro de que no lo hemos hecho ya? —le dijo ella al mostrarle la fotografía de la casa.

—Tú siempre con tus cosas y frases misteriosas. No podría vivir sin tus ocurrencias.

—¿Y esta qué te parece? —le preguntó mientras le mostraba la foto que había arrancado del mapa.

—Una foto de nuestra casa, ¿qué tiene de especial? — le preguntó extrañado.

—Que es la foto que tenía en mi mapa de sueños desde hacía más de veinte años. ¿Lo recuerdas? Cuando nos mudamos desde Dallas a Alabama tú lo viste.

—No te puedo creer. Demasiada casualidad. — Vincent puso su taza sobre una baranda para poder ver la foto con más detenimiento.

—Nada es casual. La magia nunca para. Infinitas posibilidades. Infinitos recursos. Tú mismo lo has dicho —dijo mientras le mostraba el anillo que brillaba con la luz de la mañana.

De repente, Victoria sintió que el vapor de las tazas de café se convertía en una neblina muy densa detrás de la cual se desvanecía la cara de Vincent, el ahumador cubierto de nieve, el patio... «¿*Estoy soñando?*», se preguntaba mientras su mente luchaba por entender qué estaba pasando.

Victoria se esforzaba por apartar la niebla. Llamaba a Vincent para que su voz la guiara hacia él. El llanto se empeñaba en salir de sus ojos, y trataba de evitarlo, pero fue inútil. Cerró los ojos tratando de contener las lágrimas que se desbordaban por sus mejillas heladas. Permaneció así durante unos segundos procurando calmarse para que su cerebro pudiera analizar lo que estaba pasando.

Victoria no quería abrir los ojos y enfrentarse a la realidad. Una profunda tristeza se había apoderado de su alma, los recuerdos de lo que pensaba era la realidad se desvanecían; todo se escapaba. Sintió que la foto de la casa se desintegraba como un fino polvo en el aire, y se deslizaba a través de sus dedos que trataban desesperadamente de agarrarlo. Se dio cuenta a regañadientes de que Vincent era un sueño. Todos sus esfuerzos habían sido en vano, y ella estaba de nuevo en la parte baja de la montaña.

Abrió los ojos, y lo que vio la confundió aún más. Estaba sola en la cama. Miró alrededor; a su lado, en la mesa de noche estaba su cuaderno de sueños.

«*¿Todo fue un sueño?*, —pensaba con tristeza ante la posibilidad de que la felicidad que creía haber alcanzado solo hubiera sido parte de uno de sus sueños habituales. Tenía una sensación de cansancio y vacío—. *Debo escribirlo, es uno de los sueños más largos y vívidos que he tenido… o quizás haya sido un único y gran sueño»*. A pesar de la tristeza que sentía, la confianza en sus creencias le confirmaban lo reales que eran sus sueños.

Tomó el lápiz para dejar plasmado en el papel todo lo que había soñado. Todavía podía sentir en el cuerpo la sensación de plenitud y felicidad que experimentaba en su sueño, y le producía una inmensa tristeza haberse despertado. Podía haber seguido allí para siempre. Trataba de encontrar la primera palabra, esa que la impulsara a escribir el resto. De repente, comenzó a percibir el aroma a café recién hecho. El olor hizo que su mente conectara con la lógica y enlazó su sueño con la realidad. Dejó el lápiz sobre el cuaderno. Caminaba descalza hacia la puerta de la habitación cuando escuchó el ruido de alguien tecleando en un computador. Se secó las lágrimas, caminó descalza y abrió la puerta.

—¡Hey, amor! —Vincent la saludó emocionado con los dedos en el teclado—. Ya hicimos un libro para encontrar pareja, ahora debemos recopilar todos esas cosas que parecen de ficción, los relatos de nuestros tropiezos amorosos, todo lo que vivimos hasta estar juntos a pesar de ser tan distintos y de lugares tan lejanos, y escribir una novela. Ya comencé a teclear, ¿qué te parece?

—¿No fue un sueño? ¿Sí eres real? ¿Qué es esto? ¿Qué haces? —Victoria no lograba poner en orden sus pensamientos ni entender lo que ocurría, y una tremenda sonrisa se mostraba en su cara.

Vincent se levantó para abrazarla.

—¿Tuviste una pesadilla?

—No. Soñé que estábamos aquí en casa. En otro momento, en el patio. Era muy real.

—Parece que nos pasamos con la celebración de anoche, ¿no? Nuestro décimo aniversario, cariño —le decía mientras la abrazaba con más fuerza—. De tanto soñar la vida, la vida se te convierte en sueños —le dijo riendo mientras la hacía girar con un paso de baile.

—¿Qué decías de una novela? —preguntó Victoria más calmada.

—Que desde hoy comenzaremos a escribir la novela sobre nuestra increíble y extraordinaria historia.

—Ay, cariño, con lo que me ha pasado en este rato creo que lo que dices es cierto: sueños y realidad ya no se diferencian en nuestra loca vida. Seguramente esa novela ya la escribimos; recuerda que el tiempo y el espacio no son lo que parecen.

—¿Por qué no vamos afuera y encendemos el ahumador? Anoche hubo una pequeña nevada, y está hermoso el día. Tú prepara más café para los dos.

Victoria pensó por un momento. Al recordar los restos de su sueño decidió irse por lo seguro, y no arriesgarse a que todo desapareciera de nuevo.

—Hace mucho frío. Mejor no vamos al patio, solo preparo más café, y lo traigo a la habitación. El día está perfecto para holgazanear en la cama.

∞

Si no te gusta tu futuro, cámbialo ahora.

Escenas postsueño

El hombre enfundado en su braga de trabajo verificaba con el medidor de voltaje la continuidad del sistema. Buscó entre las herramientas que llevaba en su cinturón la pinza que necesitaba para continuar lo que estaba haciendo. Desde lo alto de la escalera divisaba un libro que estaba sobre una mesa. Ajustó los cables en su lugar, e hizo una pausa para bajar a saciar su curiosidad.

Tomó el libro que le había llamado su atención. La portada mostraba a una pareja sonriente que le resultaba familiar. Trataba de recordar por qué. Puso el libro en su lugar, y subió de nuevo a la escalera para seguir trabajando, pero no podía dejar de verlo. Su mirada a cada momento se desviaba del aparato que arreglaba hacia la mesa. En la puerta de la habitación, la mujer que lo había contratado para reparar el sistema de aire acondicionado lo observaba. El técnico no parecía poder concentrarse en su trabajo. Eso la preocupaba, pues el presupuesto de la reparación no había sido muy económico.

—¿Algo anda mal? —le preguntó la mujer.

—Sí —dijo él sin pensarlo.

—¿Qué sucede? ¿Es algo grave? ¿Hay otro daño en el sistema?

—Es que no lo creo —decía mientras bajaba de la escalera, con un gesto de incredulidad en el rostro—. No lo puedo creer.

—¿Qué no puede creer? —le preguntó la mujer nerviosa.

El técnico tomó el libro de la mesa, se lo mostró a la cliente. No pudo contener una carcajada.

—Victoria lo logró, y hasta escribió un libro. No lo puedo creer —decía entre risas.

—¿Usted conoce a la autora del libro? —le preguntó extrañada—. Ese es uno de los mejores libros que he leído para encontrar a mi alma gemela. Apenas voy por la mitad, y no veo la hora de seguir leyendo.

—¿El hombre de la foto es un modelo que Victoria buscó para la portada? —preguntó.

—No, es su alma gemela, su esposo. El libro es una historia real. Es un método para encontrar pareja. Ya varias amigas mías lo han seguido, y están casadas y felices. Yo estoy muy emocionada por terminarlo y hacer mi lista como lo hizo ella.

Manuel, el técnico de aire acondicionado, no podía creer que el conocimiento y la cantidad de libros que siempre le había criticado a Victoria le habían dado resultado. Recordó los comentarios, las ironías y chistes con los que se había burlado de ella. Su mente se trasladó a aquellos años cuando ambos se desafiaban entre dejar al destino o actuar para que las cosas sucedan. Manuel no creía en las almas gemelas, y ahora la vida le estaba dando un ejemplo muy cercano de su existencia.

Ambos se habían retado a encontrar pareja. Ya habían pasado varios años. Él seguía en el mismo punto, y ella ya lo había logrado.

—Señor Manuel —llamaba la mujer. El técnico parecía no escucharla—. Señor Manuel.

—Sí, disculpe, me entretuve.

—¿Usted es soltero? —le preguntó la mujer, mirándolo con curiosidad.

El rostro de Manuel mostraba algo de nostalgia y desánimo. Aclaró su garganta, frunció el entrecejo, y contestó a la pregunta.

—Sí, felizmente soltero —Mostrando algo de mal humor, comenzó a buscar herramientas en su caja—. Quizá debo concentrarme en mi trabajo. Disculpe mi distracción, pero la vida le pone a uno cosas en el camino, y a veces el desconocimiento no nos deja verlas.

—¿Sabe?, yo siempre respondía eso mismo.

El hombre levantó la vista de su caja de herramientas.

—¿Qué? ¿Que el desconocimiento no nos deja ver?

La mujer sonrió.

—No, siempre decía: *felizmente soltera*, pero en verdad quiero encontrar a una persona con quien compartir mi vida, mis cosas, hacer planes juntos y no aparentar ser lo que no soy. Ahora entiendo que soy felizmente soltera, y que seré felizmente casada cuando encuentre a mi alma gemela.

La gente y la sociedad muchas veces te cuestionan por no tener pareja si eres inteligente o atractiva. Muchas veces nos defendemos negándonos a nosotros mismos. Una de las cosas que aprendí del libro es que debo tener claro quién soy y qué quiero. Seguir respondiendo «felizmente soltera» me negaba la posibilidad de alcanzar lo que realmente ya sé que quiero.

Manuel pretendía no dar importancia a lo que decía la mujer, pero cada palabra parecía golpearlo directamente. Comenzó a recoger sus herramientas, mientras su mente seguía dando vueltas con la curiosidad sobre cómo Victoria había logrado encontrar a su alma gemela.

—¿Hay alguna solución? ¿Se puede reparar? —preguntó la mujer.

—Creo que nunca es tarde para reparar las cosas en la vida, quizás deba leer el libro *90 Day Soulmate*, debo entender que mi desconocimiento en la materia me ha puesto un camino más largo y difícil —respondió Manuel aún pensando en su vida.

La mujer rio al darse cuenta de que el técnico todavía pensaba en el tema del libro.

—Me refiero al aire acondicionado, ¿tiene reparación?

∞

Adrián está sentado en algún lugar del mundo, preguntándose por qué está solo a estas alturas de su vida.

Se ha casado tres veces, con sus respectivos divorcios. Sigue pensando que todas sus exesposas son unas controladoras. Victoria le obsequió el libro *90daysoulmate*, pero obviamente nunca lo leyó porque sigue siendo fiel a sus frases favoritas:

* «No necesito ayuda».

* «Todas las mujeres son iguales».

* «Estoy felizmente soltero».

∞

En un pequeño pueblo de Georgia, Albert Chang Tze no puede evitar ponerse nervioso cuando su esposa Kathy sale de vacaciones con sus amigas cada tres meses. No tiene idea de la causa de un incontrolable tic que ha desarrollado en el ojo izquierdo, que se intensifica cuando se anuncia la fecha de un próximo viaje de las chicas. Albert no contesta el teléfono cuando Kathy está de viaje.

∞

El señor 8-B todavía pasa mucho tiempo buscando tutoriales en YouTube. Su historial de búsqueda no varía mucho. La frase recurrente es: *cómo desactivar el sistema de alarma de un automóvil cuando la batería del llavero está agotada.* Cuentan que pasa horas practicando diferentes métodos en el garaje de su casa.

∞

El FBI capturó recientemente a Erin a quien se le imputaron 32 cargos de abuso conyugal. Se ha casado varias (muchas) veces. Los testimonios de cada uno de sus exesposos son coincidentes: explican que después de un tiempo disfrutando de sesiones sexuales fantásticas, fueron seductoramente convencidos de hacerse vasectomías. Erin cumple condena por desmembramiento.

∞

Victoria en su afán de que todos puedan disfrutar del amor como ella, puso a Ricardo en contacto con Brianna. Al parecer la pareja se comunica muy bien y con mucha frecuencia. Para felicidad de Ricardo y éxtasis para Briana, decidieron comprar auriculares Bluetooth, y mantener una llamada telefónica abierta las 24 horas del día cuando no están juntos.

∞

Lily continua asistiendo a reuniones políticas haciéndose pasar por espía rusa para poder beber gratuitamente. Ya el gobierno norteamericano está dudando de su sistema de seguridad. Además, continúa enviando cartas de reflexión y pesar a la familia de Vincent cada vez que se toma algunas copas.

∞

Tony mantiene comunicación constante con Carolina con la esperanza de que le presente algún clon de Victoria. Aún lamenta no haber podido ser el hombre de los sueños de ella, y envidia profundamente la suerte de Vincent. Sigue pensando que las mujeres más hermosas son de Venezuela, y no pierde la esperanza de conseguir a la mujer de sus sueños. Hace poco, inexplicablemente, decidió raparse el cabello.

Carta de amor a nuestros lectores

¿Cuántos días hacen un año, cada uno lleno de historias? Las paginas del pasado y el futuro se mezclan en una espiral única, donde la línea del tiempo no tiene dimensiones.

Las bendiciones abundan por todas partes, y los momentos bendecidos son apreciados por los agradecidos.

Una vida está hecha de segundos sincronizados, y cada sinapsis es hecha por alguien, sea un creador, un actor o simplemente un espectador.

En un instante todo puede cambiar, y esto depende de la determinación que mantienes en el tiempo.

Bendiciones,
Vincent y Victoria

www.ingramcontent.com/pod-product-compliance
Lightning Source LLC
Chambersburg PA
CBHW051447260626
47162CB00001B/297